Mala Niem

Der Ableser

Kriminalroman

spannend und humorvoll

ORIGINALAUSGABE
ungekürzt

© Copyright/Originalausgabe 2017:	Mala Niem Autorin
Herausgeber:	Marlies Dockenwadel Consult-Project
Herstellung und Verlag:	BoD - Books on Demand, Norderstedt
ISBN-Nr.:	9783743134096
© Copyright Coverpicture 2017	Marlies Dockenwadel Consult-Project Deutschland
Abbildung:	Weinberg
Foto:	Marlies Dockenwadel Consult-Project
Gestaltung und Design:	Mala Niem
Neuauflage	September 2022

Alle Rechte vorbehalten.

Kein Teil des Werkes darf in irgendeiner Form (Fotografie, Mikrofilm oder ein anderes Verfahren) ohne schriftliche Genehmigung des Autors/Verlages reproduziert oder unter Verwendung elektronischer Systeme, verarbeitet, vervielfältigt oder verbreitet werden.

Umwelthinweis:
Dieses Buch wurde auf chlorfrei gebleichtem Papier gedruckt.

Der Ableser

Kriminalroman

Warte nicht auf das große Wunder, sonst verpasst Du die vielen kleinen.

(Weisheiten)

Nichts war mehr übrig geblieben von dem einstigen Glanz- und Glamourleben. Rein gar nichts.
Nach dem Tod seiner Frau ist der einst so erfolgreiche Bankier nach Frankfurt gezogen, jetzt lebte er in einer – wenn auch großzügigen – Dreizimmerwohnung, einsam und zurückgezogen.
Er trauerte eher seinem Luxusleben nach als dem Leben seiner Ehefrau. Das hatten sie ihm oft vorgeworfen! Er trauere zu wenig um seine Gattin.

Vor der Entführung und Ermordung seiner Ehefrau hatte sich diese mit Scheidungsgedanken getragen. Sie hatte es satt, den Größenwahn und das ewige Fremdgehen des Bankiers wollte sie nicht länger in Kauf nehmen.

Eine Scheidung wäre ein herber, finanzieller Rückschlag für ihn gewesen. Seine Geliebte war kostspielig, seine Autos, seine Reisen und seine Kleidung auch.
Bei einer Scheidung wäre er leer ausgegangen. Mehr als einmal hatte er die Gütertrennungsvereinbarung verflucht.
Seine Frau besaß ein beträchtliches Vermögen, hatte es von ihrem Vater geerbt, sowohl die Villa in Filderstadt als auch drei Mietshäuser gehörten zu dem Erbe.
Mehrfach schon hatte sie ihm gedroht, das Testament und die Lebensversicherung zu ändern und ihrem Bruder alles zu vermachen.

Um flüssig zu bleiben, hatte er sich bei seiner Bank die eine oder andere Unregelmäßigkeit erlaubt.
Da kamen die Entführung und Ermordung seiner Gattin gerade recht. Der Bankier hoffte auf das Erbe. Er hatte mit der Straftat nicht das Geringste zu tun, allerdings hing dieser Verdacht an ihm wie ein übler Geruch, der sich einfach nicht wegwaschen ließ.

Das Lösegeld wurde aus ihrem Vermögen bezahlt, aufgetaucht ist es jedoch nie mehr.

Mit dem Lösegeld verschwanden auch seine Geliebte und seine sogenannten guten Freunde. Zu viel Schmutzwäsche wurde gewaschen, niemand wollte sich die Finger verbrennen.

Und dann hatte zu allem Überfluss in der Tat seine Gattin das Testament und die Berechtigung in der Lebensversicherung kurz vor ihrem Tod geändert.

***

Kurz vor Weihnachten wurde in der Essener Innenstadt am helllichten Tag ein Juweliergeschäft ausgeraubt. Die Täter entkamen mit einer unbezifferten, aber recht üppigen Beute. Bislang fehlt von den Tätern jede Spur. Die Beute ist bis zum heutigen Tag nicht mehr aufgetaucht.

Zeugen waren sich ganz sicher, es war ganz bestimmt eine Frau unter den drei Gangstern.

***

In der Nacht zum Rosenmontag wurden in Köln drei Fahrzeuge der Luxusklasse gestohlen. Wie es den Dieben gelungen war, die elektronischen Wegfahrsperren zu überwinden, konnte nicht geklärt werden.

Die Kriminalpolizei vermutete ein organisiertes Verbrechen einer osteuropäischen kriminellen Vereinigung.

***

Der Leichnam der jungen Frau wurde in ihrer Wohnung entdeckt. Gefesselt und geknebelt lag sie in ihrem Blut auf dem Küchenfußboden. Ihr Mörder hatte das ganze Magazin ihrer eigenen Dienstpistole auf sie abgefeuert.

Nachdem sie nicht zum Dienst erschienen war und auch den ganzen Tag nicht an ihr Handy ging, entschlossen sich ihre Kollegen, zu der Wohnung zu fahren.
Da das Fahrzeug der jungen Polizistin vor der Garageneinfahrt stand, auf Klingeln jedoch niemand öffnete, wurde die Wohnungstür kurzerhand aufgebrochen.
Die gesicherten Spuren am Tatort bestätigten lediglich, dass es sich vermutlich um einen Einzeltäter gehandelt habe, den die junge Frau freiwillig in die Wohnung gelassen haben müsse.

So wurde das gesamte private Umfeld abgegrast, alle sechshundertfünfundvierzig Facebook-Freunde und weitere Bekannte genauer unter die Lupe genommen.
Die Polizei ging nach wie vor von einer Beziehungstat aus, auch wenn der Täter einen müden Versuch gemacht hatte, den Tatort zu verwüsten und es wie einen Einbruch aussehen zu lassen. Jemand hatte ein Problem mit ihr. Dieser Jemand wollte ihren Tod, um jeden Preis!
Es konnte beim besten Willen nicht festgestellt werden, ob etwas fehlte. Ihre Dienstwaffe war nicht gestohlen worden, sondern lag neben der Leiche.

Da die Polizistin ein ausgiebiges Privatleben führte und sich auch bei der Partnerwahl nicht als sehr bodenständig erwies, verliefen alle Spuren bislang im Sand.

***

Die Hamburger Polizei meldete eine Einbruchserie in den Villenvierteln von Blankenese. Sie bat die Anwohner um erhöhte Aufmerksamkeit.
Danach begann ein Run auf alle möglichen Sicherheitssysteme.

In der Tat waren beträchtliche Summen aus den Häusern verschwunden. Wie viel genau, wollte oder konnte niemand sagen.

***

In Berlin wurde nun schon der zweite Geldtransport innerhalb von drei Wochen überfallen.
Drei maskierte Männer lauerten dem Transporter auf, nachdem er vollbeladen seinen Weg von der Bankfiliale durch die Innenstadt fortsetzte.
Der Fahrer erkannte die Gefahr rechtzeitig und gab Gas, ohne Rücksicht darauf, ob Passanten oder andere Fahrzeuge im Weg standen.
Damit verhinderte er zumindest den Raub. Ernsthaft verletzt wurde niemand.

***

1.
Carola Kortmann schloss nach einem wieder einmal zu langen Arbeitstag die Haustür auf. Sie war müde und ausgelaugt. Trotzdem bemerkte sie instinktiv sofort eine Veränderung, etwas war anders als sonst!

Eigentlich passierte in Carolas Leben nichts Aufregendes.
Alles verlief tagein, tagaus immer in einem wiederkehrenden, langweilig eingespielten Rhythmus.

An der Pinnwand im Hausflur neben der Haustür hing die Karte, auf die sie schon so sehnsüchtig gewartet hatte. Das scheinbar einzig Bunte in ihrem Leben.
Sie nahm die Karte von der Pinnwand und begann sie eindringlich zu studieren.

„Ich habe Sie heute, am 02. März um 10.30 Uhr, nicht angetroffen.
Im Auftrag der Energiewerke Württemberg und Baden soll turnusmäßig Ihr Energiezähler abgelesen werden.

Ich werde am Montag, den 07. März 2016 in der Zeit von 14.00 Uhr bis 16.00 Uhr nochmals bei Ihnen vorbeischauen.

Sollte Ihnen die Wahrnehmung dieses Termins nicht möglich sein, rufen Sie mich bitte unter folgender Telefonnummer an: 0142/1788991.

Ihr Ableser: Berger"

Carola wohnte seit zehn Jahren im Dachgeschoß dieses alten, aber renovierten Gebäudes mit der schneeweißen Fassade und den hellbraun gestrichenen Fensterläden, auf immerhin fünfundsiebzig Quadratmetern. Die Wohnung hatte eine hübsche Dachterrasse, die ihr

aber mehr schlecht als recht einen Blick über die Dächer des Bad Cannstatter Stadtrandes bot.
Sie saß gerne auf dieser windgeschützten Terrasse, las dann dort ein Buch und trank Kaffee dazu. Selbst jetzt, um diese Jahreszeit, konnte Carola bereits die ersten Sonnenstrahlen im Schutze des Daches genießen.

Ursprünglich wohnten vier Parteien in dem Haus.
Eine der Wohnungen stand allerdings schon längere Zeit leer, ab und zu waren dort Studenten untergebracht. Sie kamen und gingen, ohne dass Carola sie großartig bemerkte. Hin und wieder begegnete sie einem der Studenten im Hausflur, stets wurde sie dann freundlich gegrüßt.

Im Erdgeschoß hatte bis vor einigen Wochen noch die nette alte Dame gewohnt, die aber jetzt von ihrem Sohn gegen ihren Willen in ein Altersheim verfrachtet wurde.
Die Wohnung war noch immer möbliert und Carola vermutete, nein befürchtete, demnächst würde sicherlich dort dieser unsympathische Sohn der alten Dame mit seiner noch unsympathischeren Lebensgefährtin einziehen.

Im ersten Stock lebte die alleinstehende, und in Carolas Augen sehr zwielichtige, Frau Stadler. Immer betrunken, immer laut.
Den ganzen Tag saß die Stadler vor der Fernsehkiste und zog sich eine um die andere Soap rein. Kaffeebecher, Schnapsgläser, Chips und überquellende Aschenbecher standen immer auf dem Tisch vor ihr.
Frau Stadler wirkte immer ungepflegt. Carola vernahm doch des Öfteren unangenehme Gerüche im Hausflur, die unaufhaltsam aus der Stadler'schen Wohnung strömten und sich im gesamten Haus verteilten.

Mehr als einmal hatte sie ihren Vermieter darauf angesprochen, der allerdings immer nur mit den Schultern zuckte. Für ihn war nur eines wichtig: Hauptsache die Miete wird bezahlt.

„Der muss ja nicht hier wohnen, er hat eine Villa für sich allein am anderen Ende der Stadt", ärgerte sich Carola dann.

Die Karte!
Carola war enttäuscht, als Adressat war nicht ausdrücklich ihr Name angegeben, sondern es wurden nur allgemein die Hausbewohner der Goethestraße achtundsiebzig angesprochen.
Wieso aber war die Karte an der Pinnwand? Wieso nicht im Briefkasten?

Wenn der Ableser die Karte in den Hausflur hängen konnte, musste ihm zweifelsfrei jemand geöffnet haben.
Die Stadler vielleicht? Nein. Unmöglich! Carola erschauderte bei dem Gedanken und schob ihn sofort weit weg von sich.

Wie also kam jetzt die Karte in den Hausflur? Sie überlegte nochmals. Wenn der Ableser dort die Karte hinterlassen konnte, hätte er doch auch dann ohne Probleme die Kellerstufen herunterlaufen können, wäre am Stromkasten vorbeigekommen und hätte auch den unverschlossenen Gaszähler ablesen können! Die Karte wäre also völlig überflüssig gewesen.

Es sei denn – Carolas Herz begann zu klopfen – *er* hatte auf *sie* gewartet. Wollte *er* mit *ihr* zusammen die Zähler ablesen?

Da die Haustür immer verschlossen war, musste ihm also jemand geöffnet haben, und da sie, Carola, nicht anwesend war, pinnte er die Karte an die Wand und ging unverrichteter Dinge wieder. Dies musste die einzig logische Erklärung sein!

Seit drei Jahren kam Herr Berger. Immer Anfang März, dann noch einmal kurz vor Weihnachten, um den Wasserzähler abzulesen. Seit drei Jahren, immer pünktlich, immer freundlich, leider auch immer in Eile.

Beim letzten Mal hatte sie ihn gebeten, sich doch vorher anzumelden. Er hatte gesagt, er könne es nicht versprechen, aber er würde schauen, was er tun könne.
Sie war fest davon überzeugt, dass er ihr die Karte hinterlassen hatte, weil er sich an diese Vereinbarung erinnerte.
Ihr zuliebe!

Bei jedem Besuch hatte sie ihm einen Kaffee angeboten, jedes Mal hatte er abgelehnt. Sie würde ihn auch dieses Mal zum Kaffee bitten.

Seit drei Jahren begleitete *sie* Herrn Berger zu den Zählern in den Keller, dafür sorgte *sie* höchstpersönlich. Dieses war *ihre* Aufgabe und *sie* ließ sich das nicht von Frau Stadler wegnehmen.

Ob die Karte doch in Frau Stadlers Briefkasten war? Hatte etwa sie die Karte dann an die Pinnwand gehängt?
Carola konnte sich das nun gar nicht vorstellen, denn sicher war auch Frau Stadler ganz bestimmt darauf aus, Herrn Berger zum Kaffee einzuladen. Nein, Frau Stadler hätte die Karte verschwinden lassen.
Und Herr Berger hätte die Karte selbstverständlich in Carolas Briefkasten geworfen, dessen war sie sich absolut sicher.
Ein eifersüchtiges Unbehagen blieb.

07.03., ein Montag. Ungünstig! Carola hatte sich bereits seit Wochen auf den Besuch von Herrn Berger vorbereitet. Für sie stand es außer Frage, er würde sich an sein Versprechen erinnern und sich rechtzeitig bei ihr anmelden.
Und so hatte Carola geplant, an dem Tag, an dem der Ableser kommen würde, Urlaub zu nehmen und zum Friseur zu gehen. Nur hatte ihr Friseur montags geschlossen. Zu dumm!
Ihr würde nichts anderes übrigbleiben, als zu einem dieser Discount-Haarschneider zu gehen, die sich überall in den Kaufhäusern niederließen. Auch das noch!

An diesem Montag würde sich Carola extra Urlaub nehmen.

Ihren staunenden Kolleginnen würde sie voller Stolz erklären, sie habe einen unaufschiebbaren Termin. Jawohl!

Jetzt hatte auch sie einen wichtigen Termin und nicht immer nur die Hexe aus der Buchhaltung mit ihren langen blonden Haaren, ihren langen schwarzgetünchten Wimpern und den viel zu kurzen Röcken.
Andauernd hatten ihre Kolleginnen unabwendbare Termine, wenn es darum ging, Überstunden zu machen. Alles blieb dann an ihr hängen.
„Ach Carola, sei doch so gut... Du bist doch alleinstehend... Du hast doch keine Verpflichtungen..."
Oh doch, sie hatte sehr wohl Verpflichtungen, zwei Mal im Jahr! Im März und im Dezember.

Langsam und innerlich aufgewühlt ging sie die Stufen zu ihrer Wohnung hinauf, die Karte noch immer in der Hand haltend. Aus der Stadler'schen Wohnung stank es wieder bestialisch, heute aber ignorierte sie es.
Sie musste sich vorbereiten, alles musste blitzsauber sein bis Montag, wenn Herr Berger käme und vielleicht doch einen Kaffee mit ihr trinken würde.

2.

Punkt sechs Uhr jeden Morgen klingelte der Wecker. Nur ein einziges Mal. Das reichte, und Johannes Berger war hellwach. Jeden Morgen, sechs Mal pro Woche das gleiche Ritual, ohne Ausnahme.

Johannes stand auf, ging ins Bad, kleidete sich an und ging in die Küche. Seine Mutter hatte, wie jeden Morgen, alles für ihn vorbereitet.
Er brauchte nur noch auf den Knopf der Kaffeemaschine zu drücken, dann begann das schwarze Gold zu laufen.
Neben der bereitgestellten Kaffeetasse auf dem Küchentisch lag schon ein geschmiertes Butterbrot, säuberlich abgedeckt mit Frischhaltefolie auf einem Teller. Immer das gleiche Geschirr. Er hatte noch nie ein anderes Geschirr bei seiner Mutter gesehen, es sei denn bei großen Festlichkeiten. Dann deckte sie *Rosenthal* ein.

Auch seine Thermoskanne für den übrigen Kaffee und eine Butterbrotdose und ein Apfel lagen jeden Morgen am gleichen Platz. Seit drei Jahren, immer alles akkurat an derselben Stelle.
Fein säuberlich gefaltet lag die Tageszeitung neben seinem Frühstück, wie jeden Morgen, sechs Tage in der Woche.

Seit drei Jahren trug er graue Hosen und einen blauen Blouson mit dem Aufdruck und dem Logo des Energiewerks Württemberg und Baden. Er hatte eine für den Winter und eine etwas leichtere Jacke für die wärmeren Monate.
Wie jeden Morgen standen seine von seiner Mutter blitzblank geputzten schwarzen Schuhe unter dem Garderobenschrank.

Seine Kaffeetasse und den leeren Teller würde er stehen lassen. Mutter würde das Geschirr abräumen und abspülen. Morgen früh würde es dann wieder an seinem Platz stehen, so wie immer.

Seit dem Krebstod seines Vaters vor neun Jahren, hatte sich seine Mutter auf ihn fixiert, klammerte sich an ihn und behandelte ihn wie ein kleines Kind.

Anfänglich hatte ihn das furchtbar gestört, aber mittlerweile hatte er es akzeptiert, dass sie augenscheinlich alle Entscheidungen für ihn traf. Er arrangierte sich mit seiner ruhigen und bescheidenen Art, er würde niemals seiner Mutter widersprechen.
Jeder Versuch, sich dagegen zur Wehr zu setzen, hatte sich in der Vergangenheit als hoffnungslos erwiesen. Schließlich hatte er eingesehen, ihr zuzustimmen war der weitaus entspanntere Weg, denn sie wollte sicher nur das Beste für ihn. Er fand seinen Frieden damit und immer einen Weg, doch das zu tun, was er wollte.

Vor über drei Jahren noch war er als freier Handelsvertreter in allen Gartenmärkten Baden-Württembergs und Bayerns unterwegs.
Jahrelang war er sehr erfolgreich und hatte gutes Geld verdient. Mit zunehmendem Alter jedoch wurden die Umsätze weniger, und so wurde er eines Tages Knall auf Fall von einem jüngeren Kollegen abgelöst.

Nicht einmal eine Anerkennung für immerhin fünfundzwanzig Dienstjahre hatte er bekommen. Nur ein kurzes Schreiben der Firma, eher formell, worin man ihn um Verständnis für die Unausweichlichkeit dieser Entscheidung bat, ihm alles Gute wünschte und bestätigte, dass das letzte ihm zustehende Geld angewiesen sei. Das war`s!
Damals hatte die Firma ihm eine bescheidene Abfindung bezahlt, dieses Geld lag noch unangetastet auf seinem Sparbuch.

Mit fünfundvierzig Jahren stand er nun mit beiden Beinen in der Arbeitslosigkeit. Mutter hatte es als Schande empfunden und wie er, die Welt nicht mehr verstanden.
Wochenlang hatte er alle Stellenanzeigen sorgfältig studiert und zahlreiche Bewerbungen verschickt. Überall kamen – wenn überhaupt – nur Absagen. Zu dieser Zeit war er sehr deprimiert und fühlte sich überflüssig, nutzlos und abserviert.

Eines Tages fand er im Gemeindeblatt die Anzeige einer Dienstleistungsfirma aus Rheinland-Pfalz, die zwischen Stuttgart und dem Bo-

densee Mitarbeiter suchte, um für die verschiedensten Energieunternehmen deren Energiezähler abzulesen.
Zunächst war Johannes sehr misstrauisch. Eine Pfälzer Firma sucht im Ländle nach Personal?
Zudem war ausschließlich eine Online-Bewerbung erwünscht. Johannes hatte zwar einen Computer, aber die Handhabung mit dem Ding war ihm stets zuwider und so beschränkte er sich auf das Nötigste.

Überall hielt das Internet Einzug, jede Firma arbeitete plötzlich damit. Mit einem Mal ging ohne Computer nichts mehr. Vielleicht war seine Schwerfälligkeit in diesen Dingen auch ein Grund, weshalb ihm die Handelsvertretung genommen wurde.
Für die jungen Leute jedoch gehörte dieses Individuum offensichtlich zum Lebensstil.

Damals hatte er sich in das Bewerberportal eingelinkt, kam aber beim besten Willen damit nicht zurecht. Er schickte deshalb eine schriftliche Bewerbung an die Dienstleistungsfirma.
Zu seiner großen Überraschung wurde er ein paar Tage später angerufen. Die nette Dame am anderen Ende der Leitung war ihm via Telefon behilflich, die geforderte Onlinebewerbung abzusenden.

Johannes wartete auf eine Antwort, seine Mutter jedoch wurde ungeduldig und drängte Johannes, endlich zum Arbeitsamt zu gehen. Dort warte man bestimmt auf ihn, und mit Sicherheit würde er dort sofort ein neues Arbeitsangebot bekommen.

Natürlich ging Johannes zur Agentur für Arbeit, aber statt mit einer neuen Arbeitsstelle, kam er mit einer Vielzahl von Fragebögen, Anträgen und Merkblättern nach Hause.
Der Papierkrieg erschreckte ihn und war für Johannes unüberwindbar.

Irgendwann kamen dann endlich der ersehnte Brief und eine Einladung zu einer „Bewerberveranstaltung" in einem regionalen Hotel.

Die Skepsis wuchs. Sowohl Johannes als auch seine Mutter befürchteten, einer Verkaufsveranstaltung auf den Leim gegangen zu sein.

Johannes überlegte tagelang, ob er sich zu dieser Veranstaltung anmelden sollte oder nicht.
Mutter war dagegen, aber Johannes wollte nichts unversucht lassen. Er durfte und wollte nicht dem Staat zur Last fallen. Unmöglich! Nicht er, der sein Leben lang gearbeitet hatte!
Niemand seiner Vorfahren oder Verwandten waren je ohne Arbeit gewesen.
Dieses Schwert hing über Johannes und trieb ihn an.

„Kauf bloß nichts!", wetterte die besorgte Mutter ihm hinterher, als er an dem besagten Tag aufbrach und sein Schicksal damit besiegelte.

3.
Anfang März erhitzten zwar die ersten Sonnenstrahlen die Erde, aber früh morgens um halb acht Uhr war es noch recht frisch. Wenigstens ging es der wärmeren Jahreszeit entgegen. Johannes hasste es, morgens bei Dunkelheit aus dem Haus zu gehen und zurückzukehren, wenn es bereits wieder dunkel war. Die Dunkelheit machte es ihm schwerer, Hausnummern in den spärlich beleuchteten Straßen zu finden. Auch die Kunden verhielten sich eher skeptisch, einige ließen ihn dann erst gar nicht mehr ins Haus. Zudem stieg die Gefahr, bei Nacht Stufen zu übersehen und zu stürzen.

Johannes setzte sich in sein Auto und fuhr in Richtung des Industriegebiets Sindelfingen. Heute würde er sich das Gewerbegebiet vornehmen. Zwar ging die Ablesung in einem Gewerbegebiet langsamer als im Wohnhausbereich voran, dafür aber war immer jemand anzutreffen.

Er fand es interessant, anderen Menschen bei der Arbeit zusehen zu dürfen.

Gestern hatte er seine „Dichter-und-Denker-Straßen", so wie er es nannte, in Bad Cannstatt abgelaufen.
Wenigstens hatte er gleich einen Parkplatz bekommen. Mozart- und Schillerstraße hatte er problemlos abschließen können, aber auf der Haydnallee und in der Goethestraße war fast niemand zu Hause, so dass er viele Terminkarten in den Briefkästen hinterlassen hatte.

In zwei Haushalten wurde ihm die Tür vor der Nase zugeknallt und er wurde beschimpft, manche Menschen waren halt so. Daran hatte er sich inzwischen gewöhnt. Solche Kunden gab es eben auch, selten zwar, aber auch ein Kunde hatte einmal einen schlechten Tag. Diese Ableseaufträge gab er mit „Zutritt verweigert" zurück.

Schon lange nahm er Kundenreaktionen nicht mehr persönlich. Als er das erste Mal vor drei Jahren in die für ihn bis dahin ungewöhnliche

und unerfreuliche Situation geriet, war er zu Tode erschrocken. Damals zitterte er am ganzen Körper und war an diesem Tage nicht mehr in der Lage, weiterzuarbeiten. Zu sehr hatte er sich da hineingesteigert.
Außer sich vor Empörung rief er damals Frau Waible, seine für ihn zuständige Projektleiterin an, die ihm jedoch wieder Mut machte und ihn beruhigen konnte. So gewöhnte er sich mit der Zeit an die eine oder andere negative Erfahrung.

Mittlerweile kannte er „seine" Kunden, mittlerweile kannten sie ihn. Die meisten waren überaus nett.
Mehrmals täglich bekam er Angebote für einen Kaffee, ein Glas Wasser, ein Stückchen Kuchen oder auch sogar für einen Schnaps. Immer lehnte er ab. Er wollte diesen Leuten keinen Umstand machen, obwohl er ab und an gerne einmal die Einladung angenommen hätte.

An manchen Tagen oder zur Weihnachtszeit erhielt er hier und da ein kleines Trinkgeld oder eine Süßigkeit. Er freute sich über jede Aufmerksamkeit und über jedes Trinkgeld von ganzem Herzen. Jede Anerkennung war Balsam für seine Seele. Es tat ihm gut, auf freundliche Menschen zu treffen, die ihn und seine Arbeit achteten.

Bestimmt würde auch Frau Kortmann ihn wieder zu einem Kaffee einladen. Anders als bei anderen Kunden war ihm bei Frau Kortmann eine Ablehnung jedes Mal höchst peinlich, irgendwie hatte er aus unerfindlichen Gründen Angst vor einer Unterhaltung mit ihr.
In ihrer Nähe verspürte er ein unerklärliches Unbehagen, das er nicht zu deuten vermochte.

Gestern war er extra am Vormittag zur Goethestraße gefahren in der Hoffnung, dass Frau Kortmann nicht zu Hause wäre und ihm ein anderer Hausbewohner die Tür öffnete. Dummerweise ging das schief. Frau Kortmann hatte ihn im letzten Jahr gebeten sich anzumelden, das wusste er sehr wohl noch, hoffte aber, diesen festen Termin umgehen zu können.

Als er auf die Hausnummer achtundsiebzig zusteuerte, kam gerade der Sohn dieser betagten Dame aus dem Erdgeschoß aus dem Haus und zog die Haustür zu. Er war nicht dazu zu bewegen, diese wieder zu öffnen, sondern ballerte ihn an, er solle nicht unangekündigt aufkreuzen.

„Melden Sie sich das nächste Mal gefälligst vorher an. Ich habe jetzt keine Zeit dafür", blaffte er.

Johannes blieb nichts anderes übrig, füllte eine Terminkarte aus und drückte sie ihm in die Hand.
„So ein Blödsinn", dachte Johannes, „in der Zeit hätte er mir aufschließen können. Ich brauche doch niemanden, der mich in den Keller begleitet."

Als Johannes dann im Haus Nummer achtzig verschwand, sah er noch aus den Augenwinkeln, wie dieser Mann wieder ins Haus zurückging, dann sofort wieder heraushetzte und einige Sekunden später in sein Auto sprang und davonbrauste.

4.
Carola hatte sich einen Kakao gekocht und knabberte lustlos an ihrem Käsebrot.
In ihrem Kopf schwirrte nur noch ein Gedanke: *Der Ableser kommt. Mein Ableser kommt...* Sie war völlig von diesen Gedanken eingenommen.
Auf die Quizsendung im Fernsehen konnte sie sich nicht konzentrieren. Sie drehte den Ton ab. Jetzt es in ihrer Wohnung mucksmäuschenstill. Nur die Küchenuhr tickte in einem gleichmäßig monotonen Klang.

Die Terminkarte lag vor ihr, als sei dies ein Liebesbrief. Und genauso intensiv beschäftigte sie sich damit.
Sie starrte die Karte an und drehte sie um, um sie dann im nächsten Moment wieder anzustarren.
Dann plötzlich hielt sie inne und überlegte. Langsam erweckten sich ihre Sinne wieder zum Leben.

„Ich habe seine Telefonnummer", freute sie sich. Im gleichen Moment aber überrollte sie die Ernüchterung.
„Aber was nützt mir das?"
Warum sollte sie ihn anrufen? Um zu sagen, dass sie am Montag zu Hause sei und ihn hereinlassen würde?
Womöglich würde er sie bei der Gelegenheit, wenn sie schon am Telefon sei, dann bitten, selbst in den Keller zu gehen und die Zähler abzulesen.
Das wäre durchaus ein mögliches Szenario und der absolut ungünstigste Fall. Wenn dies eintreten würde, müsste sie wieder bis zum Dezember warten, bis sie ihren Kolleginnen in der Firma mitteilen könnte, sie habe einen wichtigen Termin.

Womöglich würde Herr Berger dann ihre Telefonnummer notieren und künftig gar nicht mehr selbst vorbeikommen. Schlimmstenfalls würde er sie darüber hinaus im Dezember bitten, die Wasseruhr abzulesen und ihm den Zählersand per Telefon durchzugeben.

So kam sie nicht weiter! Sie war jedoch fest entschlossen, auch in diesem März mit Herrn Berger zusammen in den Keller zu gehen!

Carola zählte nicht gerade zu der attraktiven Frauenwelt. Sie war nur ein Meter fünfundsechzig groß, trug eine sehr starke Hornbrille und hatte auch nicht gerade eine Top-Model-Figur.
Dennoch hatte Carola eine ansprechende Ausstrahlung und war eine sehr gepflegte Erscheinung, die es verstand, mit modischen Accessoires die Defizite der Natur auszugleichen.

Ihre halblangen dunklen Haare umrahmten ein rundliches, aber freundliches Gesicht. Einen festen Lebenspartner hatte sie nie finden können. Mit nahezu einundvierzig Jahren begann so etwas wie eine Panik in ihr hochzukommen.

Sie sehnte sich nach Geselligkeit und Unterhaltung, allerdings hatte sie nur Bekannte, keine Freunde.
Sie wurde nie eingeladen und niemand kam zu ihr zu Besuch. Nur der Ableser, zwei Mal im Jahr.

5.
Bei den ersten drei Firmen im Industriegebiet Sindelfingen hatte Johannes schon erfolgreich seine Strom- und Gaszähler abgelesen.
In der vierten Firma wollte so recht niemand wissen, wo die abzulesenden Stromzähler verbaut seien.
Er solle wiederkommen, wenn der Chef da sei. Wann der Boss aber tatsächlich käme, stehe in den Sternen.

Aus seiner nunmehr doch dreijährigen Erfahrung wusste Johannes nur zu gut, darauf konnte er sich auf gar keinen Fall einlassen. Fest entschlossen steuerte er in das Sekretariat.
Zunächst wollten auch dort die Damen sich seiner Sache nicht so gerne annehmen, aber seine Hartnäckigkeit wurde belohnt. Völlig demotiviert erhob sich eine der Sekretärinnen schwerfällig und lustlos, klapperte mit einem Schlüsselbund und führte ihn in der Tat zu den Zählerplätzen.

„Melden Sie sich wieder, wenn Sie fertig sind. Ich muss wieder abschließen."
Damit machte sie auf dem Absatz kehrt und ließ ihn stehen.
Das war ihm sowieso das Liebste. Er hasste es, wenn ihm jemand über die Schulter auf seine Finger schaute. Es machte ihn nervös.
Manche Kunden waren da sehr penetrant, als müssten sie aufpassen, dass er die Daten auch richtig eingibt.

Johannes hatte ein elektronisches Ablesegerät, in das er nicht nur den abgelesenen Zählerstand eingeben konnte, sondern auch alle Besonderheiten erfasste, die er vor Ort vorfand.
So notierte er in den Lagehinweisen den Standort des Zählers und vermerkte, dass die Schlüssel im Sekretariat zu holen seien.
Gewissenhaft las er sieben Zähler ab. Beim achten Zähler jedoch musste er kapitulieren. Dieser war wieder einer der sogenannten intelligenten Geräte. Ein Messsystem, das er manuell nicht auslesen konnte. Auch mit dieser Besonderheit wurde er fertig. Er meldete sich bei den Damen wieder ab.

Dieser Kunde hatte Zeit gekostet und es ärgerte ihn. Wenn das so weiterginge, würde er sein Tagespensum nicht schaffen. Er hatte klare Ziele, wie viel er täglich schaffen wollte.

Johannes arbeitete in freier Zeiteinteilung, so hatte es Frau Waible ihm auf der Bewerberveranstaltung damals angeboten.
Johannes hatte seine Arbeitszeiten seinerzeit vorgeschlagen und sich bis zum heutigen Tag strikt daran gehalten. Er arbeitete sogar mehr als er angegeben hatte.
Pünktlich um zwölf Uhr machte er eine Stunde Mittagspause Nur wenn er im Industriegebiet unterwegs war, wurden daraus eineinhalb Stunden, denn zur Mittagszeit war in den meisten Firmen sein Kommen unerwünscht.

Mit seinem Auto suchte er sich einen möglichst abgelegenen Parkplatz, aß sein Butterbrot, trank den noch warmen Kaffee und las ausgiebig die Tageszeitung.

6.
„Du kommst aber heute spät", die allabendliche Begrüßung der Mutter war ebenfalls seit drei Jahren die gleiche, obwohl Johannes fast immer um neunzehn Uhr zuhause war.
„Ich habe das Essen schon fertig."

Johannes Leben bestand aus Ritualen. Jeder Tagesablauf war akribisch geplant und identisch mit dem des Vortages und dem Tag davor sowie allen anderen Tagen zuvor.
Abweichungen machten ihn nervös und irritierten ihn. Er fand sich sowieso besser zurecht, wenn alles in seinem Tagesablauf genau und minutiös durchstrukturiert war.
Diese Ordnung brauchte Johannes für sein allgemeines Wohlbefinden und für seine Zufriedenheit.
Er sagte sich immer: „Nur zufriedene Menschen sind auch glückliche Menschen." Er konnte mit Fug und Recht sagen, dass er in seiner eigenen kleinen Welt, mit seiner eigenen Sichtweise, glücklich und zufrieden war.

Nach dem Essen machte es sich Johannes vor den Fernseher bequem, während seine Mutter in der Küche herumwerkelte.

Wie jeden Abend sagte seine Mutter: „Was soll nur aus Dir werden, wenn ich nicht mehr da bin? Wer kümmert sich dann um Dich? Willst Du Dich nicht doch einmal nach einer Frau umgucken?"
Jeden Abend verzichtete Johannes auf einen Kommentar, jeden Abend rollte er nur die Augen und schüttelte den Kopf.

Johannes hatte nie längere Affären. In der Vergangenheit hatte er schon die eine oder andere Freundin gehabt, aber als Handelsreisender war er selten zu Hause, hatte wenig Zeit für private Dinge.
So zerbrachen diese Beziehungen und in der Zwischenzeit hatte er sich mit seiner Situation im Leben abgefunden. Es ging ihm gut und es fehlte ihm an nichts, obwohl er sich manchmal, besonders an trüben

Tagen, danach sehnte, eine Frau außer seiner Mutter, an seiner Seite zu haben.

Er wollte sich nicht beklagen. Seine Arbeit machte ihm Spaß, der Verdienst war gut und das Leben mit seiner Mutter war alles in allem gut zu ertragen.

Jeden Abend um Punkt zweiundzwanzig Uhr ging Johannes zu Bett, um am nächsten Morgen wieder um sechs Uhr aufzustehen. Seit drei Jahren.

7.

„Ich muss mich besser vorbereiten. Ich darf ihn nicht *fragen*, ob er einen Kaffee möchte, ich *sage* ihm, dass ich den Kaffee für ihn schon bereitgestellt habe. Ja, so könnte es klappen." Carola schöpfte wieder Hoffnung.

An diesem Tag war sie während ihrer Arbeit sehr unkonzentriert. Andauernd fiel ihr etwas aus der Hand. Sie musste sich zwingen, an etwas anderes als an den Ableser zu denken. Ohne Erfolg.

Sie stiefelte zur Personalabteilung, klopfte höflich an und bat die Vorzimmerdame, sie beim Personalchef anzumelden. Fünf Minuten später stand sie Herrn Weber gegenüber.

„Ich habe am Montag einen unvorhergesehenen, aber unaufschiebbaren Termin wahrzunehmen und bitte deshalb um einen Tag Urlaub."
Tapfer brachte sie ihr Anliegen vor.
In Herrn Webers großem Büro kam sie sich sofort klein und unwichtig vor.

„Frau Kortmann, ich hatte Sie bereits mehrfach gebeten, die Termine nicht so kurzfristig anzumelden. Wir ersticken hier in Arbeit, da kann ich meinen Mitarbeitern nicht unplanmäßig Urlaub gewähren. Ich fürchte, Sie müssen diesen Termin verschieben."
Herr Weber sagte das in einem sehr energischen Ton. Carola wurde kreidebleich.

„Das geht nicht, Herr Weber", stammelte sie. „Unmöglich!" Verzweifelt starrte sie ihn an, eine Welt drohte für Carola zusammenzubrechen.

„Ja, Frau Kortmann, Sie haben durchaus Recht. Es ist unmöglich und es geht nicht! Wir erwarten Montag eine neue Lieferung, die noch am gleichen Tag wieder in den Versand muss. Wie Sie wissen, ist Frau Peters noch immer krank. Gehen Sie wieder an Ihre Arbeit. Versuchen

Sie Ihren Termin auf die übernächste Woche zu verlegen, dann können wir nochmals darüber reden. Reichen Sie mir dann einfach Ihren Urlaubsschein herein… Und getrauen Sie sich nicht, Montag mit einem Krankenschein anzukommen!"

Damit war für Herrn Weber die Sache erledigt. Wie vom Donner gerührt erstarrte Carola, aber es blieb ihr nichts anderes übrig, als den Rückzug anzutreten.
Tränen schossen ihr in die Augen. Sogar die alte Hexe aus der Buchhaltung schien Mitleid mit ihr zu haben.

Krampfhaft überlegte Carola, wie es zu dem Kaffeetrinken mit Herrn Berger doch noch kommen könnte. Sie konnte sich beim besten Willen nicht mehr auf ihre Arbeit konzentrieren.

Im Bus auf dem Nachhauseweg kam ihr dann die rettende Idee. Sie würde ihn anrufen. Sie würde behaupten, sie sei einige Tage nicht zu Hause, damit er sie nicht bitten konnte in den Keller zu gehen, um selbst abzulesen. Weitere Bewohner seien ebenfalls nicht zu dem Termin anwesend. Dann müsse Herr Berger unweigerlich auf ihren Terminvorschlag eingehen!

Inständig hoffte sie, ihre Stimme möge bei dem Telefonat nicht versagen. Sie übte und übte den bevorstehenden Telefonanruf immer wieder in den unterschiedlichsten Tonlagen.
Dann besann sie sich auf das Getue ihrer Kolleginnen, die andauernd ihre Termine verschoben und dies mit einer Selbstverständlichkeit taten, als sei alle Welt darauf angewiesen, sich nach ihren Terminkalendern zu richten.
Selbstbewusst klang das, ja, Selbstbewusstsein sollte in der Tonlage mitschwingen.

Carola nahm ihren ganzen Mut zusammen und wählte mit ihrem Handy die auf der Karte aufgedruckte Telefonnummer. „Guten Tag, Herr

Berger, mir ist das so unangenehm, aber ich möchte Sie bitten, den Termin am Montag zu verschieben.
Ich bin leider einige Tage verreist. Es kann Ihnen niemand öffnen. Dummerweise bin ich schon unterwegs, sonst hätte ich Ihnen die Zählerstände durchgeben können."

„Ah, ja. Mit wem spreche ich denn bitte?

„Oh, Entschuldigung, hier ist Carola Kortmann, Bad Cannstatt, Goethestraße achtundsiebzig."

In ihrer Aufregung war sie gleich mit der Tür ins Haus gefallen, ohne sich anständig zu melden, so wie es sich gehört. Hoffentlich hatte er ihre Nervosität nicht bemerkt. Sie fand, ihre Stimme klang fremd, kalt und gestresst, wie die einer vielbeschäftigten Businessfrau.

Frau Kortmann, natürlich! Goethestraße achtundsiebzig.
Er erinnerte sich sofort. Johannes hatte gehofft, ohne ihre Begleitung seine Arbeit verrichten zu können. Das Gefühl undefinierbaren Unwohlseins stieg wieder in ihm auf. Kein unangenehmes Unwohlsein, allerdings konnte er sein Gefühl nicht genau definieren.

„Das ist aber mehr als ungünstig, weil ich am Montag in dem Viertel bereits mehrere Termine habe. Dann müsste ich extra nochmals kommen.
Ich werde Ihnen eine Selbstablesekarte in den Briefkasten werfen, die können Sie dann kostenlos zurückschicken. Ach nein, da sind ja noch mehrere Zähler in dem Haus, die nicht zu Ihnen gehören. Ein- oder zwei Wohnungen stehen meines Wissens leer, die Werte müsste ansonsten der Hauseigentümer melden…und Frau Stadler bekommt dann auch eine Karte….
Oder könnten Sie so freundlich sein und…, nein, das wäre nicht ganz rechtens. Damit hätten wir ein Datenschutzproblem. Wann könnten Sie denn?"

Carola atmete hörbar auf. Es schien zu klappen. Blitzschnell überlegte sie, dass am Dienstag ihr Friseur geöffnet habe. „Dienstag, aber nachmittags. Der fünfzehnte März wäre gut."

„Hm. Da bin ich eigentlich in Hilkershausen." Johannes überlegte angestrengt, wie er um das unvermeidliche und seit drei Jahren immer wieder angetragene Angebot zum Kaffeetrinken herumkommen könnte.

Ein anderer Ableser hätte sie vielleicht aufgefordert, die Zählerstände aufzuschreiben und irgendwo zu deponieren. Johannes hingegen war gewissenhaft. Seine Projektleiterin hatte ihn auf dieses Verbot unter Berufung auf den Datenschutz ausdrücklich hingewiesen.

„Gut, aber es wird dann etwas später, nicht vor achtzehn Uhr. Ich komme kurz vor meinem Feierabend auf meinem Nachhauseweg bei Ihnen vorbei."

Carola bestätigte und man wünschte sich gegenseitig einen schönen Abend.
Nur war die Sache mit dem Kaffee jetzt wohl gestorben. Oder vielleicht einen Tee zum Feierabend oder ein Bier? Nein, das war zu aufdringlich.

Achtzehn Uhr, nun gut, trotzdem würde sie Urlaub einreichen.

8.
Johannes machte seine Arbeit gern, sie war sehr abwechslungsreich. Er kam mit vielen unterschiedlichen Menschen zusammen und trotzte jedem Wetter. Seitdem er als Ableser bei Wind und Wetter unterwegs war, fühlte er sich wesentlich gesünder und war auch gegen die Erkältungswellen, die seine Mitbürger befielen, so gut wie immun.

Als er sich entschlossen hatte, die Einladung der Dienstleisterfirma aus Rheinland-Pfalz anzunehmen, war er damals zunächst erschrocken über die hohe Teilnehmerzahl dieser Bewerberveranstaltung.

Männer und Frauen aller Altersgruppen, er zählte zweiunddreißig anwesende potenzielle Interessenten. Wahrscheinlich hatte seine Mutter doch recht gehabt, und er würde in ein Verkaufsgespräch verwickelt.

Er nahm auf den hintersten Stuhlreihen Platz. Sein Unbehagen wuchs. Doch am Ende waren seine Bedenken unbegründet. Er bekam einen Vertrag und wurde zu weiteren Schulungen eingeladen.

Anfänglich tat er sich schwer und stellte viele Fragen. Die übrigen zehn Teilnehmer in dem Schulungsseminar schienen weniger begriffsstutzig zu sein, dennoch bewältigte Johannes seine ersten Ablesetage mit Bravour und wurde sogar dafür gelobt.

Mehr als einmal bestätigte ihm Frau Waible, wie hochwertig seine Arbeit sei und wie sehr verbindlich und zuverlässig. Mittlerweile bearbeitete er locker viereinhalbtausend Zähler im Monat, manchmal sogar mehr.

Frau Waible hatte ihn sogar einige Male schon für andere Ablesungen herangezogen, die außerhalb seines Arbeitsgebietes waren. Er sprang gerne ein, wann und wo es erforderlich war. Frau Waible honorierte es stets mit einem Dank.
Manchmal fand er auf seinen Abrechnungen Bonusvergütungen.

Johannes freute sich über die Anerkennung und war stolz, seine Gewissenhaftigkeit wurde belohnt und - was allerdings noch viel wichtiger für ihn war - er wurde bemerkt!

Er wurde zwei Jahre später sogar zu einer Bewerberrunde eingeladen, um den „Neuen" von seinen Erfahrungen zu berichten.
Vor allen Anwesenden hatte Frau Waible seine durchgehend hervorragenden Leistungen herausgestellt. Im Anschluss der Veranstaltung wurde er von Frau Waible zum Abendessen eingeladen.
Johannes war hiervon sehr angetan. In den diversen Teamtreffen stellte sich nämlich heraus, dass diese Privilegien noch keinem seiner Kollegen zu Teil wurden.

Seine Mutter hatte er mit der Zeit auch beruhigen können, er war ausgeglichener als all die Jahre zuvor, deshalb freute sie sich mit ihm.

Wenn nur der Dienstag schon vorbei wäre!
Alle Termine im Dichter-und-Denker-Viertel hatte er inzwischen abgearbeitet, nur die Hausnummer achtundsiebzig hing über ihn wie ein Damoklesschwert.
Eigentlich fand er Frau Kortmann sehr sympathisch, eigentlich mehr als das. Und das machte ihm Angst.

Am besagten Dienstagmorgen arbeitete Johannes die Häuser in Autobahnnähe in Hilkershausen ab. Er war erst ein einziges Mal zuvor dort in dem Viertel gewesen, einige Häuser standen – wie im Vorjahr bereits auch – noch immer leer, so dass er einen erfolglosen Ableseversuch melden musste.
Er hatte mittlerweile ein geschultes Auge dafür, ob hin und wieder zu den leerstehenden Gebäuden jemand kam, um nach dem Rechten zu sehen. Wenn möglich, hinterließ er eine seiner Karten.

Ein größeres Gebäude hatte er gerade zusammen mit einem Hausmeister abgearbeitet. Er war sogar erneut zu einer Kundin zurückgelaufen, die ihn anrief und bat, doch nochmals möglichst sofort zurückzukommen. Die Dame hatte seine Terminkarte gefunden und sei nur kurz weggewesen.

Es war jetzt Mittagszeit. Johannes machte sich auf den Weg zu seinem Auto. Bei dem milden Märzwetter freute er sich auf seinen Kaffee und sein Butterbrot. Heute hatte ihm Mutter sogar ein Ei eingepackt.

In der Nähe seines Autos hatte er eine Sitzbank bemerkt, auf diese wollte er sich niederlassen und die ersten Sonnenstrahlen genießen. Johannes lief an den Häuserzeilen vorbei und stutzte.

Vor einer guten halben Stunde war das Gartentor an diesem Haus geschlossen gewesen, er war sich dessen ganz sicher. Jetzt stand es offen. Ein Fahrzeug parkte jedoch nicht vor dem Haus.
Im letzten Jahr wohnte dort niemand, daran konnte er sich sofort erinnern, als er das Haus in diesem Jahr wiedersah. Der Briefkasten war noch immer zugeklebt.
Der Garten war verwildert. Das Anwesen machte insgesamt einen verwahrlosten Eindruck.
Auch vor der besagten halben Stunde konnte er keine Veränderung zum Vorjahr feststellen, deshalb hatte er „Haus unbewohnt, Briefkasten zugeklebt, keine Selbstablesekarte hinterlassen", gemeldet. Jetzt rief er diesen Auftrag wieder auf, um ihn zu korrigieren.

Er schlussfolgerte, wenn das Tor jetzt offensteht, ist jemand im Haus! Deshalb beschloss er, seine Mittagspause ausnahmsweise noch zu verschieben und dieses Objekt noch abzuarbeiten. Möglicherweise wäre nach seiner Mittagspause derjenige bereits wieder fort. Vielleicht könnte er die Kontaktdaten des Eigentümers noch ermitteln. Das wäre ein runder Abschluss eines schwierigen Auftrags.

Er lief durch das geöffnete Gartentor auf die Haustür zu. Auch diese stand weit offen. Noch vom Garten aus sah er bereits den Stromzähler, der direkt im Hausflur auf ihn zu warten schien.

Er zögerte. Sollte er klingeln? Oder sollte er einfach die Zahlen in sein Gerät eintippen? Bis jemand an der Haustür erschienen wäre, wäre er schon lange fertig.
Er entschied sich dennoch zu klingeln. Die Klingel aber gab keinen Ton von sich. Er trat einen Schritt in den Hausflur und begann „Hallo" zu rufen.

Johannes meinte, Stimmen zu vernehmen. Gleichzeitig begann er bereits, die Daten des Stromzählers in sein Gerät einzutippen. Das Gerät würde automatisch Datum und Uhrzeit dieser Ablesung festhalten.
Wie wichtig dieser Umstand für ihn sein würde, konnte er zu diesem Zeitpunkt noch nicht erahnen.

Die Stimmen blieben. Niemand kam.
Johannes beschlich intuitiv ein beklemmendes Gefühl, ohne dafür eine Erklärung zu haben. Er hatte seine Arbeit getan. Es würde keinen Grund geben, sich nochmals bemerkbar zu machen.
Oder besser doch?

Später würde der Eigentümer vielleicht fragen, wie er denn in ein unbewohntes Haus gekommen sei und ihn schlimmstenfalls des Einbruchs bezichtigen.
So ergänzte er vorsichtshalber den Auftrag, in dem er festhielt, dass die Haustür weit offenstand und auf sein Rufen niemand geantwortet habe. Ferner setzte er hinzu: "Klingel defekt, Zählerplatz direkt gegenüber der Haustür."
Jetzt war er auf der sicheren Seite.

Gerade als er sich zum Gehen abwendete, wurden die Stimmen im Haus lauter. Offensichtlich stritten sich mindestens zwei Männer. Er meinte auch, eine Frauenstimme herauszuhören.
Das hatte ihm gerade noch gefehlt! Wahrscheinlich Erbschaftsstreitigkeiten, mutmaßte er.

Dann hörte er etwas, was er besser nicht gehört hätte! Die drohende tiefe Stimme durchzuckte seinen Körper wie bei einem elektrischen Schlag.
Johannes trieb es Schweißperlen auf die Stirn. Er war unfähig, einen klaren Gedanken zu fassen und unfähig, sich zu bewegen. Aber er musste hier weg! Sofort!
Wenn man ihn entdecken würde, ginge es ihm an den Kragen!

„Sofort weg hier!", durchfuhr es ihn. „Wegrennen oder davonschleichen? Was ist besser?"
Er entschied sich für schnelles Davonschleichen Bloß nicht mehr umdrehen, um im Falle einer Entdeckung so zu tun, als habe er nichts mitbekommen.
Er meinte, Blicke hinter den schäbigen Vorhängen zu spüren, traute sich aber nicht mehr, sich noch einmal umzuschauen. Das würde dann sicherlich so aussehen, als habe er ein schlechtes Gewissen. Es kostete ihn große Überwindung.

Niemand war auf der Straße zu sehen. Erst als er außer Sichtweite des Hauses war, rannte er los und hielt erst an seinem Auto wieder an. Vor Aufregung fiel ihm der Autoschlüssel aus der Hand, erst jetzt bemerkte er, wie sehr er zitterte.
Auf jeden Fall würde jetzt die Mittagspause ausfallen, das erste Mal seit drei Jahren.

Es gelang ihm, sein Auto zu starten. Er bewegte sich ortsauswärts und konnte sich nach einem kleinen Umweg in den fließenden Verkehr der A 81 einfädeln.
Wohin fuhr er überhaupt? Ohne sich in irgendeiner Weise zu orientieren oder sich zu konzentrieren, war er einfach losgerast, ohne wirklich zu wissen, wohin er wollte – Hauptsache weit weg!

Auch das noch! Er fuhr in jedem Fall in die falsche Richtung! Geradewegs Richtung Singen.

Was sollte er tatsächlich jetzt machen? Polizei! Er müsse die Polizei verständigen.

Was dann? Würde er sich selbst verdächtig machen? Oder – er sah erschrocken in den Rückspiegel – wurde er bereits verfolgt?
Beinahe wäre er auf seinen Vordermann gekracht, Johannes hatte nicht bemerkt, wie sich der Verkehr staute.

Es gelang ihm, sich zwischen zwei LKWs zu drängen. Seine eventuellen Verfolger würden ihn dann jedenfalls nicht so schnell sehen.
Oder – waren sie etwa direkt neben ihm auf der linken Spur?
Johannes wurde es speiübel. Er musste sich zusammennehmen, um nicht hinter dem Steuerrad zu kollabieren, um dann von dem hinter ihm fahrenden LKW zerquetscht zu werden.

An einer der nächsten Ausfahrten würde er herausfahren, die nächste, übernächste oder die, die ihm dann gerade am geeignetsten erschien. Später würde er über Schleichwege zurück nach Stuttgart fahren.
Vielleicht würde er sich zwischendurch in den Wäldern verstecken, aber zuallererst musste er von dieser Autobahn.

9.
Carola hatte allen Kolleginnen am Montag erzählt, sie würde am Folgetag nicht zur Arbeit kommen, da sie einen wichtigen Termin habe. Ihre Kolleginnen nahmen es kopfnickend zur Kenntnis, niemand aber fragte sie, was denn so wichtig sei, dass sie schon tagelang total *neben der Kapp'* liefe.

Gott sei Dank hatte sie am Dienstagvormittag noch einen passenden Friseurtermin bekommen, aber nur auf Drängen, da sie auch ihrer Friseurin von dem dringenden Termin erzählte. Aber auch die Friseurin fragte nicht, weshalb dieser Termin so wichtig sei.
Auch nicht, als sie darum bat, die Kosmetikerin in dem Salon solle sie dezent schminken.

Gegen Mittag betrat sie eine Parfümerie, ließ sich viel Zeit bei der Auswahl des Duftwassers und war erschrocken über den Preis. Der Verkäuferin erzählte sie ebenfalls von dem wichtigen Termin, auch hier wurden keine Fragen gestellt.

Sie wollte auf alles vorbereitet sein, so ging sie in den Supermarkt und kaufte Gemüse und Salat. Beim Metzger kaufte sie Steaks und Schnitzel.
Sie war sich immer noch nicht sicher, ob sie nicht *zufällig* gerade das Essen fertig haben würde, wenn der Ableser käme. Und vielleicht hätte dieser *zufällig* auch gerade Appetit auf ein saftiges Steak.

Verflixt, sie hatte den Wein und das Bier vergessen.
Sie getraute sich aber nicht noch einmal in den Supermarkt. Man würde sie vielleicht komisch anschauen, also ging sie den weiteren Weg in die Getränkehandlung.

„Ich habe heute einen wirklich wichtigen Termin. Ich weiß aber nicht, was mein Gast gerne trinkt, deshalb brauche ich Weißwein, Rotwein, Sherry und drei Flaschen Bier. Aber ich bin leider keine Weinkennerin."

Der Verkäufer hinter dem Ladentisch grinste breit und sprach seine Empfehlungen aus. Dann verrechnete er für den Rotwein siebzehn Euro fünfundneunzig, für den Weißwein zwölf Euro neunzig.
Dabei beteuerte er einige Male zu viel, sie habe ganz sicher eine gute Wahl getroffen.
Den Sherry solle sie besser nicht ganz so trocken nehmen, hier war sie mit knappen achtundzwanzig Euro dabei. Und das Bier, natürlich aus der Region, dann könne sie nichts falsch machen.

Mit dem Bus machte sie sich vollbeladen auf den Heimweg. Ihre Taschen hingen schwer an ihr herunter.
Es war knapp vierzehn Uhr, genug Zeit, um alle weiteren Vorbereitungen zu treffen.
Wenigstens regnete es nicht, dann wäre ihre Frisur hinüber gewesen! Mit den Einkaufstaschen hätte sie bestimmt keinen Regenschirm mehr halten können.

Sie sagte sich immer wieder, dass sie sich nicht so abhetzen dürfe, damit die Schminke nicht verläuft. „In der Ruhe liegt die Kraft. Carola, langsam, nimm Gas weg!"

Trotzdem war sie fix und fertig, als sie endlich ihre Wohnungstür aufschloss.
Carola war heilfroh, denn ihr bliebe noch Zeit genug, um sich wieder zu akklimatisieren.

10.

Ausfahrt Herrenberg, endlich! Johannes fuhr immer noch zwischen den beiden LKWs, die Blechlawine ging nur schleppend weiter – stopp and go. Aber jetzt war die rettende Ausfahrt in Sicht.

Er würde erst kurz vor der Abbiegespur den Blinker setzen und dann davonbrausen. Ein eventueller Verfolger wäre dann hoffentlich abgehangen. Johannes hoffte nur, der LKW hinter ihm, der viel zu dicht auffuhr, würde sein Abbiegen rechtzeitig bemerken. Es ging gut.

Nachdem er einen Teil der Landstraße hinter sich gelassen hatte, atmete er tief durch.
Am Ende des Waldrandes befand sich ein Wanderparkplatz. Den kannte er. Dort würde er jetzt erst einmal anhalten und sich sammeln. Er brauchte einen klaren Kopf. Vielleicht wäre der Kaffee jetzt gut.

Auf dem Parkplatz stieg er aus und setzte sich mit seinem Kaffeebecher auf die feuchte Holzbank.
Er bemerkte die Nässe nicht, die kühle Luft tat ihm gut.

Offensichtlich war ihm bis hierher niemand gefolgt. Aber sicher fühlte sich das nicht an.
Wer weiß, ob jemand ihm auf den Fersen war! Vielleicht war es den Leuten gelungen, sein Kennzeichen zu notieren. In diesen Kreisen wäre es eine Kleinigkeit, ihn ausfindig zu machen und ihn vor seinem Haus abzufangen.

Seine Mutter fiel ihm ein. War sie in Sicherheit? Sollte er sie anrufen und sich nach ihrem Befinden erkundigen? Nein, sie würde sofort Himmel und Hölle in Bewegung setzen, um den wirklichen Grund des Anrufes zu erfahren. Er rief während der Arbeitszeit seine Mutter niemals an.

Er malte sich aus, wie sie einem Fremden die Tür öffnen würde, der sich unter einem für sie glaubhaften Vorwand Zutritt verschaffte.

Der Gangster würde sie überwältigen und gefesselt und geknebelt an einen Stuhl binden und ihr die Pistole an die Schläfe halten, bis er, Johannes, dann ahnungslos nach Hause käme.
Schweiß brach ihm aus und er musste sich zusammenreißen, um diese Bilder wieder aus dem Kopf zu bekommen.

Was aber sollte er jetzt wirklich tun?
Die Polizei anrufen! - Das sagte ihm sein logischer Menschenverstand.
Johannes war stets korrekt und hatte sich noch nie etwas zu Schulden kommen lassen.
Er hatte Angst. Große Angst!

Würde die Polizei ihm überhaupt glauben? Würde man ihn, weil er sich so unsicher fühlte, etwa selbst verdächtigen?
Würden die Personen aus dem Haus nicht dadurch erst recht auf ihn aufmerksam?
Er würde sicherlich bei der Polizei seine Personalien hinterlassen müssen. Dann war er aktenkundig!
Johannes wurde es erneut speiübel. Er befürchtete schon, er müsse sich übergeben.

Hatte er sich überhaupt richtig verhalten?
Durfte er denn überhaupt das Haus betreten?
Oh Gott, man würde die Sache umdrehen und ihm Hausfriedensbruch vorwerfen. Erneute Panik stieg in ihm auf.

Johannes atmete mehrfach tief durch und zwang sich, seine Gedanken zu sortieren. „Wen kann ich anrufen? Wer kann mit in dieser Situation helfen?"

Frau Waible fiel ihm ein. Er könnte ihr alles schildern, sie würde ihm glauben und hätte vielleicht eine Idee.

Mit zittrigen Händen holte er sein Ablesegerät hervor.

Das Gute an dem Gerät war, dass dieses Ablesegerät auch eine Telefonfunktion hatte. Eigentlich war es nichts anderes als ein herkömmliches Smartphone, nur mit einem eigenen Programm bestückt.

So war er stets erreichbar und konnte alle geschäftlichen Telefonate über dieses Gerät abwickeln.
Der Kunde konnte ihn anrufen, ohne seine Privatnummer zu haben.
Johannes trennte Geschäftliches und Privates streng, von seinem eher spärlichen Privatleben einmal abgesehen, niemals führte er Privatgespräche von diesem Gerät.

Noch bevor er Frau Waibles Nummer wählen konnte, meldete das Gerät:
„Achtung, der Datentransfer liegt über zwei Stunden zurück. Um den Verlust Ihrer bearbeiteten Daten zu verhindern, führen Sie bitte sofort einen Datentransfer durch."
Alle Daten empfing er über diesen elektronischen Datenaustausch, auf diesem Wege gab er auch die bearbeiteten Aufträge zurück.

Ganz automatisch machte er den Datenaustausch und wählte anschließend Frau Waibles Nummer. Das Telefon schellte und schellte. Nichts Ungewöhnliches.

Frau Waible hatte ihm bei passender Gelegenheit gebeten, es mehrfach zu versuchen, da sie mehrere freie Telefonleitungen im Hause habe und bei einem Durchschellen während der normalen Geschäftszeiten wohl mehrere Gespräche gleichzeitig eingegangen sein müssten.
Beim dritten Anlauf klappte es. Am anderen Ende meldete sich eine vertraute Stimme: „Waible, guten Tag."

„Oh, hallo Frau Waible, störe ich? Hier ist äh... hier ist Berger. Ich wollte, ich... also ich habe gerade einen Datentransfer gemacht und Sie müssten jetzt die Daten von mir bekommen haben."

„Hallo Herr Berger. Warten Sie, ich schaue nach, ob ich schon etwas sehe... nein, noch nicht, aber das dauert einige Minuten, bis der Datensatz verarbeitet ist.
Was kann ich denn für Sie tun?"

Bis hierher konnte Frau Waible noch immer keinen plausiblen Grund des Anrufs erkennen.
Johannes schwieg eine Weile, welch blöde Idee, Frau Waible anzurufen, als ob sie ihm jetzt helfen könnte!

„Ich wollte nur sagen, ich kann ... ich möchte für heute gerne aufhören. Mir... mir geht es nicht gut. Ich würde gerne nach Hause fahren."

„Aber klar doch Herr Berger, das ist doch kein Problem, haben Sie es noch weit?"

„Nein, das geht schon, aber...nur damit Sie sich nicht wundern, wenn von mir heute nichts mehr kommt."

Herr Berger hatte sich noch nie krankgemeldet, deshalb wunderte sich Frau Waible nicht über diese Unbeholfenheit.

„Wenn ich Daten an einen Kollegen weitergeben soll, sagen Sie es nur. Ich kann jederzeit etwas umbuchen."

„Nein, nein! Das ist wohl vorläufig nicht nötig!
Da fällt mir ein, ich habe heute Abend noch einen Termin ausgemacht. Diesen mache ich selbstverständlich noch. Der Kunde wartet und hat extra den Termin schon einmal verschoben."

„Soll jemand anderer das übernehmen, Herr Berger?"

„Hmm. Das käme mir zwar sehr entgegen, aber ich komme ja fast direkt an dem Haus vorbei, wenn ich nach Hause nach Fellbach fahre.

Vielleicht habe ich Glück und es ist schon vorher jemand da. Nein, lassen wir es so wie es ist. Danke, Frau Waible."

„Also gut. Herr Berger, fahren Sie nach Hause und ruhen Sie sich aus. Morgen sehen wir weiter.
Kommen Sie zuerst wieder auf die Beine. Bitte melden Sie sich doch morgen nochmals bei mir, wenn Sie längere Zeit ausfallen. Ich wünsche Ihnen zunächst eine gute Besserung und einen guten Heimweg. Tschüss, Herr Berger."

„Ja, ja danke. Tschüss Frau … ja … Waible. Ja…"

Beide Parteien legten den Hörer auf. Frau Waible war beunruhigt, hatte jedoch keine Erklärung dafür. Nur ein Bauchgefühl!
Herr Berger klang seltsam aufgeregt. In seiner Stimme meinte sie ein Zittern vernommen zu haben. Aber vielleicht irrte sie sich auch.

Der heutige Tag war sowieso sehr hektisch. Seit um sieben Uhr heute in der Früh schellte das Telefon ununterbrochen, Frau Waible wusste schon gar nicht mehr, was sie zuerst machen sollte.

Sie brauchte eine Pause, danach wäre sie sicher wieder in der Lage, die Dinge objektiver anzugehen.
Trotzdem ging ihr der letzte Anrufer lange nicht aus dem Kopf.

Herr Berger war immer überaus korrekt. Er würde sie nicht informiert haben, wenn es ihm nicht wirklich schlecht ginge.
Seit sie ihn kannte, war dieser Mitarbeiter stets einhundertprozentig zuverlässig, überall einsetzbar und auch mit schwierigen Ableseaufgaben jederzeit zu betrauen.

Ablesungen, die das normale Arbeitspensum überstiegen, weil sich der Ableser eben durch die verschiedenen Listen der Hausverwaltungen, deren Hausmeister und Schlüssellisten kämpfen musste, wurden in einem hohen Maße auch von Herrn Berger übernommen, der es

verstand, der Bürokratie durch sympathisches Auftreten ein Schnippchen zu schlagen.
Dort, wo andere Mitarbeiter sich die Hacken abgerannt hätten, um in den verschlossenen Kellerraum zu gelangen, nachdem sie dann endlich einen Hausmeister ausfindig gemacht hatten, dort öffnete sich Tür und Tor wie durch Zauberhand für Herrn Berger, praktisch wie von selbst.

Egal in welcher Ablesung Herr Berger gerade war, egal in welcher Stadt, egal für welches Energieunternehmen er unterwegs war und egal, welche sonstigen Hindernisse ihm im Wege standen, er lieferte stets seine übertragenen Aufträge pünktlich und korrekt ab. Nicht selten hatte er die allerbesten Ergebnisse im Vergleich zu seinen Teamkollegen.

Seine Kollegen, ob jünger oder älter, ob Männlein oder Weiblein, konnten ihm schon lange das Wasser nicht mehr reichen.
Zudem empfand Frau Waible das Arbeiten mit Herrn Berger als sehr angenehm.

Anders als viele seiner Kolleginnen und Kollegen, rief er nur an, wenn er auf ein für ihn wirklich unlösbares Problem gestoßen war, oder er zu manchen Aufträgen Ergänzungen machen musste.
Niemals aber rief er an, um sich wegen eines zugeteilten Gebietes, zu vieler Aufträge, oder einer Abrechnung zu beschweren.
Niemals tanzte er aus der Reihe. Niemals versuchte er unqualifizierte Verbesserungsvorschläge zu machen.
Das konnten einige Kollegen sehr gut, immer das Rad neu erfinden, ohne zu überlegen, welche Gedanken, und vor allem, welche Arbeitsprozesse hinter all diesem komplexen System standen.

Als sie ihn das erste Mal in der Bewerberveranstaltung sah, wirkte Johannes Berger sehr ängstlich.
Trotzdem hatte sie sich entschlossen, ihn einzustellen, was sich im Nachhinein als Glücksgriff erwies.

Nicht mehr als andere Neulinge auch, hatte er Startschwierigkeiten, die sich jedoch nach einigen Tagen in Luft auflösten und eine reibungslose Abwicklung seiner Aufgaben garantierten.

Die Qualität seiner Arbeit war nicht nur für Frau Waible, sondern für das gesamte Unternehmen ein Gewinn. Es gab kaum Raum für Reklamationen oder erforderliche Nacharbeiten.
Jede dieser Nacharbeiten, wenn zum Beispiel das Energieunternehmen eine nicht plausible Wertangabe monierte und eine Kontrolle forderte, empfand Johannes als persönliche Kriegserklärung, und in der Tat waren die meisten seiner Angaben völlig korrekt und Reklamationen grundlos.

Frau Sabine Waible schüttelte noch einmal den Kopf. Sie rief die abgelesenen Aufträge des heutigen Tages nochmals auf. Sie konnte keine Unstimmigkeiten feststellen.
Die letzte Ablesung hatte Herr Berger um 12.07.23 Uhr getätigt. Seinen Anruf erhielt sie über eine Stunde später.

Währenddessen saß Johannes noch immer auf der feuchten Bank, weiterhin unfähig, einen klaren Gedanken zu fassen.

„Vielleicht ist es besser, ich fahre Richtung Stuttgart über Schleichwege", sagte er halblaut zu sich. „Eventuell kann ich schon bei Frau Kortmann vorbeischauen, wenn ich Glück habe, ist sie schon früher daheim."

Gegen fünfzehn Uhr dreißig erreichte er nach einer Zick-Zack-Fahrt, zunächst durch Stuttgart, die Stadtgrenze Bad Cannstatts.
Zehn Minuten später klingelte er völlig erschöpft an Carola Kortmanns Haustür.

11.
In Hilkershausen in der Oberen Wallstraße Nummer neun hatte niemand den Ableser bemerkt. Niemand hatte ihn gesehen und doch wussten die Anwesenden, jemand musste im Haus gewesen sein. Auf dem Zählerkasten lag ein Block mit Kundenselbstablesekarten eines Energieunternehmens.
Auch das wäre kein Grund zur Beunruhigung gewesen. Niemand hätte sagen können, ob diese Karten nicht schon länger dort lagen, aber die oberen zehn Karten waren zum Teil vorgeschrieben.

„Ich habe Sie heute, am 15. März um ……… Uhr, nicht angetroffen.
Im Auftrag der Energiewerke Württemberg und Baden soll turnusmäßig Ihr Energiezähler abgelesen werden.

Daher bitten wir Sie jetzt um Unterstützung. Lesen Sie Ihre Zählerstände bitte selbst ab und teilen Sie diese möglichst umgehend mit. Alle Daten finden Sie auf der Rückseite dieser Karte.

Vielen Dank: Energiewerke Württemberg und Baden

Nur das aktuelle Datum verriet die heutige Anwesenheit des Fremden ohne Namen, der offensichtlich ein Beauftragter des Energiewerkes Württemberg und Baden war. Eine Telefonnummer war auf diesen Karten nicht ersichtlich. So fragten sich die Anwesenden, ob von diesem Fremden eine Bedrohung für sie ausging und was der Fremde gehört oder gesehen hatte.

Die Karten hatte Johannes noch gar nicht vermisst.

12.
Carola Kortmann erschrak. Es klingelte. Wer würde das denn nun sein?
Der Postbote war schon vor einer Stunde dagewesen, eine Lieferung eines Versandhauses erwartete sie nicht.

Von keinem ihrer Fenster oder von der Dachterrasse aus konnte sie die Haustür einsehen. Carola zögerte und entschied sich, nicht zu öffnen.

Wahrscheinlich klingelte Frau Stadler bei ihr, um ihr wieder in völlig unzusammenhängenden Sätzen eine ihrer furchtbaren Geschichten zu erzählen. Meistens schlurfte die Stadler ohne ein zweites Klingeln wieder in ihre Wohnung, wenn Carola nicht öffnete.

Nach einiger Zeit klingelte es jedoch ein weiteres Mal. Carola vermutete einen Zeitschriftenverkäufer, oder einen sonstigen Hausierer. Noch immer zögerte sie. Dann ging sie zur Sprechanlage und meldete sich.

„Hallo?"

„Hier ist Ihr Ableser, ich bin ein bisschen früher fertig geworden. Schön, dass Sie schon da sind. Machen Sie mir bitte auf?"

Herrje, jetzt hätte sie beinahe Herrn Berger verpasst!
Aber er kam ungelegen, sie hatte noch längst nicht alles vorbereitet. Automatisch drückte Carola den Türöffner, flitzte zur Kaffeemaschine und schaltete diese ein. Gott sei Dank hatte sie wenigstens den Kaffee vorbereitet, sie musste nur noch den Knopf betätigen, um die Kaffeemaschine einzuschalten.
Wie gut, sie hatte sich auch auf dieses Szenario eingestellt. Falls der Ableser doch eher erscheinen würde als angekündigt, hatte sie vorsichtshalber den Kaffeetisch vorbereitet. Dann hastete Carola die Treppe herunter.

Carola nahm zwei Stufen auf einmal und kam dann an den oberen zwei Stufen der Kellertreppe zu Fall.
Herr Berger, der sich schon im Keller an den Stromzählern zu schaffen machte, erschrak über den Aufschrei.

„Um Himmels Willen, Frau Kortmann! Haben Sie sich etwas getan?"

Unfähig zu antworten biss sich Carola auf die Lippen.
Der linke Fuß schmerzte höllisch und sie versuchte sich aufzurichten.
Herr Berger, der inzwischen die Treppe hochgeeilt war, reichte ihr hilfreich die Hand und zog sie hoch.

„Danke", ächzte sie.

Sie war vor Scham knallrot geworden, ihr war es so peinlich. Alles hatte sie einkalkuliert, bis ins letzte Detail ausgeklügelt, nur nicht, dem Ableser auch noch vor die Füße zu fallen.
Carola stützte sich am Treppengeländer ab.

„Geht`s?", fragte Herr Berger unsicher. Carola nickte.

„Ich bin gleich fertig, nur noch der Gaszähler. Ich mache das schon. Dann bringe ich Sie nach oben und Sie schauen sich das Malheur genauer an."

Carola war immer noch nicht fähig, einen klaren Gedanken zu fassen. Sie versuchte mit dem schmerzenden Fuß aufzutreten. Hoffentlich war nichts gebrochen.
Ein neuer Schmerz ging ihr durch Mark und Bein.
Immerhin er hatte gesagt, er bringe sie hoch in ihre Wohnung. Und da brühte gerade der Kaffee auf.

Herr Berger kam von seinem Gaszähler zurück.

„Frau Kortmann, Sie sind ja kreidebleich! Fallen Sie mir bloß nicht um. Kommen Sie, setzen Sie sich erst einmal auf die Treppe!"

Beide starrten den linken Fuß an. „Sieht nicht gut aus, Frau Kortmann. Der Fuß schwillt richtig an. Meinen Sie, Sie schaffen es bis in Ihre Wohnung?"

Carola nickte. „Ich werde es versuchen, ich habe ja alles offenstehen. Ich muss nach oben, und der Kaffee ist doch auch fertig."

Herr Berger runzelte die Stirn, sagte aber nichts.
Dann hakte er sich unter und half Carola die Treppe hinauf. Immer wieder mussten sie anhalten, zu sehr schmerzte der Fuß.

Tatsächlich stand die Wohnungstür weit offen. Es roch nach frischem Kaffee.
Carola wurde von Herrn Berger auf einen Stuhl in der Küche verfrachtet. Er selbst blieb unsicher stehen und wusste jetzt nicht so recht, was er tun sollte.
Auf dem Tisch standen zwei Kaffeegedecke und Frau Kortmann bestand darauf, er möge doch bitte die zwei Tassen füllen.

In dieser Situation wollte Johannes nicht ablehnen und tat wie ihm befohlen. Er brauchte heute zu keinem weiteren Termin mehr. Bei Frau Waible hatte er sich ebenfalls abgemeldet. Deshalb könne er sich sicherlich etwas Zeit für einen frischen Kaffee nehmen.

Er gestand sich ein, dass er nach seinem Erlebnis in Hilkershausen nun gerne einen warmen frischen Kaffee trinken würde, schon um sich zu entspannen und um sich abzulenken.
Nur hatte sich Johannes die Ablenkung so nun auch wiederum nicht vorgestellt.

Zu seiner Verwunderung war die Wohnung modern und gemütlich eingerichtet, warme Holztöne und helle Farben an den Wänden harmonierten gut miteinander und gaben diesen Räumen eine gewisse Heimeligkeit.

An den Wänden hingen abstrakte Bilder hinter rahmenlosem Glas. Johannes glaubte die Farbtöne der Bilder in den Sofakissen wiederzufinden.

Die Küche war in einem modernen beige/gelb gehalten. Kein Kitsch störte das Gesamtbild. Alles picobello aufgeräumt.

Er wusste selbst nicht, was er erwartet hatte, aber ganz sicher nicht diese so geschmackvoll eingerichtete Wohnung.
Beinahe schämte er sich für seine Gedanken.

Er kam in viele Häuser und Wohnungen und sah einiges. Eigentlich hätte er es wissen müssen. Er hatte sich schon einige Male vom äußeren Schein blenden lassen.

Manche Dame, die top frisiert und geschminkt in edlen Kleidern ihm die Tür öffnete, hatte hinter dieser Tür ein mehr oder weniger großes Chaos. Wäschehäufen, gebrauchtes Geschirr aufgetürmt in der Küche und Schuhe in der gesamten Wohnung verstreut, zugestellte und vermüllte Treppen und unzählige Papiere und Briefe auf allen Tischen und Ablagen, war nicht selten das, was Johannes in manchen Häusern vorfand.

„Bitte setzen Sie sich doch", Carolas Gesicht war schmerzverzehrt, dennoch durfte sie es auf gar keinen Fall zulassen, dieses Event zu vermasseln.

„Wie geht es Ihrem Fuß? Sollten wir nicht vielleicht einen Arzt rufen?"

Carola schüttelte den Kopf. Hin und wieder massierte sie ihren Fuß, ungewollt schossen ihr Tränen in die Augen. „Nur nicht heulen", sagte ihre innere Stimme, „meine Schminke verläuft und dann sehe ich aus, wie ein Clown!"

Johannes war mit der Situation total überfordert und strich sich nervös durch sein lichtes blondes Haar.
Johannes setzte sich endlich. „Frau Kortmann, der Kaffee ist wirklich gut."

Carola nickte. Sie hatte noch keinen Schluck getrunken. „Es ist mir so unangenehm, Sie mussten extra wegen mir nochmals kommen, und jetzt das!"

„Machen Sie sich deshalb keine Gedanken. Es hat ja geklappt. Ich habe für heute Feierabend und Ihre Wohnung liegt auf meinem Nachhauseweg."

Er schluckte. Ihm war es tatsächlich gelungen, für eine kurze Weile das Ereignis in Hilkershausen zu vergessen. Jetzt aber brannte sich das Gehörte erneut in sein Gedächtnis ein und er begann zu schwitzen.

Carola bemerkte von alldem nichts und versuchte krampfhaft, das Gespräch aufrecht zu erhalten.
Der schmerzende Fuß verhinderte dies erfolgreich, und so saßen beide eine ganze Weile schweigend vor ihrem Kaffee.

„Wollen Sie nicht doch zu einem Arzt?", fragte Johannes endlich. „Ich könnte Sie ins Krankenhaus fahren."

Zum Donner, was redete er denn! Wieso sollte er eine fremde Frau durch die Gegend kutschieren. Er hätte ja auch sagen können: „Sollen wir einen Krankenwagen rufen?"

Zu spät! Frau Kortmann sprang darauf an.
So würde sie Gelegenheit haben, noch längere Zeit mit ihm zu verbringen.

Mit strahlend leuchtenden Augen sagte sie: „Das würden Sie für mich tun? Oh, Herr Berger, ich weiß gar nicht was ich sagen soll… Ich bin in manchen Dingen so unbeholfen.
Wenn man alleinstehend ist, ist Manches so schwierig. Hätten Sie denn Zeit? Ich meine, im Krankenhaus wird es ja dauern, bis…"

Kruzifix, hätte er doch nur seinen Mund gehalten! Mit dem Hinfahren war es also nicht getan. Frau Kortmann musste auch wieder nach Hause, wenn die Ärzte sie nicht dabehalten würden.

Stattdessen sagte er: „Natürlich, Frau Kortmann. Eigentlich ist es doch meine Schuld. Wenn ich nicht gewesen wäre, wären Sie wohl nicht ausgerutscht."

„Ach Herr Berger, was soll ich jetzt sagen? Sie machen mich ganz verlegen", schämte sich Carola.

„Ich richte schnell ein paar Sachen zusammen für den Fall der Fälle. Meine Krankenkassenkarte darf ich nicht vergessen. Nehmen Sie sich doch bitte noch einen Kaffee."

Schon war sie aufgesprungen und versuchte in ihr Schlafzimmer zu humpeln. Keine gute Idee. Sofort plumpste sie wieder zurück auf den Stuhl. Wohl kaum konnte sie ihren Gast bitten, ihre Wäsche zusammen zu richten, oder gar ihre Toilettenartikel.

Herr Berger aber befürchtete gerade das und sagte schnell: „Na, wahrscheinlich dürfen Sie eh gleich wieder nach Hause. Sonst wird Ihnen sicherlich eine Freundin die nötigen Dinge bringen."

Freundin? Sie hatte keine, die ihr die Wäsche bringen könnte, außer Frau Stadler vielleicht. Aber daran mochte sie lieber nicht denken. Herrn Berger konnte sie das natürlich auf gar keinen Fall sagen.

Carola hatte unter ihrer Fußmatte immer einen Schlüssel deponiert. Dazu hatte ihr ihre Mutter geraten. Für alle Fälle, falls sie einmal hilflos in ihrer Wohnung liegen würde, könne man ihr so zur Hilfe eilen, ohne die Tür aufbrechen zu müssen. Natürlich könnte dadurch jeder andere ungebetene Gast auch ungehindert in ihre Wohnung gelangen. Nachdem Carola das Für und Wider abgewogen hatte, hatte sie sich für das Deponieren des Schlüssels entschieden.
Sie würde ihre Mutter notfalls bitten, ihr die Wäsche zu bringen, falls sie stationär im Krankenhaus bleiben müsste.

„Kommen Sie, ich fahre Sie." Johannes war aufgestanden und schon bei Carola, half ihr auf und führte sie hinaus.

Carola bat ihn, die rote Jacke von der Garderobe zu nehmen und unbeholfen zog sie diese mit seiner Hilfe über. Ihre Handtasche trug er. Gemeinsam erreichten sie das Auto. Carola weinte mittlerweile vor Schmerz.

13.
„Es muss jemand hier gewesen sein! Verdammt, warum stand denn überhaupt die Haustür offen?"

Die drei Männer und die Frau wirkten nervös. Was hatte der Fremde gehört oder gesehen?
Sie mussten schnellstens herausfinden, wer der ungebetene Gast war.
Bei den Energiewerken würde man ihnen die Adresse geben!

Kurz vor Feierabend erhielt Frau Waible einen Anruf von Herrn Bohn, einem Sachbearbeiter bei den Energiewerken Württemberg und Baden.

„Hallo Frau Waible, ich habe hier eine sehr komische und seltsame Geschichte aufgetischt bekommen und würde gerne wissen, was Sie davon halten."

„Ah, Herr Bohn, guten Tag. Komische und seltsame Geschichten höre ich jeden Tag", flachste Frau Waible zurück, wurde aber sofort wieder ernst. „Erzählen Sie schon!"

„Wir erhielten einen Anruf einer Kundin, diese möchte wissen, wer heute im Anwesen Obere Wallstraße Nummer neun in Hilkershausen den Stromzähler abgelesen hat. Sie verlangte den Namen und die vollständige Adresse mit Telefonnummer des Ablesers.
Die Kundin wollte mir aber ihre eigene Telefonnummer nicht geben und bestand darauf, nochmals anrufen.
Auch im Telefondisplay war keine Nummer ersichtlich. Als ich dann nochmals nach dem Namen fragte, redete sie drumherum, sie sei nur die Frau des Hauswarts. Deshalb habe ich die Daten vorsichtshalber erst einmal nicht weitergegeben.
Wenn sie nicht ausdrücklich nach der Adresse des Mitarbeiters gefragt hätte, wäre ich gar nicht stutzig geworden.

Ich sagte der Kundin, ich müsse im System nachschauen, das würde aber eine gute halbe Stunde dauern, bis ich Zugriff auf diese Daten hätte."

Herr Bohn machte eine kurze Pause.

„Ich habe die Adresse in unserem System geprüft. Das Haus ist leerstehend, als Eigentümer ist seit Jahren eine Erbengemeinschaft eingetragen, die letzten Jahre haben wir die Stände schätzen müssen."

„Komisch, ja wirklich! Ich schaue kurz, welcher Außendienstmitarbeiter dort unterwegs war."

Frau Waible tippte die Daten in den Computer und wurde fündig.
„Ah ja, Herr Johannes Berger um 12.07.23 Uhr. Er hat den Zähler abgelesen und der eingegebene Wert ist schlüssig. Ich habe noch den Vermerk: *Haus unbewohnt, Haustür weit offen. Keine Reaktion auf mein Rufen.* Und dann noch *Klingel defekt, Zählerplatz direkt gegenüber der Haustür.*

Selbst für Herrn Berger sind das ungewöhnlich viele dokumentierte Details."

Ihr fiel das Gespräch wieder ein, das sie mit Johannes geführt hatte. Dies war seine letzte Ablesung heute Mittag und es war ihm wichtig gewesen, dass sie sich diesen Auftrag gleich anschaute.
Jetzt erinnerte sich Frau Waible auch wieder, bei dem Gespräch von einem nicht definierbaren Unbehagen befallen worden zu sein.

„Hat die Dame einen Grund genannt, weshalb sie den Namen und die Adresse des Ablesers will?"

„Nein, vermutlich will sie wissen, wie er sich Zutritt verschafft hat."

„Hmmm. Nein, das ist unwahrscheinlich, nach den Informationen in dem Auftrag hat Herr Berger niemanden angetroffen. Sie kann gar nicht wissen, ob jemand da war, sondern es nur vermuten. Vielleicht hat ein Nachbar erzählt, dass gerade ein Stromableser unterwegs ist, und sie wollte sich vergewissern, ob er ablesen konnte, aber nein, nein. Das hätte Sie Ihnen dann sicherlich gesagt."

Frau Waible erzählte Herrn Bohn von dem Anruf ihres Ablesers und von ihrem schlechten Gefühl, für das sie aber nach wie vor keinerlei Erklärung hatte und welches sich nach dem Anruf des Herrn Berger eingestellt hatte.

„Gut. Ich rufe Herrn Berger an und kläre das.
Geben Sie der Kundin meine Telefonnummer, wenn sie sich erneut meldet. Grundsätzlich geben wir sowieso nicht so einfach die Telefonnummern unserer Leute heraus. Jedenfalls nicht, bevor wir einen plausiblen Grund erfahren.
Und Adressen gibt es sowieso keine, maximal die Telefonnummer des Ablesegerätes, dann kann der Ableser immer noch selbst entscheiden, ob er weitere Kontaktdaten von sich preisgeben möchte.
Nur wenn Herr Berger einverstanden ist damit, werde ich seine Nummer weitergeben. Er schreibt zwar seine Nummer auf die Terminkarten, aber in diesem Falle brauchte er gar keine hinterlassen. Auf den Selbstablesekarten befindet sich gar keine Telefonnummer des Außendienstes, aber auch diese Karte ist nach den Angaben im Auftrag überflüssig. Hier ist etwas anderes nicht koscher. Danke Herr Bohn."

„Also gut, ich hinterlege einen Vermerk, dass die Kundin Ihre Telefonnummer bekommt und keinesfalls die des Ablesers.
Ich weiß nicht, weshalb auch ich in diesem Falle ein ungutes Gefühl habe, aber ich denke, die Sache wird sich aufklären.
Danke auch und einen schönen Tag noch."

14.
Johannes quälte sich mit seinem Wagen durch den Feierabendverkehr der Stadt.
Schweigend saß Frau Kortmann auf dem Beifahrersitz. Mehr als einmal dachte er, sie würde gleich vor Schmerz kollabieren.
Die Blechlawinen wollten kein Ende nehmen, von Ampel zu Ampel rollte Johannes durch die Straßen.

Endlich im Krankenhaus angekommen, wurde Carola gleich in einen Rollstuhl gesetzt, in die Ambulanz und dann zum Röntgen geschoben. Johannes suchte einen Parkplatz im Parkhaus und setze sich ins Wartezimmer. Er blätterte unkonzentriert in den ausliegenden Zeitschriften.

Was für ein Tag!

Er hatte manche kuriosen Dinge im Laufe seiner Ablesedienstzeit gesehen.
Prügelnde Ehemänner, betrunkene Hausfrauen, nackte Zeitgenossen, tüttelige Damen und Herren, Messiewohnungen und blitzblank hergerichtete Villen. Renitente Kunden, die die Polizei geholt hatten, als er sein Anliegen vorbrachte, lediglich den Stromzähler ablesen zu wollen und die ihn irrtümlich als Betrüger bezichtigten.
Menschen, die ihm wohlgesonnen waren und ihn gar nicht mehr gehen lassen wollten, auch anzügliche Angebote alleinstehender Damen waren darunter. Sogar anzügliche Angebote eines Herrn.
Mit allem war er fertig geworden.
Aber das heute war der Gipfel!

Wenn er nur endlich einen Geistesblitz bekommen würde, was er wegen der Geschichte in Hilkershausen machen sollte.
Frau Kortmann hatte ihn so beansprucht, dass er darüber noch nicht weiter nachdenken konnte.

Dann klingelte sein Telefon und alle Augen im Wartezimmer richteten sich verständnislos auf ihn. Er erschrak. Schnell drückte er das Gespräch weg und schaltete das Telefon auf lautlos.

Frau Waible wunderte sich, weil Herr Berger nicht ans Telefon ging, sondern offensichtlich das Gespräch wegdrückte.
Sie vermutete, er würde sicherlich gerade bei einem Arzt sein, denn er hatte ihr gesagt, er fühle sich nicht wohl. So machte sie ihm eine SMS und bat um gelegentlichen Rückruf.

Die Kundin hatte sich noch nicht bei ihr gemeldet.

15.
Die Zeit schien still zu stehen, und dennoch war es bereits kurz nach achtzehn Uhr.

Von Frau Kortmann war weit und breit noch nichts zu sehen.
Sollte er seine Mutter anrufen und sie von seiner eventuellen Verspätung unterrichten? Was aber sollte er der alten Dame sagen? Sie würde kein Verständnis für diese Situation haben und ihn mit allerlei Vorwürfen über sein unüberlegtes Tun überschütten.
Er entschied, den Anruf noch so lange wie möglich hinauszuzögern.

Die Uhr zeige halb sieben, als endlich Frau Kortmann auf Krücken gestützt ins Wartezimmer humpelte. Ihr Fuß steckte in einem dicken Gipsverband.

„Es tut mir so leid, dass Sie so lange auf mich warten mussten. Wie kann ich Ihnen das nur wieder gut machen?"

Herr Berger erhob sich schnell und bugsierte Frau Kortmann in Richtung Ausgang.

„Brauchen Sie einen Rollstuhl oder schaffen Sie den Weg ins Parkhaus?" Johannes Stimme war genervt und Frau Kortmann erschrak.

„Nein, nein. Ich werde die paar Meter schon schaffen. Sonst müssen Sie ja auch noch den Rollstuhl wieder zurückbringen. Ich muss mich allerdings erst an diese zwei Stöcke gewöhnen. Bitte entschuldigen Sie die Unannehmlichkeiten, es ist mir so furchtbar peinlich."

Johannes war es ebenfalls peinlich, Frau Kortmann so angefahren zu haben. „Tut mir leid, ich wollte nicht unhöflich sein. Kommen Sie, ich helfe Ihnen."

Als sie gerade ins Auto einsteigen wollten und Johannes sein Telefon wieder aktivierte, schellte dieses erneut.

Johannes erschrak, seine Mutter rief an. War etwas passiert? Tausend Dinge schossen ihm durch den Kopf. Sie rief ihn nie an. Und er war noch immer nicht verspätet!

Hatten die Gangster herausgefunden, wo er wohnte? Hatten sie seine Mutter in der Gewalt und zwangen sie sie jetzt unter Androhung allem Möglichen, ihn nach Hause zu locken? Wie lange war sie schon in deren Gewalt?
Unsicher und verwirrt meldete er sich.

„Johannes, na endlich! Stell Dir vor, Onkel Paul hatte einen Schwächeanfall und ist nun im Krankenhaus. Die Ärzte sagen, etwas mit seinem Herz würde nicht stimmen. Ich muss schnellstens zu Resi, sie ist jetzt ganz allein. Dein Essen steht im Kühlschrank. Mach es Dir doch selbst warm, ja? Sollte ich bei Resi übernachten, melde ich mich nochmals."

Völlig verdattert starrte er das Telefon an. Er hatte gar nicht darauf antworten können, so schnell und aufgeregt sprach seine Mutter.

Er wunderte sich nicht, Resi und Mutter waren Zwillingsschwestern und immer füreinander da. Es verstand sich von selbst, wenn Mutter ihrer Schwester Resi in den schweren Stunden Beistand leistete.

Johannes kam Mutters Abwesenheit sehr gelegen, dann brauchte er keine langen Erklärungen abzugeben, wieso er so spät nach Hause kam.

„Johannes! Bist Du noch da? Warum sagst Du nichts?"

Erst jetzt merkte Johannes, dass er nur schweigend dastand und noch kein Wort gesagt hatte. Nicht einmal das Auto hatte er geöffnet, um Carola schon einsteigen zu lassen.

„Kein Problem, ich kann mir das Essen schon warm machen. Bei mir dauert es auch noch etwas. Also bis dann."

Ziemlich abrupt beendete Johannes das Gespräch, was nicht nur Carola, sondern auch seine Mutter Inge verwirrte.

Erst jetzt fragte sich Carola, ob Herr Berger denn überhaupt verheiratet war. Sie meinte deutlich eine Frauenstimme am Telefon vernommen zu haben.

Natürlich! Ein stattlicher Mann wie Herr Berger war sicher verheiratet und hatte Kinder!
Eine richtige Familie, das lag nahe! Und sein Schweigen und das schnelle Ende des Gesprächs verstärkten ihre Vermutung. Es war ihm peinlich, dass seine Frau gerade anrief, als er mit einer anderen Frau unterwegs war.
Oh Gott! Sie hatte ihn jetzt auch noch in Verlegenheit gebracht!

Sie spürte förmlich die Ohrfeige, die ihr da gerade versetzt wurde.
„Ich bin eine so dumme und naive Pute", schmollte sie, geschüttelt von einem Anflug von Eifersucht, vor sich her. „Wieso habe ich mir nie diese Frage gestellt?"

„Ihre Frau wird sich sorgen, wo Sie so lange bleiben", mit unsicherer Stimme versuchte Carola, Johannes etwas aus dem Privatleben zu entlocken.

„Nein, nein. Ich lebe bei meiner Mutter. Sie ist heute Abend verhindert."

Fehler – Fehler – Fehler!
Damit hatte er Carola signalisiert, auf ihn würde niemand warten. Hoffentlich würde Frau Kortmann es nicht missdeuten.
Und prompt! Carola sog diese Information erleichtert auf. Ihre Miene erhellte sich sofort wieder.

„Herr Berger, unter diesen Umständen kann ich mich gerne mit einem Gläschen Wein erkenntlich zeigen. Wie schön!"

Da hatte er den Salat. Er kam aus der Kiste nicht mehr raus!
Plötzlich realisierte Johannes, dass sie noch immer vor dem Auto standen. Schnell öffnete er Carola die Tür und half ihr beim Einsteigen.

Alles war viel einfacher als Carola es sich erträumt hatte. Natürlich würde es nicht beim Wein bleiben, sie würde ihn auch noch bekochen. Er hatte alle Zeit der Welt, meinte sie.

Johannes quälte sich erneut durch den Verkehr der Stadt, der auch in diesen Abendstunden nicht weniger zu werden schien.
Wieder schellte das Telefon. Wieder Frau Waible.

„Hallo Frau Waible, Entschuldigung, aber ich bin noch nicht dazu gekommen, Sie zurückzurufen."

Er hatte die SMS von Frau Waible vorher gesehen, als er das Gespräch mit seiner Mutter beendet hatte und hätte sie heute Abend von zu Hause aus angerufen, so sein Plan.

„Macht nichts. Können Sie gerade sprechen?

„Ja, ich sitze im Auto und komme gerade sowieso nicht weiter."

Frau Waible erzählte Johannes von dem Anruf der Energiewerke und der Kundin.
Johannes begann gleichzeitig zu schwitzen und dann zu zittern. Dadurch wurde auch Carola ganz angst und bange, die sensibel genug war, diese Gemütsveränderung sofort zu bemerken.

„Bitte Frau Waible, ich kann Ihnen das jetzt wirklich nicht erklären, aber bitte, bitte geben Sie meine Telefonnummer nicht weiter.

Das Gartentürle stand offen, und die Haustür auch. Im Flur hing der Zähler ganz frei. Ich habe ihn dann einfach abgelesen. Bitte geben Sie die Nummer nicht heraus, und sagen Sie bitte nichts über mich." Johannes Stimme überschlug sich fast, er rang nach Fassung.

Schweigen am anderen Ende.

„Frau Waible, ich habe nichts Unrechtes getan, aber… ich habe etwas gehört, was ich besser nicht gehört hätte…"

Johannes fiel wieder ein, dass Carola neben ihm saß und ihn schon ganz entgeistert anstarrte.

„Frau Waible, bitte. Ich erkläre Ihnen alles morgen in Ruhe. Vielleicht können wir dann alle zusammen, ich meine, Sie, ich, der Energieversorger und vielleicht die Polizei…"

„Herr Berger, ich verstehe. Sie sind gerade nicht allein, nicht wahr? Sollen wir uns morgen irgendwo treffen? Soll ich nach Stuttgart kommen?"

„Ja, nein, ja, vielleicht. Ich weiß nicht. Kann ich Sie morgen früh nochmals anrufen?"

„Herr Berger, bitte beruhigen Sie sich! Weder von den Energiewerken noch von mir bekommt jemand Ihre Telefonnummer.
Ich werde in Ihrer Personalmaske nochmals einen entsprechenden Hinweis machen. Niemand wird Ihre Nummer herausgeben. Also Herr Berger, bis morgen. Wenn Sie aber heute Abend doch noch reden wollen, ich bin bis zweiundzwanzig Uhr erreichbar."

„Danke Frau Waible. Nein, ich glaube heute nicht mehr, lieber morgen. Also Frau Waible. Danke und bis morgen." Dann legte er auf und atmete tief durch.

Er hatte Andeutungen gemacht, Frau Waible hatte verstanden und war gewarnt. Sie würde die Warnung weitergeben.

Aber die Frau auf dem Beifahrersitz starrte ihn gespannt weiterhin an, als ob sie erwarten würde, gleich eine faszinierende Geschichte zu hören.
Carola war jetzt ebenfalls zur Mitwisserin geworden, wenn auch nur im Ansatz.

Johannes befürchtete, Carola würde bestimmt alles daransetzen, um den ganzen Inhalt der Geschichte zu erfahren. Er sah ihr geradezu an, wie sie vor Neugierde fast platzte.
Oder war es etwas anderes, was er in ihrem Gesicht las?
Diesen Gesichtsausdruck hatte auch seine Mutter, wenn sie sich Sorgen machte.

16.
Die Frau lief auf und ab.

„Wir dürfen es nicht so auffällig machen. Ich werde morgen früh nochmals diesen Herrn Bohn anrufen. In der Zwischenzeit weiß er ja wohl, wer der Typ war.
Aber bis dahin sollten wir nicht untätig herumsitzen, sondern nochmals sofort nach Hilkershausen fahren und dort alle Spuren beseitigen. Sicher ist sicher. Ich fürchte, wir müssen den Standort Hilkershausen aufgeben."

Niemand widersprach.

17.
Frau Waible machte entsprechende Vermerke in der Personalakte Berger. Gleichzeitig informierte sie via Mail sicherheitshalber Herrn Bohn und die Geschäftsleitung des Pfälzer Dienstleisters.

Sabine Waible war beunruhigt. Hoffentlich würden sich die Andeutungen ihres Mitarbeiters als harmlose Geschichte entpuppen!

Manche ihrer Außendienstmitarbeiter neigten zu übertriebenen Emotionsausbrüchen, machten in ihren Erzählungen aus Mücken riesige Elefanten und gaben übertriebene Darstellungen zu Geschehnissen.
Jedoch bei Johannes Berger war das eben nicht so.
Gerade deshalb war sie so sehr in Sorge.

Selbst wenn es bei ihren Leuten im Team oft nicht so ankam, Frau Waible war sich stets ihrer Fürsorgepflicht den Mitarbeitern gegenüber bewusst. Sie kannte die Probleme an der Front. Sie wusste nur zu gut, wie manche Mitarbeiter oder auch Kunden ticken.

Eine Führungskraft bewegt sich oft auf schmalem Grat, es galt den Mitarbeiter zu schützen und den Auftraggeber zufrieden zu stellen.
Oftmals wurden Fehler aufgebauscht, die Wogen hatte sie zu glätten.
Mit Fingerspitzengefühl und Einfühlungsvermögen. Mal streng, mal versöhnlich.

Es gab Außendienstmitarbeiter, die legten sich in der Tat mit den Kunden an, was unweigerlich gleich zu drastischen Reklamationen führte, die Frau Waible dann versuchte, aufzufangen.

Nicht jeder Mitarbeiter war von seiner Art, seinem Erscheinungsbild oder seinem Auftreten auf Anhieb ein Sympathieträger, dennoch hielt sie ihre Leute stets an, den Kunden gegenüber freundlich zu bleiben, auch wenn es schwerfiele.

Das weibliche Personal draußen an der Front hatte es viel einfacher, wurde weniger von Kunden beschimpft und erhielt viel schneller und problemloser Einlass.

Sabine Waible sah Reaktionen und Aktionen ihres Teams von der menschlichen Seite, auch ihre Mitarbeiter hatten natürlich das Recht auf ab und zu einen schlechten Tag oder auf die Bewältigung der privaten Probleme, die nicht immer außen vor blieben.
Genauso wie sie dieses Recht hatte, genauso hatte es auch Herr Bohn.

Draußen erlebten ihre Leute ja auch einiges.
Ein Ableser ihres Teams war eines Tages Zeuge eines Selbstmordes kurz vor Weihnachten geworden.
Damals stürzte sich ein älterer Herr vom Dach und prallte unmittelbar vor dem Mitarbeiter auf. Dieser Schock musste erst einmal überwunden werden.

Eine andere Ableserin fand in einer Wohnung eine seit Tagen liegende weibliche Leiche. Sie hatte unangenehme Gerüche vor der Wohnungstür des Mehrfamilienhauses wahrgenommen, den Hausmeister verständigt, der sich dann zum Aufschließen entschloss.
Später konnte nur noch die aufgeschlagene Fernsehzeitung Hinweise auf den Todeszeitpunkt geben.

Solche Dinge gehörten dazu, auch wenn sie nicht die Regel waren.

Personalwesen und die dazugehörige Mitarbeiterbetreuung war sehr zeitintensiv, besonders, wenn eigene Mitarbeiter plötzlich wie vom Erdboden verschluckt waren! Auch das gab es!

Hin und wieder kam es vor, dass ein Ableser Aufträge annahm, mit der Ablesung begann und dann plötzlich alles liegen ließ. Frau Waible und ihr Innendienstteam versuchten dann den Mitarbeiter zu kontaktieren, alle Kanäle wurden ausgeschöpft, Telefon, E-Mail, SMS, WhatsApp.

Blieb der Mitarbeiter weiter ohne Rückmeldung verschollen, schickte sie zunächst einen Kollegen zu dessen Wohnung. Dieser befragte Nachbarn, Mitbewohner, Vermieter. Manchmal erfuhr sie hierdurch von Verwandten, die dann ebenfalls befragt wurden.
Wenn die Recherchen nicht zufriedenstellend waren, wurde hier und da zwangsläufig die Polizei eingeschaltet.

Nicht nur einmal war tatsächlich etwas passiert. Ein Mitarbeiter erlitt einen Herzanfall und lag hilflos in seiner Wohnung. Einen anderen Mitarbeiter konnte die Polizei damals nur noch Tod auffinden. Er war durch einen Sturz oder einen anderen Umstand zu Tode gekommen. Sabine Waible machte sich deshalb lange Vorwürfe, weshalb sie nicht schon einen oder zwei Tage eher die Polizei eingeschaltet hatte.

In den allermeisten Fällen jedoch war der Grund der Nichterreichbarkeit der Unzuverlässigkeit des Mitarbeiters zuzuordnen. Obwohl Frau Waible nun schon zehn Jahre in diesem Job arbeitete und wirklich schon alles gemeint gehört zu haben, ärgerte sie sich doch jedes Mal über derartige Gleichgültigkeit und mangelnde Kollegialität.
Die Ausreden waren vielseitig, meistens nicht glaubhaft, denn dieses Phänomen befiel immer wieder den gleichen Typ Mitarbeiter.

Sie ärgerte sich, weil der Mitarbeiter über sein Handy und Ablesegerät und über seinen E-Mail-Account mehrfach aufgefordert wurde, sich doch kurz zu melden, dies aber bewusst ignorierte.
Natürlich gab es eine Vielzahl nachvollziehbarer Gründe, wie zum Beispiel private Familienprobleme, erkrankte Frau, erkranktes Kind, oder starke finanzielle Engpässe, kein Geld für Benzin, ein defektes Auto und so fort, die zur Niederlegung der Arbeit führten.

Sabine Waible hatte für alles Verständnis, nur nicht dafür, dass auf Kosten anderer und ohne Rückmeldung rücksichtslos geschlampt wurde.
„Wenn nicht gerade jemand im Koma oder auf der Intensivstation liegt, kann er sich doch kurz abmelden! Und selbst dann sind in den

meisten Fällen auch noch Verwandte da, die ein notwendiges kurzes Telefonat übernehmen könnten. Egal, was den Außendienst veranlasste, die Arbeit lang- oder kurzfristig niederzulegen, man lässt doch nicht das ganze Team hängen." Das war ihre Meinung!

Die schludrige Arbeitsweise der gleichgültigen Mitarbeiter führt nämlich in den Arbeitsabläufen zu nicht unerheblichen weiteren Problemen. Liegengebliebene Aufträge müssen umgebucht werden und von anderen Kollegen, die noch Kapazitäten haben, übernommen werden. Sie war froh, dass die unzuverlässigen Mitarbeiter deutlich in der Unterzahl waren, im Großen und Ganzen konnte sie sich voll und ganz auf ihre Teams verlassen.

Manchmal bedauerte Frau Waible ihre Mitarbeiter, wenn diese bei schlechtem Wetter dazu auch noch von ihr angetrieben wurden, das eine oder andere noch zusätzlich zu leisten.
Es ließ sich nicht vermeiden, die Arbeitskräfte zu Sondereinsätzen heranzuziehen und ihnen wirklich alles abzuverlangen. Frau Waible kannte das zur Genüge. Manchmal tat es ihr leid, diese Grenzen überschreiten zu müssen.

Es gab Mitarbeiter, die redeten viel, arbeiteten aber im Ergebnis wenig, um dann wieder darüber zu reden, weshalb sie so wenig geleistet hatten. Erklärten umständlich die Hinderungsgründe, erzählten vom Abenteuer der Schlüsselbesorgung und machten Verbesserungsvorschläge, die angeblich das Ableserleben erleichtern würden, ohne die eigentlichen Interna und die Arbeitsvorgaben der Energieversorger und des Pfälzer Unternehmens zu verstehen.

Dann gab es andere Kollegen, die lasen die zugeteilten Energiezähler ab, ohne die Welt verbessern zu wollen und hatten abends Geld in der Kasse, weil sie verstanden, was man ihnen sagte und dies als Arbeitsanweisung oder Hilfestellung ansahen und nicht als Schikane.

Zu diesen Leuten zählte Herr Berger.

18.
„Ach Du meine Güte, Frau Kortmann! Ich habe Sie noch gar nicht gefragt, was denn jetzt eigentlich mit Ihrem Fuß los ist!", verwirrt rang Johannes um Fassung nach dem letzten Telefonat.

Frau Kortmann, die sich jetzt plötzlich auch wieder erinnerte, weshalb sie neben Herrn Berger im Auto saß, und aus welchem Grund sie durch die beleuchtete Stadt mit Herrn Berger fuhr, zuckte zusammen. Sie war mit ihren Gedanken abgeschweift und hatte darüber hinaus ihren Fuß fast vollständig vergessen.

„Gebrochen. Glatt durch. Trotzdem hatte ich Glück im Unglück und komme wohl um eine Operation herum. Aber der Gips bleibt erst einmal."

„Tut es noch sehr weh?"

„Nein, momentan merke ich nichts. Ich habe allerdings auch ein starkes Schmerzmittel bekommen. Hoffentlich schlafe ich jetzt hier nicht noch im Auto ein!", scherzte sie. „Nicht dass Sie mich dann auch noch in meine Wohnung hochtragen müssen!"

Ein kaum merkliches Lächeln huschte über Johannes Gesicht. „Das wollen wir mal nicht hoffen, es wird schon alles gut werden. Haben Sie einen Krankenschein bekommen?"

„Ja, habe ich. Ich werde ihn morgen in die Firma schicken müssen. Hoffentlich hat das kein Nachspiel, denn unser Personalchef ist in der Beziehung nicht hasenrein.
Aber ich hatte noch nie einen Krankenschein. Ich arbeite dort in der Firma schon seit sechzehn Jahren und habe nicht einen einzigen Tag wegen Krankheit gefehlt.
Sogar meine Urlaubsansprüche sind mehr als einmal verfallen."

Carolas Stimme überschlug sich fast. Sie wollte Herrn Berger imponieren und unter gar keinen Umständen den Verdacht aufkommen lassen, sie sei eine Drückebergerin.
Herr Berger nickte nur.

„Ich arbeite als Disponentin im Auslieferungslager und im Versand bei einer Drogeriekette und... ach was plappere ich Ihnen denn die Ohren voll, das wird Sie wohl kaum interessieren."
Carola schielte zur Seite in der Hoffnung, Herr Berger würde sie zum Weitererzählen auffordern.

Er tat es nicht, sondern zog nur seine Mundwinkel zu einem angedeuteten Lächeln nach oben, ohne sie anzublicken.

Sie bogen in die Goethestraße ein und fanden direkt vor dem Haus Nummer achtundsiebzig einen Parkplatz.

„Ich werde Sie jetzt noch nach oben begleiten, dann muss ich aber weiter", Johannes unternahm einen schwachen Versuch, Frau Kortmann auf Distanz zu halten.

Johannes beschlich das Gefühl, als käme er heute Abend nicht mehr von Frau Kortmann fort, wenn er ihr auch nur noch einen Hauch Luft ließe.
Er wollte zwar ungern allein sein, brauchte aber unbedingt Ruhe um nachzudenken, was zu tun war.

Hatte er etwa überreagiert? Hatte er etwas falsch verstanden? War das Gehörte aus einem ganz harmlosen Zusammenhang entstanden?
Je mehr er darüber nachdachte, je sicherer war er sich, das, was noch immer in seinen Ohren klang, war bestimmt keine harmlose Unterhaltung gewesen!
Und der Fernsehapparat war das auch nicht! Das hatte er von vornherein ausschließen können.

Er lief um das Auto herum und öffnete die Beifahrertür.
Carola hatte ganz und gar nicht im Sinn, Herrn Berger nach all diesen, ihm bescherten Unannehmlichkeiten nach Hause zu schicken.
Das spürte auch Herr Berger.

Trotzdem führte er sie ins Haus, half ihr, die Treppe zu bewältigen, trug ihre Handtasche wie selbstverständlich und schloss ihre Wohnungstür auf.
Anstatt sich aber hier und jetzt zu verabschieden, knipste er auch noch das Licht an, half Carola aus der Jacke, hängte die Jacke fein säuberlich auf den Bügel, stellte die Handtasche auf die Garderobe und schloss die Wohnungstür von Innen.

Für Carola ein eindeutiges Signal, Herr Berger würde weiterhin ihr Gast sein.

„Ich Depp!", schoss es ihm durch den Kopf. „Warum tue ich das, was ich hier tue?"
Unsicher blieb er mitten im Raum stehen.

„Bitte Herr Berger, ich würde mich so sehr freuen, wenn Sie mir noch etwas Gesellschaft leisten würden", Carola nahm ihren ganzen Mut zusammen.

„Wissen Sie, ich bin immer allein und freue mich, wenn ich einmal einen Gast habe. Nachdem was Sie heute alles für mich getan haben, da wäre es das Mindeste, ich lade Sie zum Essen ein. Ich…."

Johannes setze sich ohne Aufforderung an den Küchentisch, wo er am Nachmittag seinen Kaffee bereits getrunken hatte. Irgendwie hatte es Frau Kortmann geschafft, ihm sein Unbehagen zu nehmen. Er begann sich sogar geschmeichelt zu fühlen.
Auf der anderen Seite wollte er nach seinem Erlebnis in Hilkershausen auch nicht allein in seiner Wohnung sein.

Er lächelte sie an. „Frau Kortmann, das war doch selbstverständlich, bitte machen Sie sich doch keine Mühe. Sie haben einen schlimmen Fuß und sollten sich schonen."

Jetzt war Carola in ihrem Element. Jetzt hatte sie ihn!
Er würde bei ihr Steaks essen, Sherry und Wein trinken, und sie würden ungezwungen plaudern. Vielleicht würden sie sich sogar wieder verabreden.

Beinahe hätte Carola ihn an sich gedrückt vor lauter Freude, besann sich dann aber, Johannes Berger war immerhin doch ein fremder Mann für sie.
Johannes zuckte zusammen, als das Telefon erneut schellte. Auch Carola bemerkte das, ließ sich aber nichts anmerken.

Er schaute aufs Display und war beinahe erleichtert. Mutter!

„Johannes, Onkel Paul muss im Krankenhaus bleiben. Morgen verlegen sie ihn nach Lahr in die Herzklinik. Ich bleibe bei Tante Resi, bis wir mehr wissen. Natürlich fahre ich auch mit nach Lahr. Wo bist denn Du überhaupt noch um diese Zeit?"

„Mutter, ja in Ordnung. Ich bin…ich…ich habe gedacht, da Du nicht zu Hause bist, esse ich auswärts."

„Ah. Aber ich habe doch extra das Essen gemacht. Egal, ich habe dafür jetzt keinen Kopf. Dein Frühstück für morgen… Kannst Du das ausnahmsweise selbst herrichten, oder soll ich…"

„Mutter, ich kann das! Glaube es mir! Ich komme zurecht. Mache Dir um mich doch keine Sorgen. Schau lieber nach Tante Resi, die braucht Dich jetzt."

„Ja natürlich. Aber putze auch Deine Schuhe und bereite am besten heute Abend alles vor, damit Du morgen früh nicht so hetzen musst. Und Johannes, schließe die Wohnungstür in der Nacht ab und……"

„Bitte Mutter, ich sagte doch, ich komme auch allein klar. Bestelle Onkel Paul gute Besserung und viele Grüße." Johannes wurde es äußerst unangenehm, denn Carola hörte jedes Wort.

Das Gespräch wurde daraufhin beendet. Johannes schüttelte beschämt den Kopf.
Sicher würde Frau Kortmann jetzt denken, er sei ein unselbständiger Junggeselle und völlig abhängig und lebensunfähig ohne seine Mutter.

Carola spürte seine Verlegenheit und versuchte die Situation zu entspannen.

„Ja, ja, die Mütter. Sie meinen die Welt geht unter, wenn sie einmal nicht da sein können. Meine Mutter ist genauso. Wenn ich sie besuche in Heidelberg, meint sie immer noch, ich sei ein Kleinkind. Dass sie mir nicht den Mund nach dem Essen abwischt, ist wirklich alles."

Beide lachten.

„Sie kommen aus Heidelberg?"

„Nein, das nicht. Ich bin in Stuttgart aufgewachsen, aber meine Eltern sind nach der Heirat meines Bruders mit ihm nach Heidelberg gezogen.
Er hat dort mit seiner Frau ein Haus gekauft und meine Eltern zu sich genommen. Norbert, also mein Bruder, arbeitet in Heidelberg an der Uniklinik und hat auch dort seine Frau kennengelernt.

Für mich kam ein Umzug nicht in Frage. Ich war anfänglich ganz froh, allein zu wohnen.

Aber mit der Zeit ist es doch recht einsam, wenn man selbst keine eigene Familie hat."

Carola biss sich auf die Lippe. „Stopp Carola, nicht so viel plappern", ermahnte sie sich.
Carola putzte den Salat, hackte Zwiebeln, die Spätzle kochten und die Steaks waren ebenfalls fast fertig. Sie ignorierte die Schmerzen am Fuß. Der Arzt hatte ihr noch Schmerzmittel mitgegeben, notfalls würde sie die ganze Packung auf einmal schlucken, bevor sie diesen Abend aufs Spiel setzte.

„Kann ich wirklich nichts helfen? Soll ich nicht wenigstens schon einmal den Tisch decken?"

Carola erklärte ihm, wo er das Geschirr und Besteck finden würde. Sie fühlte sich pudelwohl, trotz ihres Gipsfußes.
Johannes ging es ähnlich.

Zur Feier des Tages zündete Carola eine Kerze auf dem festlich gedeckten Tisch an und dekorierte dazu farblich abgestimmte Servietten.

19.
Johannes stand im Badezimmer. Er war bekleidet mit einem gestreiften Schlafanzug und putzte sich seine Zähne.
Es war beinahe Mitternacht. Der heutige Tag hatte sein ganzes Schema, und vor allem ihn selbst, völlig durcheinandergebracht. Er fühlt sich auf unerklärliche Art und Weise gut.

Die Schuhe waren nicht geputzt, das Frühstück für den nächsten Tag nicht gerichtet. Die Wohnungstür aber war verschlossen.

Im Bett lag er wach und wälzte sich hin und her.
Nur wusste er nicht, was ihm mehr den Schlaf raubte. War es wegen Frau Kortmann oder war es wegen der Geschichte in Hilkershausen?

Er kam auf keinen grünen Zweig.
Als um sechs Uhr der Wecker klingelte, beschloss er, noch nicht aufzustehen, sondern bis um acht Uhr liegen zu bleiben und erst das Gespräch mit Frau Waible abzuwarten.

Gut, dass seine Mutter nicht da war. Wie hätte er ihr das auch alles erklären sollen? Trotzdem fühlte sich diese Unregelmäßigkeit recht gut an, wäre da nicht dieser Vorfall gewesen.

Es war beinahe neun Uhr, als er an diesem Morgen den ersten Schluck Kaffee zu sich nahm. Und obwohl er stets darauf achtete, einen geregelten Rhythmus zu haben, war es ihm an diesem Morgen völlig egal, wie spät es bereits war.

Das Gespräch mit Frau Waible stand an. Sollte er alles offenbaren, was er gehört hatte, ja oder nein? Er entschied sich dafür.

Frau Waible hörte sich die ganze Geschichte sehr genau an. Johannes hatte alles Eins zu Eins wiedergegeben. Nichts hinzugefügt und nichts weggelassen. Sabine Waible war schockiert.

„Herr Berger, Sie sollten die Polizei verständigen.
Ich verstehe es, Sie haben Angst, aber ich denke, Sie sollten zur Kripo gehen. Ich muss jetzt natürlich Herrn Bohn von den Elektrizitätswerken anrufen. Herr Berger, auch wenn Sie als selbständiger Unternehmer für uns arbeiten, so habe ich doch so etwas wie eine gewisse Pflicht, meine Mitarbeiter zu schützen.

Ich werde jetzt ebenfalls die Zentrale in Ludwigshafen verständigen, den Energieversorger und, wenn Sie wollen, rufe ich auch die Kripo an, schildere den Sachverhalt und gebe Ihnen dann Bescheid. Sollen wir das so machen?"

„Frau Waible, ich weiß es nicht. Wäre es nicht besser, wir tun so, als hätte ich gar nichts gehört?"

„Na, das denke ich auf gar keinen Fall, zumal ja Herr Bohn bereits einen Anruf von diesen Leuten bekommen hat, die versuchen, Ihre Identität herauszubringen."

Johannes musste schlucken.

„Denken Sie nur, wenn jemand in unserer Firma oder beim Energieunternehmen nicht richtig aufpasst, die Aktenvermerke nicht liest und blauäugig Ihre Telefonnummer oder Adresse herausgibt!
Niemand kann Sie schützen, das kann in diesem Fall wirklich nur die Polizei. Herr Berger, Sie brauchen wirklich keine Angst vor der Polizei zu haben."

„Ja, aber man sieht so viel in den Krimis, dass die Zeugen dann als Verdächtige…und ich bin doch einfach in das Haus gelaufen und habe nicht davor gewartet. Was, wenn ich jetzt angezeigt werde?"

„Um Himmels Willen, Herr Berger! Wir sind im richtigen Leben und nicht in einem Fernsehkrimi. Ich werde mich für Sie verbürgen, haben Sie keine Sorge. Sie haben alles richtig gemacht, Sie durften das Haus betreten, Sie haben ausreichend laut gerufen. Sie waren doch nur am Zähler und haben sich ja nicht im Haus herumgetrieben!"

Sabine Waible hatte alle Hände voll zu tun, Herrn Berger wieder in die richtige Spur zu bringen.

„Und noch etwas fällt mir ein!
Ich werde Ihr Ablesegerät austauschen wegen Ihrer Telefonnummer. Sicher ist sicher. Sie werden auch nicht mehr nach Hilkershausen fahren und die vereinbarten Termine wahrnehmen.
Ich lasse aus Sicherheitsgründen alle Termine stornieren und gesamt Hilkershausen aus der Ablesung nehmen.

Ich sperre sofort Ihre SIM-Card, damit sind Sie ab sofort als Ableser anonym."

Frau Waible würde die Kripo verständigen, alle weiteren notwendigen Telefonate führen und der Sache Antrieb geben.

Herr Bohn machte die Kontaktdaten des Ablesers für andere unsichtbar.

Die Zentrale in Rheinland-Pfalz tat das Gleiche, alle Mitarbeiter wurden per Mail angehalten, von keinem Mitarbeiter irgendwelche Daten herauszugeben ohne die ausdrückliche Zustimmung der Geschäftsleitung. Eine Lesebestätigung wurde jedem Mitarbeiter der Zentrale abverlangt.

20.
„Niemand will oder kann sagen, wer gestern in dem Haus war."
Die Frau lief rauchend auf und ab, leicht hysterisch werdend.
„Wir müssen hier verschwinden und alles, was auf uns hinweist, vernichten. Fingerabdrücke, Fußspuren... alles!"

„Das gibt es doch gar nicht. Der Typ ist doch kein Gespenst! Ich schicke jemanden zu den Nachbarn, vielleicht hat doch jemand die Telefonnummer oder die Adresse des Typen."
Auch er war nervös.

„Ach ja? Und was willst Du denen sagen? Kann ich mal die Adresse von dem Menschen haben, der von Haus zu Haus zieht und die Leute belauscht? Dann kannst Du Dich gleich persönlich vorstellen", kreischte die brünette Frau und warf den Zigarettenstummel achtlos vor sich auf den Boden.

„Schwachkopf! Hast Du eine bessere Idee? Lass mich machen. Ich wickle schon eine Tuss aus der Gegend um den Finger oder die Schnalle aus der Bäckerei. Der Typ kann sich doch nicht in Luft auflösen."

Der zweite Mann in dieser Runde meldete sich nun auch zu Wort, er hasste Hektik und Unbesonnenheit. Deshalb war er auch der Planer in dem Team. Niemals führte er selbst etwas aus, immer gab er die Aufgaben weiter.

„Das ist viel zu gefährlich. Wir müssen so gut es geht unsichtbar bleiben. Aber wir könnten doch noch etwas anderes zuerst versuchen", mit ruhiger Stimme verkündete er die Vorgehensweise. Keiner der Anwesenden hatte Zweifel, genauso würde es passieren.

„Wir rufen die Bewohner in der Gegend an und geben uns als Mitarbeiter des Energiewerks aus. Wir befragen die Leute, ob sich der Ableser auch anständig verhalten hat, oder ob es Anlass zu Beschwerden gab. Vielleicht bringen wir so etwas über den Typen heraus, ohne uns outen zu müssen. Diese Art von Qualitätskontrolle ist in den Dienstleistungsbranchen durchaus üblich und völlig unauffällig."

Endlich nahm die Sache Formen an und die Aussicht, unauffällig an den Namen des Ablesers zu kommen, beruhigte die Gemüter wieder. Langsam begann auch die Frau wieder rational zu denken.

„Wir müssen uns beeilen, alles muss hier schnellstens raus und alles muss sauber gemacht werden! Die Bullen können jeden Moment hier auftauchen."

Gemeinsam begannen sie die Kisten zu packen und die Spuren zu beseitigen. Als sie das Haus verließen, war dieses komplett leer.

Alle Böden waren gewischt, alle Lichtschalter und Türen abgeputzt, das Bad gereinigt und der Müll beseitigt.

Hierher würden sie nicht mehr kommen.

21.
Mittwochmorgen um halb zehn klingelte das Telefon bei Carola.

„Hallo Frau Kortmann, ich bin`s. Ich wollte fragen, wie es Ihrem Fuß geht und ob ich heute Nachmittag nochmals zu Ihnen kommen kann."

Carola war perplex, hocherfreut und einverstanden. Ihre Krankmeldung hatte sie dem Postboten mitgegeben.

22.

Um elf Uhr sollte Herr Berger sich bei der Kripo Stuttgart, Herrn Hauptkommissar Ludwig, LKA, melden. Danach war nichts mehr von dem organisierten Leben übrig, das Herr Berger und seine Mutter seit Jahren führten.

Völlig desorientiert und ohne sich auf seine Umwelt konzentrieren zu können, bestieg Johannes die Stadt-Bahn und fuhr zum Polizeipräsidium in der Hahnemannstraße.
Er hatte es vorgezogen, öffentliche Verkehrsmittel zu nehmen, anstatt mit dem Auto durch den dichten Verkehr zu steuern. Außerdem hatte er noch immer Angst vor Verfolgern.

Am Pragsattel verließ er die S-Bahn und folgte der Beschilderung. Dann wurde er unsicher, drehte um, weil er sich verfolgt fühlte, bestieg den nächstbesten Bus, fuhr kreuz und quer durch die Stadt, stieg dann in die Linie siebenundfünfzig, die direkt zum Nordbahnhof führte. Von dort aus waren es bis zu seinem Ziel nur noch zirka zehn Minuten zu Fuß, immer bergauf.

Als Ableser war er es von Berufs wegen gewohnt, weite Strecken zu Fuß zu gehen, und so legte er die beschilderte Wegstrecke zügig zurück.
Er lief über die Brücke direkt auf das lange, grau-braune Gebäude zu, das auf ihn eher den Eindruck eines Schulzentrums als das einer Polizeibehörde machte. Je näher er dem Gebäude kam, je langsamer wurde sein Schritt.
Nervös schaute er auf die Uhr. 10.55 Uhr. Er würde pünktlich sein.

Nochmals drehte er sich um, bevor er die Eingangshalle betrat. Niemand schien ihn wirklich zu beachten, auch konnte er einen Verfolger nicht ausmachen.

In der großräumigen hellen Halle hinter einer halbrunden Theke, die von der Innenseite her mit den modernsten Techniken ausgestattet war, mehreren Computern und Bildschirmen, die das Geschehen im und um das Gebäude aufzeichneten, saß eine junge adrette Dame in Uniform und lächelte ihm entgegen.

Johannes hatte die Hände ineinander verkrampft und brachte kaum ein Wort heraus. Er rang um Fassung, atmete tief durch und brachte es fertig, seinen Namen zu sagen.
Noch immer lächelte die Dame in Uniform. „Zu wem möchten Sie denn, Herr Berger?"

„Ich habe einen Termin mit Herrn Hauptkommissar Ludwig. Um elf Uhr, ja um elf."
Nervös rieb er seine ineinander geballten Hände.

„Bitte nehmen Sie da drüben in der Sitzgruppe einen Moment noch Platz. Ich werde Sie anmelden. Sie werden dann abgeholt. Vielen Dank." Das Lächeln war geblieben.

Johannes machte einen Schritt rückwärts, sah sich suchend nach der Sitzgruppe um und steuerte langsam darauf zu.
Ein jüngeres Paar saß eng aneinandergeschmiegt in den Polstern und blickte ihn verstohlen an.

„Grüß Gott", sagte Johannes. Das Paar erwiderte den Gruß mit einem Nicken.

Johannes hatte sich gerade am äußersten Rand der Sitzgruppe niedergelassen, als ein älterer Herr auf die Wartenden zusteuerte. Johannes wollte sich schon erheben, aber der ältere Herr reichte dem jungen Paar ein Formular mit der Bitte, dieses ausgefüllt in den nächsten Tagen wieder hereinzugeben.
Das Paar nahm den Schrieb, stand auf und verabschiedete sich flüchtig.

Jetzt war Johannes wieder allein und seine Unruhe wuchs von Sekunde zu Sekunde. Er sah auf die gegenüberliegenden Fahrstühle, die sich permanent öffneten, dann wieder schlossen. Leute strömten herein und heraus. Doch niemand kam zu ihm.

Eine Weile beobachtete er das ständige Kommen und Gehen des bunten Publikums mit großer Unruhe. Was, wenn es jemandem nun doch gelungen war, ihm zu folgen?

Immerhin handelte es sich definitiv um Profis, die ganz bestimmt das gesamte Alphabet der Verfolgung beherrschten.

Johannes hatte einmal in einem *Tatort* gesehen, wie ein Zeuge versuchte, seine Verfolger abzuschütteln.
Damals hatten die Gangster den Zeugen erschossen, gerade, als er sich in Sicherheit wähnte.

Johannes Unruhe verstärkte sich nochmals. „Wenn mir jemand gefolgt ist, dann ist dies jetzt der richtige Moment, um mich zu erschießen."
Er schluckte schwer.

Die Zeit verging und es war beinahe halb zwölf. Nervös blickte er immer wieder auf seine Armbanduhr.
Johannes befürchtete schon, dass Herr Ludwig nun keine Zeit mehr für ihn habe, da er sicherlich erst in die Mittagspause gehen wolle. Er war hilflos und überfordert.

Sollte er sich bei der lächelnden Dame nochmals in Erinnerung rufen?
Hatte man ihn vergessen?
Hatte er vielleicht Datum und Uhrzeit verwechselt?
Johannes bemerkte, wie seine Hände feucht wurden und strich sie nervös an seinen Hosen ab.

Von der Seite näherte sich plötzlich eine Dame in einem schwarzen Kostüm, weißer Bluse und recht hochhackigen Schuhen. Ihre langen blonden Haare hatte sie zu einem Knoten zusammengebunden, einige Strähnen jedoch fielen ihr ins Gesicht. Auf den ersten Blick vermöchte Johannes nicht zu erkennen, ob sie geschminkt war, ein dezenter Lippenstift jedoch war bei genauerem Hinsehen zu entdecken.

Auch sie lächelte. „Sind Sie Herr Johannes Berger?"

Johannes sprang sofort auf, knöpfte sein blaues Jackett zu und murmelte ein unverständliches „Ja."

„Guten Tag, Herr Berger."

Die Dame reichte Johannes die Hand. „Mein Name ist Sonja Thewes. Ich bin die Assistentin von Herrn Ludwig. Bitte kommen Sie mit mir, ich bringe Sie zu ihm."

Ohne weitere Worte folgte ihr Johannes in den Fahrstuhl und in den dritten Stock.

23.
Carola ließ den gestrigen Tag nochmals Revue passieren. Sie war komplett aus dem Häuschen.

Der Abend mit Herrn Berger war angenehm verlaufen. Sie unterhielten sich entspannt und kamen auch auf ganz private Dinge, wie Familie und Beruf, zu sprechen. Bei der Zubereitung des Essens machte Herr Berger sogar einige Handreichungen.

Zu Carolas Bedauern ergab sich jedoch keine Gelegenheit, ihm das „*Du*" anzubieten.

Carola hatte gehofft, mehr von dem abenteuerlichen Anruf dieser Frau Waible zu erfahren, getraute sich aber nicht, das Gespräch darauf zu lenken.

Nach einem wirklich gelungenen Essen hatten sie sich ins Wohnzimmer gesetzt und gemütlich ein Glas Rotwein getrunken.

Beide stellten fest, dass sie eine Vorliebe für Schlagermusik hatten, und auch die Liebe zu Spaziergängen entpuppte sich als eine Gemeinsamkeit.

Dann, gegen dreiundzwanzig Uhr, verabschiedete sich Herr Berger ganz förmlich.

Carola hatte darauf bestanden, allein die Küche aufzuräumen, und so machte sie sich trotz ihres nun doch schmerzenden Fußes zur fortgeschrittenen Stunde an die Arbeit.

Überglücklich lag sie noch lange wach und konnte an gar nichts anderes mehr denken als an Herrn Berger.

Als dann am nächsten Vormittag überraschend der Anruf von Herrn Berger kam, war Carola völlig aufgelöst.

Sie entschloss sich dazu, einen Kuchen zu backen. Marmorkuchen, das war ihr Lieblingskuchen. Ihre Vorbereitungen liefen auf Hochtouren.

Sie hatte noch eine Schmerztablette eingenommen. Vor lauter Aufregung vergaß sie hin und wieder ihr Gipsbein.

24.
„Guten Tag Frau Liebold. Mein Name ist Bohn von Ihrem Elektrizitätswerk. Wir führen Qualitätskontrollen unserer Außendienstmitarbeiter durch. Bei Ihnen wurde am 15. März, also gestern, der Strom abgelesen. Darf ich Ihnen ein paar Minuten Ihrer kostbaren Zeit rauben?"
Der Mann mit dem Spitznamen „Catcher" säuselte ins Telefon.

Den ganzen Vormittag schon hatte er immer die gleiche Leier rauf und runter aufgesagt. Stets in einem überfreundlichen Ton. Viele der Angerufenen erteilten bereitwillig Auskunft, aber bislang war es ihm nicht gelungen, den Namen des Ablesers in Erfahrung zu bringen.

„Ja, gestern war ein Mitarbeiter von Ihnen hier. Ich glaube Bergmann hieß er. Ein so netter Mann."

Catcher hielt die Luft an. Bergmann. Immerhin schon etwas, wenn auch ein Allerweltsname.

„Hat sich unser Herr Bergmann auch ausgewiesen, konnten Sie einen Blick auf seinen Ausweis werfen? Wissen Sie, ich frage deshalb, weil unsere Mitarbeiter angehalten sind, ihren Ausweis offen zu tragen und unaufgefordert vorzuzeigen."

Catcher hatte im Laufe der vielen Telefonate mehrfach gehört, dass der Ableser einen Ausweis der Energiewerke Württemberg und Baden an einem Band um den Hals trug. Leider hatte bislang niemand richtig darauf geschaut. Niemand hatte ihm den vollständigen Namen geben können.

„Den Ausweis habe ich gesehen. Ja, er hatte einen Ausweis."

„Na toll", dachte Catcher, „so weit war ich ja vorher auch schon! Bergmann. Vorname? Hallo?"
Am liebsten hätte er sie angeschrien.

Stattdessen plapperte die Dame am anderen Ende der Leitung weiter.
„Wissen Sie, ich war gestern Vormittag beim Friseur, als Herr Bergmann zum ersten Mal kam. Als ich wieder zu Hause war, habe ich seine Karte gefunden und ihn angerufen. Er ist dann sofort nochmals gekommen, ist das nicht nett?"

Catcher atmete tief durch und setzte sich aufrecht hin. Eine Karte! Angerufen! Also hatte die alte Schachtel auch die Telefonnummer.
Catcher war gewarnt, er musste jetzt vorsichtig weiterfragen, damit kein Verdacht aufkam und der Redefluss der Frau Liebold nicht unterbrochen wurde.

„War das Auftreten unseres Mitarbeiters freundlich und sah er gepflegt aus?"

„Oh ja, wie war Ihr Name, Herr Bohn? Nicht wahr?
Er trug eine blaue Jacke mit Ihrem Emblem. Er wollte noch die Schuhe ausziehen, aber ich hatte doch noch nicht geputzt. Ich war ja so ewig lange beim Friseur. Dabei ist mir aufgefallen, wie sauber seine Schuhe waren. So ein adretter Herr", schwärmte Frau Liebold.

„Ah, das ist wichtig, äh… Frau…Liebold." Beinahe hätte Catcher ihren Namen vergessen. „Gut zu wissen, wenn unsere Arbeitskleidung auch getragen wird.
Sie wissen selbst, wie die jungen Leute heute sind. Die haben ihren eigenen Kleidungsstil."
Catcher hoffte, Frau Liebold durch diese harmlose Bemerkung das ungefähre Alter des Ablesers entlocken zu können.

„Ja, ja, die jungen Leute. Aber Herrn Bergmann steht die Kleidung ausgezeichnet.

Dieser Versuch war ganz offensichtlich gescheitert.

„Wurde die Karte, die sie von ihm erhielten, ordnungsgemäß ausgefüllt? Ich weiß, ich mute Ihnen einiges zu, aber uns ist es so wichtig, dass unsere Kunden zufrieden sind und sich durch unsere Ableser nicht belästigt fühlen. Würde es Ihnen etwas ausmachen, die Karte einmal zur Hand zu nehmen?"

„Oh nein, keineswegs. Ich schaue nur kurz, ob ich sie überhaupt noch habe."

Catcher hörte, wie der Hörer aus der Hand gelegt wurde und am anderen Ende der Leitung leise vor sich hinmurmelnd Frau Liebold nach der Karte suchte.

Tatsächlich kam sie nach einer kurzen Weile zurück ans Telefon.

„Da haben Sie aber Glück, dass ich die Karte nicht schon in den Altpapiercontainer gebracht habe. Erst gestern habe ich zu meinem Sohn gesagt, er solle das Altpapier fortfahren. Hat er natürlich vergessen und einfach im Hausflur stehen lassen. Da sieht man mal, wofür das gut war."

„Ha, ha, ha", dachte Catcher, „mach schon!" Stattdessen sagte er: "Würden Sie mir jetzt vorlesen, was darauf steht?"

„Huch, da muss ich erst meine Brille aufsetzen."

Wieder wurde der Hörer zur Seite gelegt und Catcher trommelte mit den Fingerspitzen auf den Tisch. Er musste sich schwer zusammenreißen, um nicht loszubrüllen.

Umständlich begann Frau Liebold zu lesen:

„Ich habe Sie heute, am 15. März um 09.30 Uhr, nicht angetroffen. Im Auftrag der Energiewerke Württemberg und Baden soll turnusmäßig Ihr Energiezähler abgelesen werden.

Ich werde am Freitag, den 18. März in der Zeit von 15.00 Uhr bis 17.00 Uhr nochmals bei Ihnen vorbeischauen.
Sollte Ihnen die Wahrnehmung dieses Termins nicht möglich sein, rufen Sie mich bitte unter folgender Telefonnummer an: 0142/1788991.

Ihr Ableser: Bergmann, äh *Berger"*

„Verflixt", dachte Catcher, der alles mitgeschrieben hatte, „heißt der Typ jetzt Berger oder Bergmann?" Aber er hatte wenigstens eine Telefonnummer. Der Rest würde ein Kinderspiel sein.

„Frau Liebold, Sie haben mir wirklich sehr geholfen. Haben Sie recht vielen Dank."

„Das habe ich doch gern gemacht. Herr Bergmann ist wirklich ein sehr sehr netter und zuvorkommender Herr, noch von der alten Schule."

Catchers Grinsen wurde mit jedem Satz breiter. Frau Liebold hatte ihm in ihrem letzten Satz signalisiert, der Ableser habe zumindest ein gesetzteres Alter. Wahrscheinlich über vierzig, oder älter.

Frau Liebold befürchtete, sie hätte gerade etwas Dummes gesagt und begann Lobeshymnen zu singen, denn sie wollte keinesfalls den Arbeitsplatz des Mannes gefährden, der im fortgeschrittenen Arbeitsalter bestimmt nicht so einfach etwas Neues findet.
Und so gab sie immer mehr preis und Catcher bekam ein immer besseres Bild dieses Ablesers Berger oder Bergmann, wie immer er auch heißen mochte.

Es war jetzt nur noch eine ganz kurze Frage der Zeit, dann würde Catcher ihn finden. Aber was dann mit ihm geschehen sollte, darüber war sich die Gruppe noch nicht einig.

Fakt war, die Gruppe würde den Standort Hilkershausen endgültig aufgeben, vielleicht auch den in Stuttgart und wieder Richtung Zwickau in die Zentrale ziehen. Dort würden sie sich weiter planen.

Jedenfalls war in der Oberen Wallstraße Nummer neun nichts mehr zu finden, was auf die Gruppe hinweisen würde.

25.

„Das verstehe ich nicht. Wieso geht Johannes nicht ans Telefon? Ich habe doch die richtige Nummer..."

Resi mischte sich ein. „Inge, nun lass ihn doch. Er wird gerade nicht sprechen können. Johannes ist alt genug. Er wird schon keine Dummheiten machen. Wir versuchen es später, wenn wir wieder zu Hause sind."

Inge hatte vom öffentlichen Krankenhaustelefon mehrfach versucht, Johannes zu erreichen.

Beunruhigt folgte sie dem Rat ihrer Zwillingsschwester.

Frau Waible hatte indes die Zentrale angewiesen, die SIM-Card von Johannes Geschäftshandy zu sperren, und so klingelte das Telefon zwar fiktiv, aber unhörbar für Herrn Berger.
Zusammen mit dem Netzbetreiber hatte man diese Art gewählt und auf diverse Ansagen verzichtet, die die Sperrung der Karte verraten hätten.

26.
Das Büro, in das Johannes geführt wurde, war größer und freundlicher als er es sich ausgemalt hatte.
Der schwere Eichenschreibtisch vor ihm war zwar mit Papieren überfüllt, aber dennoch gab es eine Art Ordnung dort auf dem Schreibtisch.
Zwei Computer, ein Aufzeichnungsgerät, zwei Telefone, ein Handy und ein Taschenrechner rundeten das Bild ab.

Frau Thewes stellte die beiden Herren einander vor. Mit einer Handbewegung bat sie Johannes, sich zu setzen. Auch Herr Ludwig setze sich und lächelte Johannes an.

Johannes hatte einen älteren Herrn kurz vor der Pensionierung, vielleicht auch in seinem Alter, erwartet.
Stattdessen war Hauptkommissar Michael Ludwig schätzungsweise erst Mitte dreißig, mit sportlicher Figur. Ludwigs äußeres Erscheinungsbild stimmte so gar nicht mit dem überein, was Johannes erwartet hatte.

Statt eines eleganten Anzuges mit Krawatte, trug Herr Ludwig ausgebeulte Jeans, Rollkragenpullover und Turnschuhe. Seine dunklen Haare trug er kurz. Der Dreitagebart gab ihm ein etwas verruchtes Aussehen. Immerhin trug er ein dunkelblaues Jackett.
Frau Thewes ging hinaus, um Kaffee zu holen.

Recht hilflos saß Johannes nun vor diesem Hauptkommissar und hoffte, es sei alles nur ein böser Traum, aus dem er langsam erwachen würde.

„Herr Berger, ich danke Ihnen, dass Sie zu uns gefunden haben. Bitte entschuldigen Sie die lange Wartezeit. Ich wurde in groben Zügen darüber informiert, was geschehen ist und was Sie gehört haben, würde es aber natürlich gerne von Ihnen nochmals persönlich hören. Frau Thewes wird bei der Befragung anwesend sein."

Die feste Stimme riss Johannes aus seinen Träumereien und mit einem Mal war er wieder in der Realität angekommen.

„Darf ich zunächst einmal Ihre Personalien feststellen? Ich weise Sie darauf hin, zu diesen Angaben sind Sie verpflichtet."

Johannes erschrak. Also doch! Man würde ihn wie einen Verbrecher behandeln.
Wortlos und noch mehr verunsichert zog Johannes aus seiner Jackentasche einen Personalausweis und legte ihn Herrn Ludwig vor.
Dieser notierte sich alle Daten und lächelte ihn freundlich an.

Bevor weitere Fragen gestellt wurden, kam Frau Thewes mit dem Kaffee und stellte die drei Tassen ab.
„Bitte bedienen Sie sich. Wenn Sie mehr Zucker wünschen, sagen Sie es nur." Wieder dieses Lächeln.

Lächelten denn alle hier? War das eine besondere Verhörtaktik? Seinen Gegenüber niederzulächeln?

Johannes schwitzte.

„Bevor wir Ihre Aussage aufnehmen, möchte ich Sie der Form halber noch auf etwas hinweisen. Sie sind freiwillig hier und machen eine Zeugenaussage. Sie haben aber das Recht, die Aussage zu verweigern, wenn Sie sich dadurch selbst belasten würden oder einen Ihrer nahen Verwandten. Wenn Sie aber aussagen, muss das unbedingt der Wahrheit entsprechen."

„Aber ich… ich… ich…", Johannes war am Ende und nicht mehr in der Lage, seine Gedanken zu sortieren.

Sonja Thewes legte ihm beruhigend die Hand auf die Schulter. „Herr Berger, wir möchten Sie nicht erschrecken, aber wir sind dazu ver-

pflichtet, die Formalitäten einzuhalten. Bitte haben Sie keine Angst mit uns zu sprechen, wir wollen Sie schützen."
Wieder ein Lächeln.

„Ich muss weiter darauf hinweisen, dass dieses Gespräch aufgezeichnet wird." Herr Ludwig war unerbittlich.

„Nach diesem Gespräch werden wir Sie bitten, Ihre Fingerabdrücke und eine Haarprobe abzugeben."

Johannes Gesicht erstarrte vor Schreck. Was hatte er denn getan? Er wollte doch nur seine Aussage machen. Jetzt allerdings würde man ihn in der Verbrecherkartei führen.
Johannes sackte in seinem Sessel zusammen, völlig verunsichert und komplett verwirrt.

Michael Ludwig, der nun endlich bemerkte, den armen Johannes zu Tode erschreckt zu haben, fügte schnell hinzu: „Wir müssen Ihre Fingerabrücke und die Haarprobe nehmen für das Ausschlussverfahren. Herr Berger, wir können ansonsten die Spuren nicht unterscheiden und zuordnen. Haben Sie keine Sorge, Sie erhalten von uns natürlich eine schriftliche Erklärung, dass wir diese Spuren nur für diesen Zweck verwenden und danach vernichten. Bitte vertrauen Sie uns."
Herr Ludwig lächelte.

Johannes hingegen war noch immer fassungslos, ihm blieb aber nichts anderes übrig, als allmählich Vertrauen zu fassen und vorsichtig zu nicken.

„Nun gut. Sonja, hast Du die Gesprächsnotiz des Herrn Bohn von den Energiewerken Württemberg und Baden und die der Frau Waible gelesen?"

Frau Thewes nickte lächelnd.

„Um Ihnen zunächst einmal die Angst zu nehmen.... Wir haben sowohl mit Frau Waible als auch mit Herrn Bohn gesprochen und sind, was Ihre Person betrifft, über Ihren guten Leumund informiert. Auch die Zentrale Ihrer Firma legt die Hand für Sie ins Feuer. Wir *ALLE* werden unser Bestmöglichstes dazu beitragen, Sie zu beschützen.

Frau Waible hat bereits Ihr Handy sperren lassen. Ein Anrufer wird allerdings nicht mitbekommen, dass das der Fall ist.
Alle Innendienstmitarbeiter, ob in der Zentrale oder beim Energiewerk, sind via Skript angehalten, keinerlei Auskünfte über Außendienstmitarbeiter zu erteilen. Über Niemanden!
Frau Waible hat mir zudem versichert, all Ihre persönlichen Daten in der Personaldatei unkenntlich zu machen bzw. zu entfernen. Sie haben nichts zu befürchten, und wir werden nach dem Gespräch überlegen, wo wir Sie unterbringen."

Hauptkommissar Ludwig sprach beruhigend auf Johannes ein, der aber war erneut verwirrt wegen der Unterbringung.

„Wie? Wieso unterbringen? Und meine Mutter?"

Sonja und der Hauptkommissar sahen sich an. „Ihre Mutter?", kam es wie aus einem Munde.

„Sie ist... gerade nicht daheim, weil...", Johannes musste sich zusammennehmen. Wenn er weiterhin so stotterte, würden sie glauben, er habe etwas zu verbergen. Also riss er sich zusammen, setzte sich etwas aufrechter und machte einen neuerlichen Erklärungsversuch: „Ich lebe bei meiner Mutter. Meine Mutter ist zurzeit bei ihrer Schwester wegen eines Krankenbesuchs. Ich habe ihr noch nichts sagen können. Sie weiß noch von gar nichts!"

„Das ist auch gut so. Bitte sagen Sie ihr, Sie soll dort noch bleiben und vorläufig nicht zurück in die Wohnung gehen."

„Was? Nein..., unmöglich! Das macht sie nie! Ich will sie auch nicht mit der ganzen Geschichte belasten. Sie kennen meine Mutter nicht, sie würde sich ohne eine Erklärung darauf nicht einlassen. Und wenn sie etwas wüsste, würde sie Himmel und Hölle bewegen, ganz sicher!"

„Herr Berger, ich glaube, Sie verstehen Ihre Situation nicht. Wenn das wirklich stimmt, was Sie gehört haben - woran wir keine Sekunde lang zweifeln - sind Sie in allergrößter Lebensgefahr. Sie müssen Ihre Mutter dazu bewegen, fortzubleiben. Ansonsten... Sonja, das wirst Du regeln." Hauptkommissar Ludwigs Stimme wurde energisch, sein Lächeln verschwand für einen kurzen Augenblick.

Johannes schaute mit offenem Mund von einem zum anderen. Lebensgefahr! Mutter! Oh je, der Hauptkommissar hatte gut reden. Herr Ludwig und Frau Thewes hatten beide keine Ahnung, zu was seine Mutter fähig sein konnte, wenn sie ihre Familie und ihr Reich verteidigen müsse. Ganz bestimmt würde sie sich nichts vorschreiben lassen, sondern die Sache auf ihre Weise regeln und sich schützend vor Johannes stellen. Er sah sie schon hysterisch die Messer wetzen.

„Unter welcher Nummer kann ich Ihre Mutter denn erreichen?" Lächelnd forderte Sonja Thewes die Informationen bei Johannes an.

Innerlich wehrte sich Johannes immer noch, die Telefonnummer seiner Tante Resi herauszugeben, aber tief in seinem Verborgenen war ihm klar, gegen dieses Lächeln hatte er keine Chance.

„Besser ist, Sie reden erst mit meiner Tante. Sie ist die Besonnenere. Sie sind Zwillingsschwestern und ich denke, sie kann Mutter beruhigen."

Frau Thewes machte sich fleißig Notizen.

„Nun Herr Berger, beginnen wir mit dem Morgen des 15. März. Schildern Sie uns den Ablauf dieses Morgens möglichst lückenlos."

27.
„Bohn, Energiedienst Württemberg und Baden. Guten Tag, was kann ich für Sie tun?", der Sachbearbeiter meldete sich wie gewohnt und war dennoch überrascht worden von diesem Anruf, obwohl er ihn erwartet hatte.
Die ruhige Frauenstimme am anderen Ende wiederholte nochmals ihre Bitte vom Vortag und bat um Namen, Adresse und Telefonnummer des Ablesers.

Herr Bohn konnte beim besten Willen das Alter der Frau anhand der Stimme nicht einschätzen.
Kein besonderer Dialekt war auszumachen, obwohl er meinte, die Frau würde krampfhaft versuchen, hochdeutsch zu sprechen.

„Es tut mir wirklich leid, wir, ich, ähm, wir haben keinen entsprechenden Ableseauftrag zu der Adresse gefunden", log er. „Ich fürchte, wir können Ihnen nicht weiterhelfen."

Peter Bohn hoffte, die Frau am anderen Ende schnell loszuwerden. Wie bereits am Vortag war auf dem Display seines Telefons eine Telefonnummer der Anruferin nicht ersichtlich.

„Wenn Sie wollen, hinterlassen Sie mir doch Ihren Namen und Ihre Rufnummer, dann melde ich mich, wenn sich doch noch etwas ergibt."

Ein schwacher Versuch, der misslang.
Am anderen Ende wurde der Hörer wort- und grußlos aufgelegt.

Herr Bohn kam gar nicht mehr dazu, ihr die Telefonnummer von Frau Waible zu geben.

Peter Bohn informierte Frau Waible.

Frau Waible meldete es der Zentrale und Herrn Hauptkommissar Ludwig.

Leider war es nicht gelungen, die Anruferin zu identifizieren. Das wäre auch zu schön gewesen.

Alle Seiten waren ausgesprochen beunruhigt, und so nahmen die Gerüchte allseits ihren Lauf.

28.
„Ich bin etwas durcheinander, bitte entschuldigen Sie. Ich hatte noch nie mit der Polizei zu tun und mir auch noch nie das Geringste zu Schulden kommen lassen. Ich war stets korrekt…"

„Bitte Herr Berger", lächelnd blickte Frau Thewes zu ihm herüber, „wir wissen das. Lassen Sie sich von diesen unabdingbaren Formalitäten nicht aus dem Konzept bringen. Es sind Vorschriften, die sicherlich in Ihrem Falle ohne Bedeutung sind. Uns wird auch bestimmt eine Lösung einfallen, was wir mit Ihrer Frau Mutter machen."

Johannes räusperte sich und begann zu erzählen: „Wie an jedem Morgen stand ich um sechs Uhr auf, ging ins Bad und frühstückte. Meine Terminplanung habe ich immer einen Tag im Voraus fertig, so dass ich pünktlich um acht Uhr bei dem ersten Kunden war.

Mein Auto parkte ich am Rande der Steinhausiedlung in Hilkershausen. Dort besuchte ich auch die ersten Kunden und ging dann zu Fuß in die Panoramastraße, machte danach die Schönblickstraße, von dort ging ich in die Schillerstraße und in die Blumenstraße.
Es wird ungefähr zehn Uhr gewesen sein, als ich in der Gartenstraße ankam. Meine Absicht war, beim Zurücklaufen, bevor ich in die Mittagspause ginge, nochmals bei den Kunden zu klingeln, die ich an diesem Morgen nicht angetroffen hatte. Wissen Sie, manchmal kommen die Kunden in der Zwischenzeit zurück, weil sie nur kurz das Kind zu Schule gebracht haben, oder einkaufen waren, oder wie eine andere Kundin, beim Friseur war.

Als ich gerade in der Gartenstraße halb fertig war, klingelte das Telefon und eine Kundin, Frau Liebold aus der Blumenstraße, bat mich, nochmals gleich vorbeizuschauen. Also machte ich nochmals kehrt und ging zurück, las den Zähler ab und wollte vor dem Mittagessen die restliche Gartenstraße fertig machen."

Johannes rutschte nervös auf seinem Stuhl, knetete seine Hände und räusperte sich erneut.

„Ich kam recht zügig voran, und so entschloss ich mich, noch einen Teil der Oberen Wallstraße vor dem Mittagessen abzulesen. Die Obere Wallstraße hat nur sechzehn Hausnummern und ich hätte damit ein zusammenhängendes Ablesegebiet abgeschlossen, zumindest hätte ich alle Kunden in dem Gebiet mindestens einmal besucht.

Ich fing also auf der Oberen Wallstraße bei den ungeraden Hausnummern an. Hausnummer neun war – so hatte es jedenfalls den Anschein – unbewohnt. Ich kannte das Anwesen aus dem letzten Jahr. Es gibt dort nur einen zugeklebten Briefkasten, es war also nicht möglich, eine Kundenselbstablesekarte zu hinterlassen.
Ich fasste an das Gartentürle, es war verschlossen. Ich vermerkte also ordnungsgemäß, dass das Haus unbewohnt war.
So erledigte ich die Straße zuerst auf der linken Seite, dann machte ich mich auf den Rückweg, um die geraden Hausnummern abzulesen. Ich traf in der Hausnummer sechzehn einen Hausmeister, der mich bei der Ablesung begleitete und mich etwas aufhielt.
Herr Hölzel, oder Holzle heißt er. Er wohnt in dem Objekt."

Johannes erzählte flüssig und war hochkonzentriert. Seine Nervosität ließ etwas nach. Er traute sich sogar, einen Schluck Kaffee zu nehmen.

„Dann bemerkte ich, dass das Gartentürle in der Hausnummer neun nun weit offenstand, deshalb rief ich den Ableseauftrag nochmals auf. Eigentlich war ich fertig und beschloss, meine Mittagspause zu machen. Dadurch, dass ich die Obere Wallstraße noch zusätzlich gemacht hatte, musste ich sowieso umplanen. Die Häuser zwei bis vierzehn wollte ich nach dem Mittagessen erledigen, erst danach wollte ich dann die nicht angetroffenen Kunden nochmals aufsuchen.
Ich mache nämlich immer pünktlich um zwölf Uhr meine Mittagspause. Dazu gehe ich zu meinem Auto.

Ich wollte also Mittag machen, danach die restliche Obere Wallstraße noch erledigen und nochmals die nicht angetroffenen Kunden besuchen.
Meinen nächsten festen Termin hatte ich an diesem Tag erst um achtzehn Uhr in Bad Cannstatt, also drängte mich auch nichts."
Nervös tupfte sich Johannes mit einem Taschentuch die Schweißperlen von der Stirn. Er hoffte, nichts Falsches gesagt zu haben.
Dürfe er die Adresse des achtzehn Uhr Termins preisgeben?

Hoffentlich würde man ihn danach nicht fragen, denn dann müsse er die Geschichte mit dem gebrochenen Fuß erzählen und dass er bei Frau Kortmann zu Abend gegessen hatte. Man würde ihn verdächtigen, sich bei alleinstehenden Damen einzuschmeicheln.

Herr Ludwig und Frau Thewes unterbrachen ihn nicht.
Sie würden ihre Fragen schon noch stellen, dessen war er sich sicher.

„Ich ging also durch das offene Tor auf die ebenfalls offenstehende Haustür zu. Den Stromzähler konnte ich sehen, er hängt gegenüber der Eingangstür.

Die Klingel funktionierte nicht, also rief ich laut „Hallo".
Ich weiß nicht mehr, ob ich ein- oder zweimal gerufen habe, der Zähler hing da direkt vor mir und war nicht einmal durch eine Zählerschranktür verdeckt.

In alten Häusern ist das manchmal noch so, die Zählerplätze sind dort ohne Zählerkasten vorhanden und hängen einfach ungeschützt an einer Wand. Manche Kunden verdecken diese oft hinter selbstgebastelten Schränken oder hängen einfach ein paar Garderobenhaken darüber, um ihn zu verdecken. Hier war das nicht so... Ich wollte doch nur ablesen."

Johannes schluckte schwer und musste sich erst einmal wieder sammeln. Er nahm nochmals einen Schluck Kaffee.

„Ohne weiter nachzudenken habe ich einfach die Zahlen in mein Gerät getippt. Ich sah keine Veranlassung, weiterhin abzuwarten.
Dabei hatte ich dann aber Stimmen gehört und wusste nicht so recht mehr, was ich machen sollte. Also zögerte ich. Die Stimmen stritten sich. Ich dachte zunächst an Erbschaftsstreitigkeiten.
Ich dachte, man würde mich für einen Eindringling halten, wenn ich einfach so davonspringe. Also wartete ich noch etwas unsicher. Ich hörte mindestens zwei Männerstimmen und eine Frauenstimme.

Dann... dann... ja dann sagte eine Männerstimme: *"Du kannst nicht mehr aussteigen. Du weißt, das wäre Dein Todesurteil! Du hast die Bankiersfrau aus Filderstadt auf dem Gewissen und die Polizistin in Würzburg. Glaubst Du wirklich, Du kannst die Flatter machen und mit der Kohle verschwinden?"*

Ich stand da wie angewurzelt und war plötzlich in totaler Panik. Ich habe in der Presse von den beiden Morden gelesen und wusste, es konnten von der Polizei noch keine Täter ermittelt werden ..., dass die beiden Verbrechen jetzt auch noch von ein und demselben Täter begangen wurden, und ich als Zeuge jetzt mitten in diesem Pulk bin, das alles schoss mir in den Sekunden durch den Kopf.
Mir war sofort klar, ich hatte etwas gehört, was fatal und auf gar keinen Fall für fremde Ohren bestimmt war.
Als sich meine Erstarrung löste, bin ich einfach nur losgelaufen, ohne links und rechts zu gucken, habe mich in mein Auto gesetzt und bin auf Schleichwegen auf die Autobahn aufgefahren.

Ich hatte die Orientierung vollkommen verloren und bin zunächst in die falsche Richtung gefahren. In Herrenberg bin ich von der Autobahn wieder abgefahren. Ich habe keine Ahnung, ob ich gesehen wurde."

Völlig erschöpft von seinen Ausführungen lehnte sich Johannes zurück, seine Angst, die er in dem Haus gestern verspürte, war wieder präsent.

Mit geschlossenen Augen saß er eine ganze Weile regungslos da.

Frau Thewes und Herr Ludwig sahen sich an.
Hauptkommissar Ludwig war aufgestanden und lief hinter seinem Schreibtisch auf und ab.

„Wir müssen davon ausgehen, dass Sie tatsächlich bemerkt wurden, denn ansonsten hätte die Dame nicht versucht, über die Energiewerke, bzw. Herrn Bohn, Ihren Namen und Ihre Adresse zu erfahren.
Wir können nur hoffen, dass Ihre Identität noch nicht bekannt ist."

Michael Ludwig kratzte sich am Kinn, dann stützte er sich mit den Handflächen auf dem Schreibtisch ab und blickte Johannes streng an.

„Wissen Sie, mit Ihrer Aussage rücken Sie die Ermittlungen und die bisherigen Erkenntnisse in ein ganz anderes Licht, in eine komplett andere Richtung! Niemand hat bisher eine Verbindung zu diesen beiden Verbrechen hergestellt. Das klingt verdammt noch mal nach organisierter Kriminalität.
Gerade erst wurde die Sonderkommission in Filderstadt drastisch verkleinert. Jetzt scheint es, als müsse man sich alle ungeklärten Verbrechen im ganzen Land nochmals genauer anschauen und das Personal wieder aufstocken."

„Wo aber ist die Verbindung?" Frau Thewes blickte erschüttert von einem zum andern.

„Die Verbindung wird sich finden! Beschaffungskriminalität im Entführungsfall fällt mir da spontan ein. Fakt ist, es gibt einen Zusammenhang!

Weiß der Geier, vielleicht hat die Polizistin irgendetwas in Erfahrung gebracht, was mit der Geschichte in Filderstadt zu tun hat. Vielleicht hat sie von den Entführungsplänen Kenntnis erlangt. Es wird sich

zeigen! Hier wie da tappen die Kollegen noch immer im Dunkeln, jetzt gibt es jedenfalls eine neue Richtung."
Jeder im Raum konnte förmlich anfassen, was Hauptkommissar Ludwig dachte.

Johannes saß da und hatte keinen Plan, wie es weiter gehen sollte. Je mehr er darüber nachdachte, je mehr wurde er sich der Gefahr bewusst, in der er schwebte.

„Sie haben sich vorbildlich verhalten, Herr Berger. Ich bin sicher, Sie haben uns einen sehr wichtigen Hinweis geliefert.
Für die Hinweise sind auch Belohnungen ausgesetzt. Lassen Sie uns jetzt darüber reden, was mit Ihnen geschieht."

„Belohnung, Sie denken doch nicht etwa…?" Johannes war empört. Dachte Herr Ludwig wirklich, dass er sich die Belohnung erschleichen wollte?

„Ach was!" Mit einer Handbewegung wischte Herr Ludwig Johannes Bedenken weg.

„Das Ganze ist eine ganz prekäre und heikle Geschichte. Die Personen wissen natürlich nicht, was und wieviel Sie gehört haben, befürchten aber, Sie haben die entscheidenden Sätze vernommen.
Daraus können diejenigen allerdings die gleichen Schlüsse ziehen, wie jetzt wir, nämlich die Entdeckung eines Zusammenhanges der Verbrechen, eine bevorstehende Aufklärung und folglich entsprechende Festnahmen.
Diese Leute sind unberechenbar, hochgradig gefährlich und werden alles versuchen, eine Festnahme zu verhindern."

Sonja nickte. Auch sie war inzwischen aufgestanden und auf die andere Seite von Johannes getreten.

„Herr Berger, haben Sie die Möglichkeit, zu vereisen? Können Sie Urlaub machen?"

„Ja, Urlaub wäre gut." Michael Ludwig stimmte seiner Assistentin sofort zu.

„Die Unterbringung bei einem Verwandten oder alternativ einem Bekannten wäre viel zu riskant, denn die Methoden dieser Gangster sind vielfältig und glauben Sie mir, sehr sehr einfallsreich, wenn es darum geht, jemanden zu finden.
Sie wären nicht sicher! Jemand aus Ihrem Verwandten- und Bekanntenkreis würde Sie – sicherlich eher unbeabsichtigt – verraten!" Sonja Thewes versuchte Johannes zur Einsicht zu bewegen.

„Momentmal! Urlaub? Wie soll denn das gehen? Ich muss doch arbeiten, ich... nein, unmöglich! Dann ist da ja auch noch meine Mutter, die..."

„Herr Berger, das alles können Sie erst einmal definitiv vergessen, wir klären das für Sie."
Mit einem Lächeln von Sonja wurde auch dieses Argument niedergeschmettert.

„Meine Mutter, um Gottes Willen, wie soll ich ihr denn das erklären? Ich kann sie nicht einweihen. Sie würde alles verraten. Sie würde gleich alle möglichen Leute anrufen und sie bitten, nicht zu sagen, dass sie mich kennen. Dadurch wäre natürlich die Neugierde geschürt."

„Da fällt mir etwas ein." Sonjas Lächeln war nicht zu erschüttern.

„Frau Waible soll Ihre Mutter anrufen. Sie kann ihr einen Einsatz am anderen Ende Deutschlands vorgaukeln. Wegen der Dringlichkeit hätten Sie gleich abreisen müssen und dort, wo Sie eingesetzt seien, sei es mit einer Handyverbindung extrem schlecht. Sie würden sich aber aus Ihrem Hotel bei ihr melden. Da Ihre Mutter nicht zu Hause war, hätten sie das mit ihr auch nicht besprechen können."

„Das kauft meine Mutter Frau Waible nicht ab. Nie im Leben! Sie wird sich fragen, weshalb ich sie nicht selbst anrufe. Von unterwegs, bei meiner Tante." Johannes Panik stieg weiter an.

„Aber es wäre ein Versuch wert. Sie können behaupten, Sie hätten sie nicht erreicht von unterwegs! Das stricken wir Ihnen schon glaubhaft zusammen, wenn wir mit Frau Waible die organisatorischen Einzelheiten besprochen haben.
Bitte fahren Sie nach Hause, packen Sie einige Sachen zusammen und bringen Sie sich irgendwo in Sicherheit.
Wir werden Ihnen genaue Instruktionen zukommen lassen, wie wir zusammen mit dem Problem Inge Berger umgehen."

Problem Inge Berger? Johannes Mutter ein Problem? Er musste zugeben, Frau Thewes hatte den Nagel auf den Kopf getroffen. Mutter war mindestens ein so großes Problem wie die organisierte Verbrecherbande. Beinahe hätte er gelacht.

„Ein Tipp noch: Benutzen Sie keine Kreditkarte oder Bankkarten. Zahlen Sie bar und bleiben Sie mit uns in Verbindung.
Frau Thewes wird Ihnen ein abhörsicheres Handy zur Verfügung stellen. Aber Sie dürfen damit niemand anderen anrufen als uns, verstehen Sie das, Herr Berger?"

Dieser nickte nur, er stand völlig neben sich und sah sich aus der Ferne selbst zu.

„Ihr Auto stellen Sie am Bahnhof oder am Flughafen ab, oder auf einem öffentlichen Parkplatz. Wir sorgen dafür, dass es nicht abgeschleppt wird.
Die Kosten für die Parkzeit und auch für Ihr Reiseticket und Unterkunft übernehmen wir.

Gehen Sie mit Frau Thewes, sie wird Ihnen die entsprechenden Bescheinigungen ausstellen."

Johannes reagierte nur noch wie in Trance, klare und logische Gedanken konnte er nicht fassen. Er agierte ganz automatisch, wie auf Knopfdruck.

Herr Ludwig verabschiedete sich höflich und wünschte ihm viel Glück.

Johannes ließ die Prozedur der Fingerabdruckabgabe und der Entnahme einer Haarprobe wortlos über sich ergehen und hoffte noch immer, dass gleich sein Wecker schellen würde und der Albtraum vorbei sei.

29.
Carola Kortmann war aufgeregt wie ein Teenager.
Der Marmorkuchen stand bereits auf dem festlich gedeckten Tisch.
Nervös schaute sie immer wieder auf die Uhr.
Johannes wollte am Nachmittag kommen. Wann am Nachmittag, hatte er aber nicht gesagt.

Dann klingelte es. Aber statt Johannes trällerte Frau Stadler mit ihrer unangenehm schrillen Stimme und ihrem Kohlenpott-Slang in die Sprechanlage. Sie wolle jetzt zu ihr hochkommen und sich mit ihr über die Nebenkostenabrechnung unterhalten. Die sei wie immer zu hoch, und man solle doch gemeinsam gegen den Vermieter vorgehen.

Carola hatte zwar auch eine Abrechnung bekommen, aber von einer Nachzahlung keine Spur, sie hatte vielmehr ein Guthaben von vierzehn Euro fünfundsechzig Cent erwirtschaftet.

Carola wusste es sofort, sie würde Frau Stadler nicht mehr so ohne Weiteres losbringen, wenn sie einmal in der Wohnung war. Sie wollte ihr schon vorschlagen, zu ihr herunterzukommen, als es bereits an der Wohnungstür polterte.

„Verflixt!", fluchte Carola und öffnete die Tür einen Spaltbreit. „Frau Stadler, das ist jetzt äußerst ungelegen, ich erwarte Besuch."

Frau Stadler aber ließ sich nicht beirren und stieß die Tür plump auf.

„Papperlapapp. Watt werden Se denn Besuch... oh, Se kriegen ja wirklich wohl Besuch."

Sie war unaufgefordert an Carola vorbeigestürmt und in die Küche marschiert und hatte den gedeckten Tisch gesehen.

„Macht nix, decken Se doch einfach noch ne Tasse dazu, ich stör auch bestimmt nich."

Als wäre Carola ein Geist erschienen, blickte sie ihren Eindringling funkelnd an. Das darf doch alles nicht wahr sein. „Frau Stadler, ich bitte Sie. Heute geht das nicht, ich…"

„Oh, Se haben ja nen Gipsfuß. Ach Du meine Güte! Is Ihnen watt auf de Fuß gefallen?"

„Nein. Es ist nichts draufgefallen, ich bin… ausgerutscht. Aber Frau Stadler bitte. Lassen Sie uns das verschieben."

„Ett gibt Dinge, die kann man nich vaschieben. Sehen Se hier, meine Abrechnung. Ich glaubet ja wohl, der Kerl spinnt."
Unbeirrt plapperte und plapperte sie.
Ihre Alkoholfahne zog zu Carola herüber.

Carola realisierte, es hatte keinen Zweck zu protestieren, sie würde die Plage nicht so einfach loswerden. So kochte sie der Stadler einen Kaffee und bot ihr ein Stück Kuchen an. Zuhören konnte sie ihr aber nicht.
Carola ließ Frau Stadler reden und nickte nur hin und wieder. Hoffentlich würde Johannes jetzt noch nicht kommen.

„Darf ich bei Se rauchen?", beinahe hätte sich Frau Stadler eine Zigarette angesteckt.

„Nein, auf gar keinen Fall!"

Damit würde Carola sie loswerden! Absolutes Rauchverbot.
Das würde die Stadler nicht lange durchhalten. Und in der Tat, nach dem zweiten Kaffee ohne Zigarette trat sie den Rückzug an mit der vermeintlichen Abmachung, man würde jetzt gemeinsam gegen den Scharlatan von Vermieter vorgehen.

Der Spuk war tatsächlich vorbei, aber in Carolas Wohnung roch es jetzt ziemlich muffelig, und so riss sie schnell alle Fenster auf, immer noch hoffend, Johannes möge noch etwas mit dem Kommen warten, bis alles wieder hergerichtet war.

Dieser war in der Tat zunächst auf direktem Wege mit der Stadt-Bahn nach Hause geeilt, in der bangen Hoffnung, seiner Mutter nicht doch noch zu begegnen. Johannes hatte seine Reisetasche sorgfältig gepackt, seinen Ausweis und Führerschein eingesteckt und aus seiner Geldkassette eintausend Euro entnommen.
Er hatte im Polizeipräsidium einen Parkschein für alle Parkplätze in Stuttgart bekommen und eine Bescheinigung zur Vorlage in einem bestimmten Reisebüro, wo er kostenlos eine Reise buchen könnte.

Keine halbe Stunde später saß er bereits in seinem Auto und war auf dem Weg zu Carola Kortmann.
Noch immer funktionierte er nur, ohne wirklich zu wissen, was er im Einzelnen überhaupt tat.

Als er endlich um kurz nach fünfzehn Uhr dreißig dort ankam, deutete nichts mehr auf den Überfall der Frau Stadler hin.

30.
Die Zwillingsschwestern zuckten beim Klingeln des Telefons zusammen.

Hoffentlich waren das keine schlechten Nachrichten aus dem Krankenhaus. Paul wurde heute noch operiert, er würde Ruhe brauchen und so wurden die zwei Damen nach Hause geschickt mit dem festen Versprechen des behandelnden Arztes, sich sofort zu melden, wenn die Operation beendet sei.

Resi nahm unsicher den Hörer in die Hand.

„Wolter", meldete sie sich zaghaft.

„Guten Tag, Frau Wolter. Bitte entschuldigen Sie die Störung. Mein Name ist Sabine Waible. Kann ich bei Ihnen Frau Berger erreichen?"

Erleichtert atmete Resi auf und drückte das Telefon ihrer Schwester ohne Worte in die Hand.

„Johannes, endlich! Wo steckst Du denn?", zeterte Frau Berger in die Sprechmuschel.

„Bitte entschuldigen Sie, Frau Berger. Hier ist Frau Waible, die Projektleiterin Ihres Sohnes Johannes, ich wollte Sie nicht erschrecken."

„Huch! Ist alles in Ordnung? Was ist denn mit Johannes? Ist etwas passiert, nun reden Sie schon! Das ist aber jetzt doch seltsam, Johannes meldet sich nicht und jetzt rufen Sie mich an. Da muss doch etwas passiert sein!"

Frau Berger war der Ohnmacht nahe, nur die Neugierde hielt sie noch aufrecht. Sie war sich aber sicher, nach Empfang der Nachricht würde sie sicher zusammenbrechen.

„Wir haben größere Probleme oben in Norddeutschland und mussten kurzfristig alle Kräfte mobilisieren, die irgendwo zur Verfügung stehen. Ihr Sohn war so nett, uns zu unterstützen."

„Hä? Was? Das... das ist doch... Und warum sagt er mir das nicht selbst?", misstrauisch geworden blickte sie ihre Zwillingsschwester an, die sofort auch ihr Ohr an die Muschel drückte. Das Gefühl der Ohnmacht war im Nu verflogen.

„Er hat mich gebeten, Sie anzurufen, nachdem er Sie heute Nachmittag wohl nicht erreicht hat", log Frau Waible.

„Ich war in Lahr bei meinem Schwager im Krankenhaus. Aber was ist denn jetzt mit Johannes?"

„Wie gesagt, hatte er Sie nicht erreicht. Ich musste ihn bitten, sofort loszufahren. Er hat noch einige Kollegen freundlicherweise abgeholt und zusammen sind sie jetzt wohl auf dem Weg. Er hat versprochen, Sie vom Hotel aus anzurufen, sobald er ankommt, spätestens morgen jedoch. Leider haben wir gerade eine Netzstörung bei unseren Handys, momentan können Sie ihn nicht erreichen."

„Eine Netzstörung? Hotel? Welches Hotel, wo?"

„Frau Berger, bitte, ich möchte Sie nicht beunruhigen. Die Ablesungen finden auf den Nordseeinseln statt und gehen zwei bis drei Wochen. Ihr Sohn muss mit der Fähre übersetzen, die Fähre kann jedoch nur bei Flut ablegen, deshalb kann ich nicht sagen, wann er sein Ziel erreicht.
Ich brauche qualifiziertes Personal, deshalb habe ich Ihren Sohn angesprochen. Selbstverständlich erstatten wir ihm alle Spesen."

„So ein Zufall, das kommt mir sehr gelegen, dann habe ich den Kopf frei für meine Schwester, die braucht mich gerade sehr! Ja, mein Johannes ist einfach sehr zuverlässig. Ich bin sicher, er wird seine Sache gut machen. Bekommt er denn auch… ich meine, hat er denn auch warmes Essen?"

Erleichterung stellte sich ein. Frau Berger hatte bereits mehrfach schon mit Frau Waible gesprochen, wenn diese abends auf dem Festnetz anrief. Inge konnte ihr vertrauen.

„Natürlich Frau Berger, die Kollegen vor Ort sorgen für alles. Sie können wirklich ganz beruhigt sein."

„Bin ich, bin ich! Nun gut. Dann danke ich Ihnen für den Anruf und wünsche Ihnen alles Gute."

„Danke gleichfalls, Frau Berger. Wenn Sie je nichts hören sollten, dürfen Sie mich gerne anrufen. Sie haben sicherlich meine Rufnummer, nicht wahr? Sie wissen doch, wie die Männer sind, die denken in dieser Hinsicht nichts."

Inge Berger schaltete das Telefon aus. Sie war so stolz auf ihren Johannes, der sogar zu Sondereinsätzen gerufen wurde, weil er so zuverlässig war.

31.
Carola bemerkte sofort, dass etwas nicht stimmte. Johannes war nervös und unkonzentriert. Manchmal hatte sie den Eindruck, er würde ihr gar nicht zuhören, deshalb fasste sie sich ein Herz, um ihn direkt darauf anzusprechen.

„Herr Berger, was ist denn los mit Ihnen? Geht es Ihnen nicht gut?"

„Doch, doch, alles in Ordnung." Schweigen.

„Carola, ich darf doch Carola sagen? Carola, ich weiß auch nicht, wieso ich Sie heute Morgen angerufen habe.
Mir war so, als müsse ich dringend etwas mit Ihnen besprechen, Sie ins Vertrauen ziehen, und jetzt... jetzt weiß ich nicht, ob das eine so gute Idee war."

Carola hatte er gesagt. Zwar noch *Sie* Carola, aber es würde sich sicherlich bald ein *Du* Carola anbieten.

Dennoch, Carola *Sie* hin oder Carola *Du* her, der Ton und die Worte machten auch sie langsam unruhig. Instinktiv spürte sie das drohende Unheil.
Unheil, das auch ihr bisheriges geordnetes Leben völlig aus der Bahn bringen würde!

Am liebste hätte sie die Hand von Johannes genommen, sich ganz dicht an ihn gedrückt und ihn ermutigt, sich ihr anzuvertrauen.
Natürlich wäre das viel zu aufdringlich gewesen, deshalb hielt sie sich zurück.

Carola hörte nicht nur die panische Klangfarbe seiner Stimme, sie spürte noch etwas anderes in einer Intensivität, die ihr selbst unheimlich war!
Es schien sich eine tiefe Freundschaft anzubahnen, nur waren offenbar beide Parteien zu verklemmt, das offen auszusprechen.

Mit einem Mal wusste es Carola, nicht nur sie selbst war einsam, sondern auch Herr Berger, der offenbar auch nicht mit vielen Freunden glänzen konnte.
Zwei einsame Herzen. Carola Kortmann musste schmunzeln.

Irritiert blickte Johannes sie an.

„Selbstverständlich Carola und selbstverständlich Du. Ich würde mich freuen, wenn Sie, äh ich meine Du, mich ins Vertrauen ziehen könntest. Zusammen gibt es meistens eine Lösung." Carola hatte allen Mut zusammengenommen und ging in die Offensive.
Insgeheim witterte Carola eine spannende Geschichte. Allerdings würde diese Geschichte ihre kühnsten Träume übersteigen.

„Danke. Sehr freundlich", ein zaghaftes Lächeln kam über seine Lippen. Er rutschte etwas hin und her.

„Ich weiß nicht, was ich tun soll. Auf der einen Seite sollte ich es Ihnen nicht erzählen, auf der anderen Seite bin ich völlig hilflos und weiß nicht mehr weiter. Dennoch sind Sie, äh, bist Du mir ja fremd und doch nicht. Alles ist so verworren!"

„Klingt spannend! Johannes, egal was es ist, Du kannst mir vollkommen vertrauen! Absolut! Ich bin keine Klatschtante, die im Treppenhaus den neuesten Tratsch verbreitet, oder gleich ihre Freundin anruft und alles erzählt. Offen gesagt, es gibt auch so recht niemanden, dem ich etwas erzählen könnte."

Johannes starrte sie an.
Genauso hatte er sie eingeschätzt. Einsam, ohne richtige Freunde, aber durchaus fähig, eine gute Freundin zu sein.

„Carola, wenn ich mich Ihnen, nein Dir, anvertraue, bist Du in großer Gefahr. Du hast keine Ahnung, was das alles bedeutet, auch ich kann das ganze Ausmaß dieser Katastrophe noch gar nicht abschätzen.

Nichts ist mehr, wie es war! Von einer Sekunde auf die andere ist alles anders geworden."

„Ich verspreche, egal was es auch ist, ich helfe Dir. Ich halte zu Dir, einhundertprozentig! Ich…, oh nun rede schon!"

„Ahm, wie geht es denn dem Fuß? Ich bitte um Entschuldigung, aber ich bin momentan neben der Kapp und vergesse alle meine Umgangsformen. Ich wollte bestimmt nicht unhöflich sein. Wenn ich mich nach dem Befinden nicht erkundigt habe, liegt es einzig an der Situation."

„Johannes! Als wenn das jetzt das Wichtigste wäre! Umgangsformen! Mein Fuß! Alles nebensächlich.
Nach dem Eindruck, den ich momentan von Dir habe, ich meine, so wie ich Dich sonst kennengelernt habe, scheint es ein echtes großes immenses unüberwindliches Problem zu sein, was wohl alles andere in den Schatten stellt."

Johannes nickte und begann zu erzählen. Fast Wort für Wort, so wie er es Herrn Ludwig und Frau Thewes erzählt hatte, als hätte er es auswendig gelernt.

Eben weil er es so genau erzählen konnte, bewies das, dass er absolut die Wahrheit sagte und nichts wegließ oder hinzufügte.

Er erwähnte auch, dass Herr Ludwig ihm dringend einen „Urlaub" empfahl und wie man die Informationen seiner Mutter vorenthielt und sie mit Falschinformationen zu ihrem eigenen Schutz versorgte.

Carola hörte zu, unterbrach nicht, stellte keine Fragen. Ihr waren Tränen in die Augen getreten, aus Sorge um Johannes.

Als dieser seine Geschichte ganz erzählt hatte, schwiegen beide eine ganze Weile.

32.

Das Sondereinsatzkommando rollte am Freitag mit drei Mannschaftswagen an, gefolgt von weiteren drei Streifenwagen und einem Notarzt- und Krankenwagen. Zu diesem Zeitpunkt war Johannes bereits in Sicherheit, weit weg vom Ort des Geschehens.
Schaulustige versammelten sich sofort auf der Oberen Wallstraße, um zu erfahren, weshalb ein solch großes Polizeiaufgebot wie aus dem Nichts auftauchte und die gesamte Straße absperrte.

Bis an die Zähne bewaffnete Polizisten sprangen aus den Autos und stürmten auf das Anwesen Nummer neun zu.

Ein Ordnungshüter verwies die Neugierigen mehr oder weniger erfolglos auf Abstand, aber die Neugierde war größer als die Angst vor einer unbekannten Gefahr.
In der Zuschauerrunde kursierten sofort die wildesten Gerüchte.

Ohne Vorankündigung stürmte das SEK das Haus, sicherte und musste feststellen, dass alle Vögel ausgeflogen waren.
Der Kommandeur nahm das zur Kenntnis, befahl der Mannschaft sich auf dem Grundstück zu verteilen, um es zu sichern.

Dann gingen weiße Gestalten der Spurensicherung mit großen Aluminiumkoffern und Staubsaugern ins Haus.
Die Gartentür wurde inspiziert, man versuchte, auch dort brauchbare Fingerabdrücke zu bekommen.
Das Haus wurde gründlich auf den Kopf gestellt, mit Spezialstaubsaugern versuchten die Einsatzkräfte, jede einzelne Fluse aufzufangen.
Wenn es dunkel würde, kämen die Spezialisten mit ihrer Sonderausstattung, um mit Luminol eventuell vorhandene Blutflecken auszuleuchten. Die Arbeiten wurden sehr akribisch getan, nichts sollte den Männern und Frauen der Spurensicherung entgehen.

Zu allem Überfluss erschien auch noch die Presse. Der Ordnungshüter, der alle Hände voll zu tun hatte, um die immer größer werdende

Schar der Schaulustigen im Zaum zu halten, verwies die Pressevertreter an den Kommandeur.

Dieser erlaubte Fotos von der Ferne, gab aber keinerlei Hintergründe dieser Aktion bekannt. Die Presse sei zu einer Konferenz am Folgetag eingeladen, dort würde der Verantwortliche sie detailliert informieren. Mit dem Hinweis auf die Brisanz dieser Aktion erreichte er, dass sich die Presse an die Vorgaben hielt und weitestgehend nur als Beobachter des Geschehens abseits blieb. Auch andere Pressevertreter, die nach und nach anrückten, verfuhren gleich.

Vorsichtshalber wurde der eine oder andere neugierige Anwohner von vereinzelten Journalisten mit belanglosen Fragen bombardiert, etwa, „Haben Sie etwas Auffälliges bemerkt?" oder „Kennen Sie die Bewohner des Hauses?"
Aber da niemand von einem Vorfall wusste, alles rein spekulativ war, waren diese Informationen jedoch zunächst einmal keinen Pfifferling wert.

Indes brodelte die Gerüchteküche unter den Bewohnern des Ortes und einer wusste mehr als der andere. Aber eigentlich wusste niemand nichts.
Auch Frau Liebold brachte den am Mittwoch erhaltenen Anruf nicht im Zusammenhang mit dieser hier sich abspielenden Affäre.

Die Zeit verging und langsam wurde es dunkel. Der Kommandeur richtete sich an die Schaulustigen:
„Meine Damen und Herren, wir bitten Sie dringendst, wieder in Ihre Häuser zu gehen. Wir werden noch heute Abend mit einer Befragung der Anwohner dieser Straße und der angrenzenden Umgebung beginnen. Da wäre es wirklich von Nöten, wir würden Sie gleich zu Hause antreffen. Ich bitte Sie!"

Nur zaghaft löste sich ein Teil aus der Gruppe, doch die bevorstehende Befragung hatte die Sensationslust der Dorfbewohner nur geschürt, und so verzogen sich nach und nach die Anwohner in ihre Häuser.

Die Hausfrauen waren besorgt, ob auch alles sauber und aufgeräumt war. Die Männer fürchteten sich vor einem eventuell zu verpassenden Vesper oder davor, heute nicht pünktlich am Stammtisch erscheinen zu können.
Die Kinder sahen dem Abenteuer gespannt entgegen und begannen mit einem Räuber-und-Gendarm-Spiel.

Die Befragung begann und dauerte meistens nur einige Minuten.

Zwei Beamte klingelten auch bei Familie Liebold. Hermine Liebold stürmte zur Tür. Sie hatte die Beamten längst gesehen, als sie das Grundstück betraten.
Hermine hatte bereits einige Zeit an ihrem Lieblingsplatz, dem Fenster zur Straße, sichtgeschützt durch ihre engmaschigen weißen Vorhänge, verbracht. Ihr entging nichts!
Sie war stets im Bilde, welcher Nachbar wann das Haus verließ, wer wann zurückkehrte, wer Besuch erhielt und wohin der Postbote Päckchen brachte.

Sie hatte beobachtet, wie die Beamten aus dem Nachbarhaus kamen und schnellen Schrittes dann vor ihre Haustür traten.
Sofort nach dem Klingeln, was Frau Liebold gerade noch abgewartet hatte, wurde die Tür erwartungsvoll aufgerissen.

„Guten Tag, Frau Liebold. Mein Name ist Heinemann, und das ist Frau Neufer. Wir sind von der Polizei Stuttgart."
Er hielt seinen Ausweis Frau Liebold vor und auch Frau Neufer zog ihren Ausweis aus der Tasche.

Gut, dass man sie vorbereitet hatte, sie wäre ansonsten in Ohnmacht gefallen.

„Kommen Sie, kommen Sie! Ich habe schon auf Sie gewartet, obwohl ich Ihnen bestimmt nichts sagen kann."

Frau Liebold führte die Polizisten ins Wohnzimmer, wo ihr Mann schon gespannt im gepolsterten, geblümten Sessel saß. Auf das Einschalten des Fernsehers hatte er bislang verzichtet, was ihn ein wenig ärgerte.
Frau Liebold bot den beiden Besuchern einen Platz an. Nachdem sie sich gesetzt hatten, begann die Befragung.

„Haben Sie in den vergangenen Tagen im Haus Obere Wallstraße Nummer neun irgendwelche Personen bemerkt?"

„Hmm", pruddelte Herr Liebold, „eigentlich nicht."
Auch Frau Liebold schüttelte den Kopf.

„Doch, das heißt, gesehen habe ich niemanden, aber das Gartentürle stand offen, da am Haus, und die Haustür glaube ich auch."

Die beiden Polizisten blickten sich an.

„Wann war das?", die Polizistin lächelte Frau Liebold an.

„Kürzlich erst."

„Herrgott Hermine, Du musst doch der Polizei genaue Angaben machen, damit kann doch kein Mensch etwas anfangen. Besinn Dich!", wetterte Herr Liebold ungeduldig.

Frau Liebold strengte sich offensichtlich tatsächlich an.
„Als ich beim Friseur war. Ja, an dem Tag war das!" Frau Liebold richtete sich auf, stolz, sich erinnert zu haben.

„Ah ja. Frau Liebold, wann genau waren Sie denn beim Friseur?"

„Das war auf jeden Fall am Dienstag. Weil, ich gehe immer dienstags. Wissen Sie, Frau Neubauer von nebenan, die geht immer freitags, aber da ist es immer so voll. Genau, am vergangenen Dienstag."

„Frau Liebold, zu welcher Uhrzeit haben Sie das Haus verlassen und wann sind Sie zurückgekehrt?

„Also um acht Uhr war ich bereits im Salon. Wissen Sie, wenn man nicht schon um acht Uhr da ist, sitzt man den ganzen Vormittag. Der Friseur macht keine festen Termine, er empfiehlt immer nur einen Tag und..."

„Sie hatten also Dienstag einen Friseurtermin. Haben Sie das offene Tor bemerkt als Sie fortgingen oder als sie zurückkamen? Und wann kamen Sie wieder nach Hause?", hakte Frau Neufer nach. Sie wollte verhindern, dass sich Frau Liebold nun weitschweifig über die Termingepflogenheiten ihres Friseurs ausließ.

„Ich kam gegen kurz nach zehn Uhr zurück, da war das Tor und die Haustür geschlossen. Beim Weggehen habe ich da auch nichts bemerkt. Hätte ich aber bestimmt. Wenn ich auf den Bus muss, komme ich automatisch an dem Haus vorbei. Ja, da bin ich sicher. Mein Mann sagt immer, dass ich immer alles merke, bevor ein anderer es sieht...und..."

Die beiden Beamten schauten sich mit hochgezogenen Augenbrauen an. Wieder eine dieser langatmigen Aussagen, die schlussendlich zu nichts führen würden.

„Wenn Sie weder beim Weggehen noch beim Zurückkommen das offene Tor bemerkt haben, wann haben Sie es dann bemerkt? Frau Liebold, bitte erinnern Sie sich."

„Das war später, als ich noch kurz bei Frau Schneider war. Ich hatte ihr vom Friseur ein spezielles Shampoo mitbringen sollen. Frau

Schneider arbeitet vormittags und kommt erst immer gegen halb zwölf, manchmal auch etwas später heim. Ich habe ihr das Shampoo dann kurz vor dem Mittagessen gebracht. Wissen Sie, mein Sohn Frank kommt immer kurz nach halb eins nach Hause zum Mittagessen, und Erich war an diesem Tag im Wald Holz machen und wollte auch um halb eins zum Essen kommen. Da wollte ich vorher…"

Herr Heinemann unterbrach ihren Redefluss: „Personen, die sich auf diesem Anwesen aufgehalten haben, haben Sie nicht gesehen?"

Hermine schüttelte nachdenklich den Kopf. Man sah, wie sie angestrengt überlegte.

„Ein unbekanntes Fahrzeug vielleicht, oder sonstige Personen, die hier auf der Straße unbekannt waren?"
Wieder schüttelte Frau Liebold den Kopf und langsam wurde auch Erich Liebold ungeduldig, der die Polizei in seinem Haus wohl lieber schnell loswerden wollte.

„Ich habe kein Auto vor dem Haus gesehen, nein, da war sicher keins."

„Sie haben also weiterhin nichts Auffälliges bemerkt, Personen, die vielleicht hier vorbeigelaufen sind?"

„Was denken Sie? Auch wenn ich Hausfrau bin, kann ich nicht die ganze Zeit am Fenster hängen und den Nachbarn zuschauen. Ich muss schließlich meinen Haushalt in Ordnung halten!
Ich habe noch zu Herrn Bergmann gesagt, ich muss noch aufputzen, das hatte ich bis dahin nicht mehr geschafft, weil der Friseur…"

Erich Liebold und die Polizeibeamten starrten auf Frau Liebold. Erich Liebold war schneller: „Wer zum Schänder ist denn Herr Bergmann? Hermine!"

„Ach, das war doch der nette Herr, der den Strom hier abliest. So ein netter Mann und so gute Manieren."

„Wann war Herr Bergmann bei Ihnen?"

„Dienstag, sage ich doch."

„Ich meine, um welche Uhrzeit?" Die Beamtin Neufer hatte sich gerade aufgerichtet und schaute neugierig auf Hermine. Hermine zuckte die Schultern.

„Das weiß ich nicht mehr, jedenfalls am Vormittag, das weiß ich genau, denn ich hatte noch nicht aufgeputzt. Ich habe ihn extra angerufen!"
Verwirrt sah Erich Liebold seine Frau an und auch die beiden Beamten konnten dem Redefluss der Frau Liebold nicht ganz folgen.

„Angerufen? Wieso hast Du den Ableser angerufen?"

„Weil er da war, als ich beim Friseur war", antwortete Hermine trotzig.

„Ach, und woher weißt Du, dass er da war, als Du beim Friseur warst?"

„Wegen der Karte."

„Hermine, welche Karte?"

„Na die, die im Altpapier liegt und das Frank immer noch nicht fortgebracht hat. Ich sage es jeden Tag zu ihm, Frank, bringe das Altpapier in den Container, aber…"

Erich Liebold schüttelte den Kopf.

„Ich hole sie. Das ist jetzt schon das zweite Mal, dass ich die Karte wieder aus dem Altpapier fische."

Hermine watschelte in den Flur und durchstöberte die alten Zeitschriften und Post.

„Vorgestern erst hat dieser Mann angerufen und sich nach Herrn Bergmann, ach, da ist sie ja, ganz unten drunter liegt die Karte, nein, Berger heißt er, erkundigt."

„Wie bitte?"

Der Beamte Heinemann war aufgesprungen. Auch Frau Neufer stand auf und ging auf Frau Liebold zu.
„Welcher Mann? Frau Liebold, um Gottes Willen, nun reden Sie endlich!"
Die Karte nahm die Beamtin entgegen.

Erich verstand die Welt nicht mehr. Sollte seine Frau mit ihrem Geplapper tatsächlich einen wertvollen Tipp gegeben haben?

Die Beamten sahen die Karte an. „Frau Liebold, erzählen Sie uns jetzt bitte ganz genau den Inhalt des Anrufes. Bitte erinnern Sie sich, das ist jetzt wichtig."

Hermine starrte ihren Mann an. „Erich, ich schwöre, ich habe nur gut über Herrn Berger geredet. Er war ja im letzten Jahr auch schon da, und ich kannte ihn. Ich dachte, ich rufe ihn an, bevor ich putze und…"

„Zum Blitz, Hermine, Du sollst jetzt um Gottes Willen erzählen, wer hier angerufen hat!"

An die Beamten gewandt fragte er: „Denken Sie wirklich, das ist wichtig?"

Diese nickten und schalteten dazu ein kleines Handdiktiergerät ein.

Es wurde an der Zeit, dass die Beamten Frau Liebold einen kleinen Schritt entgegenkamen, damit das umständlich Gesagte in die richtige Bahn gelenkt wurde.

„Herr Berger hat vermutlich eine Beobachtung gemacht, deshalb ist alles wichtig, was mit Herrn Berger zusammenhängt."

Hermine nickte. „Also, ich glaube, er hieß Bohn und sagte, er riefe von den Energiewerken Württemberg und Baden an und wolle wissen, ob der Ableser alles richtig gemacht habe."

Langsam und umständlich aber zum Schluss dennoch brauchbar erzählte Hermine von dem Inhalt des Telefonates.

Herr Heinemann erkundige sich nach Besonderheiten in der Stimme. Ein Dialekt, könne sie das Alter des Anrufers ungefähr benennen, Redewendungen? Wiederholungen?

Hermine war überfordert und mit den Nerven am Ende. „Er hat ganz normal gesprochen", brachte sie heraus.

Was aber normal war, blieb einzig ihr Geheimnis, das weder der Ehemann noch Frau Neufer oder Herr Heinemann entschlüsseln konnten.
Frau Neufer gab diese Information sofort an die Zentrale weiter, die sich sofort bei den Energiewerken erkundigten, ob Herr Bohn nicht doch selbst den Anruf getätigt hatte.

Kurz darauf klingelte das Telefon der Beamtin. Natürlich hatte der echte Herr Bohn nicht angerufen, deshalb wurden die Polizisten angewiesen, alle anderen Kollegen vor Ort dahingehend zu sensibilisieren, bei anderen Anwohnern ebenfalls nach einem Anruf zu fragen.

Damit war zumindest klar, die Gangster kannten nun den Namen des Ablesers. Hoffentlich nicht noch mehr!

Leider konnte sich Frau Liebold nicht mehr genau erinnern, ob sie auch die Telefonnummer herausgegeben hatte. Deshalb waren die Beamten froh, dass die Anrufe an Johannes Geschäftstelefon im Nirwana verschwanden.

Hermine Liebold war fix und fertig.

Als Erich Liebold später zum Stammtisch kam, konnte er stolz verkünden, seine Hermine hätte der Polizei einen heißen Tipp, nein, sogar den entscheidenden Tipp, geben können.
Es wurde spekuliert, interpretiert und gemutmaßt, bis alle mit dem Ergebnis zufrieden waren.

33.
„Ich verstehe das nicht! Wieso meldet sich auf dieser Nummer niemand? Der Typ gibt doch nicht seine Nummer an und ist dann nicht mehr erreichbar."
Catcher legte wiederholt den Telefonhörer zur Seite.

„Ich habe im Telefonverzeichnis nachgeschaut. *Berger* gibt es in der Republik wie Sand am Meer, und auch beim Filtern nach den Postleitzahlen 70… ist das Ergebnis nicht sehr hilfreich. Mit *Bergmann* sieht es nicht anders aus."

„Ruf sie alle an, hörst Du, alle! Ohne jede Ausnahme!"

In dem Raum war es stickig, es roch nach Alkohol, kaltem Rauch und Schweiß.

Die Anwesenden agierten hektisch in dem eigens zu diesem Zweck eingerichteten Büro.
Eilig hatten sie mehrere Telefone und Laptops herangeschafft, die nun zwischen übervollen Aschenbechern und einem Wulst von Notizen auf mehreren mehr oder weniger wackligen Tischen standen.

Überall standen leere Bierflaschen herum, abgestandener Kaffee in halb ausgetrunkenen Tassen, Pizzaschachteln und Fastfood Reste bedeckten einen weiteren Tisch.

34.
Endlich löste sich Carolas Erstarrung. Sie schluckte und wischte sich die Tränen aus den Augen.

Zunächst hatten sie überlegt, dass Johannes doch in Carolas Wohnung einige Tage Schutz finden könnte, den Gedanken hatte sie aber gleich wieder verworfen.

„Johannes, ich habe eine Idee!"

Sie richtete sich auf und ihre Augen hatten einen sonderbaren Glanz. „Wenn sie Dich suchen, so suchen sie einen alleinstehenden Herrn und kein..., na ja ich meine, kein Ehepaar."

Verlegen strich sich Carola durch ihr Haar und rückte ihre Brille zurecht. Nervös rutschte sie auf ihrem Stuhl hin und her.

„Ich werde Sie... äh, Dich, begleiten. Ich habe zwar ein Gipsbein, aber das wird Dich nicht behindern, ich verspreche es."

Johannes starrte sie verwundert an, sagte aber nichts. Er konnte das, was da jetzt gerade um ihn herum geschah, nicht so schnell einordnen und schon gar nicht logisch überdenken.

„Ich habe einen Krankenschein, mich vermisst so schnell auch niemand. Ich packe jetzt in Windeseile meine sieben Sachen und dann überlegen wir uns, wo wir untertauchen."

Im Gegensatz zu Johannes war Carolas Abenteuerlust geweckt, sie war voller Tatendrang und bereit, es mit dem Feind aufzunehmen, wer immer es sein mochte.

Johannes hingegen schien sich in einer Art Sackgasse zu befinden, handlungsunfähig und, was noch schlimmer war, unfähig einen vernünftigen Plan zu fassen.

Und so überließ er es vorerst Carola, die Flucht vorzubereiten.
Er hatte zwar gehört, was sie sagte, war aber nicht im Stande, sich aktiv an den Fluchtplänen zu beteiligen. Vielleicht hatte er in der Tat durch Carola eine bessere Tarnung, allerdings wären damit bereits zwei Personen in Gefahr.
Seltsamerweise hatte er bereits in dieser kurzen Zeit festes Vertrauen zu ihr gefasst.

„Zeige mir doch einmal Deinen Reisegutschein!"

Johannes kramte ihn aus seiner Jackentasche und gab ihn ihr.

„Da steht kein Ziel? Kein Datum? Kein Rückreisetermin? Du kannst es Dir aussuchen, wohin?"

Johannes zuckte nur die Schultern.

„Hervorragend, wir fliegen... oh ja, nach Mallorca, da wollte ich immer schon einmal hin, und um diese Jahreszeit ist es dort schon schön warm! Meine Kolleginnen schwärmen davon. Ich.... oh, entschuldige Johannes, wir... ich meine .... Es ist ja kein Urlaub, sondern ein... Versteck. Wohin würdest Du denn gerne hinfahren?"

„Ich, ich war schon einmal in München und einige Male am Chiemsee, da kenne ich mich ein bisschen aus und..."

Carola lächelte. „Genau da würde man Dich zuerst suchen. Komm auf, wir fliegen nach Mallorca!"

„Ich bin noch nie ... geflogen. Jedenfalls nicht mit einer so großen Maschine. Ich..."

„Dann wird es aber Zeit! Bitte rufe den Hauptkommissar, wie heißt er, Ludwig, an und frage ihn, was er zu München oder Chiemsee oder Mallorca meint."

Seine Lebensgeister kehrten allmählich zurück.
In der Tat führte Johannes ein längeres Gespräch mit Frau Thewes, die die Idee wunderbar fand, als Paar zu verreisen, nahezu genial.

Noch besser fand sie es, dass Frau Kortmann bisher in seinem Leben nicht aufgetaucht war und somit keinerlei Verbindung auszugraben war, wer immer auch sich auf die Suche machte.

Frau Thewes hatte die gleichen Bedenken wie Carola.
Auf gar keinen Fall dürfe Johannes einen Ort wählen, an dem er sich schon einmal aufgehalten habe.
Frau Thewes war sich sicher, alles in Johannes Leben würde über kurz oder lang auf den Kopf gestellt werden.

Wie sehr sie sich auch um Inge Berger sorgte, sagte sie ihm nicht.

Frau Berger dazu zu überreden, mit ihrem Sohn zu verreisen, wäre sicherlich im ersten Moment ein guter Gedanke. Bei näherer Betrachtung wüsste aber sicherlich nach einer Stunde der gesamte Flughafen, nach zwei Stunden dann jeder ankommende Passagier und nach drei Stunden ganz Mallorca, weshalb sie jetzt verreisen müsste.

Zwei Stunden später hatten Johannes und Carola in dem empfohlenen Reisebüro einen Flug nach Mallorca in einem Hotel in Cala Rataja gebucht und waren auf dem Weg zum Bahnhof Stuttgart.
Dort stellten sie ihr Fahrzeug ab und fuhren mit dem Taxi zum Flughafen.

Überraschend schnell hatte Carola ihren Reisekoffer gepackt. Obwohl sie eigentlich nie verreiste, gelang es ihr aus ihrer Kleidung in ihrem Kleiderschrank die richtige Auswahl zu treffen. Sie dachte an Schuhe, Unterwäsche, Badebekleidung, Körperpflegemittel, Nachtwäsche, sogar an einen Fotoapparat. Den Föhn packte sie nicht ein, in der Hotelbeschreibung wurde ausdrücklich darauf hingewiesen, dass Haartrockner und Bademantel den Gästen zur Verfügung gestellt würden.

Wenigstens hatte sie sich den Weg zur Bank gespart. Sie hatte am Dienstag ausreichend Geld abgehoben und davon zunächst den Friseur und die anderen eingekauften Dinge bestritten. Jetzt waren noch knapp vierhundert Euro übrig. Da sie ihren Personalausweis immer in ihrer Handtasche hatte, waren ihre Reisedokumente vollständig.

„Welche Verschwendung", entfuhr es Johannes. „Ich glaube, ich bin erst ein- oder zweimal im Leben mit dem Taxi gefahren."
Der Taxifahrer erhielt den ausgefüllten Schein zur Abrechnung mit dem LKA.

35.
Inge und Resi hatten eine ruhige Nacht verbracht. Sie würden nun frühstücken und sich am späteren Vormittag erneut auf den Weg ins Krankenhaus nach Lahr machen.

Bestimmt war Johannes bereits wieder unterwegs.
Hoffentlich hatte er auch ein Frühstück bekommen und sein Butterbrot für zwischendurch dabei.
Wieso hatte er noch nicht angerufen? Ob er an die Thermoskanne gedacht hatte?

Resi hatte ihr erklärt, Johannes könne bestimmt nicht so einfach andauernd nach Haus telefonieren. Seine Kollegen wären sicher bei ihm, und was mache das auch für einen Eindruck, wenn er ständig seine Mami anriefe.

Frau Waible hatte gesagt, im Norden gäbe es große Probleme. Und so müsse er bestimmt allen Einsatz bringen und würde sich schon noch melden.

Inge gab sich damit zunächst zufrieden, beschrieb Resi ausführlich, welch umfangreiche Aufgaben Johannes habe und wie sehr er seinen Beruf liebte.
Sie selbst sei damit auch sehr glücklich, denn Johannes sei zufrieden und ausgeglichen. Seufzend fügte sie hinzu, wenn er doch nur eigene Kinder hätte, könne sie sich um diese kümmern. Aber dazu sei es wohl zu spät.

Resi selbst war kinderlos geblieben, sie und ihr Mann waren viel gereist und auch jetzt im Alter hielten sie es nicht lange zu Hause aus. Hoffentlich würde Paul sich bald erholen, denn die nächste Reise war schon geplant.

Ihre Schwester Inge jedoch war nie sehr reiselustig gewesen und nie über die deutsche Grenze hinausgekommen. Einige Male waren sie zu

dritt verreist, damals, als Inges Mann noch lebte. Inge, ihr Mann und der Sohn.
Eine Woche in München und ein anderes Mal zwei Wochen am Chiemsee. Dort am Chiemsee waren sie einige Male, auch als Johannes schon ein erwachsener Mann war.

Johannes ging zwei- bis dreimal im Jahr über ein Wochenende zum Wandern in den Schwarzwald. Er hatte sich einem Wanderverein angeschlossen.
Diese Wochenenden genoss er in vollen Zügen. Inge war jedes Mal besorgt, wenn er diese Touren unternahm. Er meldete sich, sobald er das Domizil erreichte und wenn er sich wieder auf den Weg nach Hause machte.

Da sich Inge bei ihrer Schwester Resi aufhielt, konnte sie auch nicht den Telefonanruf entgegennehmen, als der Fremde aus Zwickau ihre Nummer wählte.

Dieser hatte schon zig Bergers angerufen, immer ohne Erfolg. Niemand war als Ableser tätig.

Da Inge Berger als Telefoninhaberin im Telefonverzeichnis stand, mutmaßte er, dass es sich um eine alleinstehende ältere Frau handele und strich leichtfertig ihren Namen von der Liste.

So erreichte Inge Berger dieser Anruf nie.

36.

Herr Ludwig hatte die Idee ebenso grandios gefunden wie Frau Thewes, wenn Johannes in Begleitung einer Dame verreiste.
Johannes hatte ihm versichert, es würde sich bei Frau Kortmann lediglich um eine gute Bekannte handeln, nicht dass Herr Ludwig ein falsches Bild von ihm bekäme.

Unbedingt solle Herr Berger die Orte meiden, an denen er bereits zuvor einmal war.

Hauptkommissar Michael Ludwig schickte vorsichtshalber einen Beamten mit auf die Insel, der im sicheren Abstand für den Schutz und die Sicherheit von Johannes und Carola sorgen sollte.
Zunächst ohne deren Wissen, später jedoch, nach der Ankunft im Hotel, solle er sich dann diskret und dezent outen.

Mit Frau Thewes besprach er das Vorgehen im Fall Operation Inge Berger. Und auch hier half Kommissar Zufall. Die restlichen Vorkehrungen wurden der Situation angepasst.

37.
Johannes hatte sich am Flughafen nicht zurechtgefunden und war in diesem Moment dankbar, dass wieder einmal eine Frau die Führung und Organisation für ihn übernahm.

Johannes hatte das Gepäck auf einen Gepäckwagen gestellt und schob ihn nun ziellos durch das Flughafengebäude.

Er trottete unsicher hinter Carola her, die mit ihrem Gipsbein und den Krücken ungewöhnlich flott durch die Halle lief und schnurstracks auf den Schalter der *Air Berlin* zusteuerte.

Eine freundliche Dame hinter dem Tresen war gerne behilflich und beschrieb ihr den Weg zum richtigen Abflugterminal und zum Check-in Schalter.

„Carola, können Sie so weit laufen, oder soll ich einen Rollstuhl organisieren?"
Offensichtlich war Johannes aus seiner Erstarrung erwacht, bemerkte aber nicht, dass er Carola wieder siezte. Carola verbesserte ihn nicht.

„Blödsinn, ich kann mich doch gleich im Flugzeug ausruhen, wir sollten uns beeilen, sonst verpassen wir den Flieger noch!"

Vor dem Schalter hatte sich eine beträchtliche Menschenmenge angesammelt, es machte den Anschein, als würde diese sich nur im Zeitlupentempo bewegen.

Es blieb den beiden nichts anderes übrig, als sich einzureihen. Hoffentlich waren sie richtig, aber über dem Check-in hing die Flugnummer X4587 Mallorca, Abflug um 21.10 Uhr.

Die Nervosität wuchs bei beiden. Ständig sah sich Johannes um, ob er nicht doch den einen oder anderen auffälligen Gangster ausmachen konnte. Carola sah sich um, ob nicht zufällig einer ihrer Arbeitskolleginnen ebenfalls am Flughafen wäre, um zu verreisen.

Andauernd hatten ihre Arbeitskolleginnen damit angegeben, mit dem Flugzeug zu verreisen. Was würden die jetzt wohl sagen, wenn sie Carola in dieser Schlange stehen sehen würden?
In Gedanken verschickte sie schon Ansichtskarten.

Endlich konnten sie das Gepäck aufgeben, die Reiseunterlagen und Pässe wurden kontrolliert und die Bordkarten ausgehändigt. Die Stewardess hinter dem Check-in Schalter bat das Paar, sich zu Ausgang dreihundertfünfundvierzig zu begeben, in rund fünfundvierzig Minuten würde das Boarding beginnen.

Carola schlug vor, noch einen Kaffee in dem Café auf der Empore zu trinken, und obwohl Johannes schon nervös genug war, willigte er ein.

Carola bestellte den Kaffee an der Selbstbedienungstheke und kam mit dem Tablett zum Tisch gehumpelt.
„Ach bitte Carola, entschuldige. Ich hätte den Kaffee holen müssen."
Johannes hatte gar nicht bemerkt, dass sie die Krücken an den Tisch gelehnt hatte und ohne diese zur Theke losmarschiert war.
Er schämte sich, wie konnte er nur so achtlos sein!

„Ach was, Gentleman kannst Du in Mallorca noch lange genug sein."
Carolas gute Laune war geradezu beängstigend.

„Spannend", sagte sie, „ich bin total aufgeregt!" Johannes, der mit seinen Gedanken auf einem anderen Planeten war, schaute sie entgeistert an.

„Spannend? Na, ich wünschte mir, die Umstände mit Dir zu verreisen, wären erfreulicherer Natur."

„Etwa wie... Flitterwochen?" Noch bevor Carola das ausgesprochen hatte, bemerkte sie, wie ihr die Röte ins Gesicht schoss. Oh Mann, war das peinlich. Johannes müsste sie für einen Vamp halten.

Zum Glück lachte Johannes: „Ja, zum Beispiel."

Durch den Aufruf des Fluges X4587 wurde das Gespräch unterbrochen, was Carola in diesem Moment mehr als gelegen kam.

Unsicher, aber ohne Hast steuerten sie auf den Ausgang dreihundertfünfundvierzig zu. Die beiden fanden sich ausgesprochen gut zurecht, obwohl noch keiner von ihnen je mit einem Flugzeug verreist war.

Sie passierten die Sicherheitsschleuse ohne Vorkommnisse.
„Das alles ist ja einfacher als Bahnfahren", alberte Carola.

In der Lodge hatten sich inzwischen die anderen Passagiere eingefunden, eine leichte Hektik und zunehmendes Gedränge waren jetzt spürbar, als die Stewardess des Bodenpersonals die Fluggäste bat, den Boardingpass für den Einstieg bereitzuhalten.

„Dann wollen wir jetzt unserem Schicksal entgegenfliegen!", murmelte Johannes.

Die Passagiere wurden durch einen langen Schlauch geführt, der direkt am Eingang des Flugzeuges endete. Dort wurden die Reisenden freundlich vom Bordpersonal begrüßt.

„Für Sie bitte Reihe zwölf, die Sitzplätze A und B. Bitte sehr und angenehmen Aufenthalt bei uns an Bord."
Mit einem Lächeln und einer Handbewegung deutete die Flugbegleiterin auf das Innere der Maschine.

Da alle Mitreisenden zu den ausliegenden Tageszeitungen und Zeitschriften griffen, taten es Carola und Johannes ihnen gleich, denn sie wollten um keinen Preis auffallen, indem sie sich vor lauter Unsicherheit verrieten, noch niemals geflogen zu sein.

Beide hatten den Eindruck, als seien sie die einzigen, denen dieses Vergnügen bislang versagt geblieben war. Die anderen Fluggäste waren so souverän. Johannes und Carola fanden ihren Platz.
„Möchtest Du ans Fenster, Johannes?"

„Nur, wenn Du nichts darauf entgegen hast, wir können uns gerne abwechseln."

„Ich denke, der Außenplatz ist besser für mich, dann kann ich mein Gipsbein besser ausstrecken. Meinst Du, hier gibt es auch...Toiletten? Hoffentlich kann ich das auch vertragen, das Fliegen, meine ich... Ich glaube, ich bekomme nun doch etwas Angst!"

Beide setzen sich endlich, damit die nachrückenden Passagiere an ihnen vorbeikamen.
Sie beobachteten, wie Handgepäck in den Klappen über ihren Köpfen verstaut wurde und Carola beschloss, ihre Handtasche, die sie im Moment noch krampfhaft umklammerte, dort zu deponieren. Auch die Jacken fanden dort oben in der Klappe einen Platz.

Die Stewardessen gingen durch die Reihen, halfen beim Anschnallen und Gepäckverstauen und zählten die Passagiere. Alles war offenbar in bester Ordnung, denn das Flugzeug setze sich in Gang und kündigte den Start an.

Johannes und Carola starrten geradeaus, die Hände fest an die Lehnen geklammert und in der Hoffnung, niemand möge ihre Angst bemerken. Die Sicherheitshinweise, die über die Fernseher oberhalb der Sitzreihen flackerten, verstärkten ihr Unbehagen.
Erst als die Anschnallzeichen ausgeschaltet wurden und sich der Kapitän meldete, entspannten sie sich wieder etwas.
Als dann auch noch ein kleiner Imbiss serviert wurde, war beinahe wieder Normalität eingekehrt.

Carola blätterte in der mitgenommenen Zeitschrift, ohne sich wirklich darauf zu konzentrieren. Inzwischen hatte sie auch die Toiletten entdeckt, offensichtlich war der zweistündige Flug einigen Mitreisenden sehr langweilig, weil einige von ihnen schon zum wiederholten Male dorthin pilgerten. Kurz vor der Landung reihte sich auch Carola in diese Schlage ein.

38.
„Verflixt! Unmöglich, der Typ kann sich doch nicht in Luft aufgelöst haben!"

Alle Versuche, den Ableser zu finden, blieben ohne einen Hauch von Erfolg.
In Zwickau herrschte Panik. Die Luft in dem Raum war zum Zerschneiden dick.

„Vielleicht machen wir uns auch nur gegenseitig verrückt. Wenn der Typ etwas mitbekommen hätte, wäre uns schon längst die Polizei auf den Fersen.
Mit dieser Telefonnummer ist auch etwas nicht in Ordnung, es schellt und schellt, vielleicht ist sie sogar abgemeldet. Wahrscheinlich war das in der Tat gar kein Ableser, sondern jemand, der sich nur Zutritt verschaffen wollte, um dann in der Nacht zurückzukommen, um die Bude auszuräumen."
Aber diese Theorie glaubte niemand wirklich.

Noch hatte die Gruppe nicht erfahren, dass die Hausdurchsuchung und die Befragungen in der Nachbarschaft längst in vollem Gange waren.

„Deine Fantasie möchte ich haben! Neee, der Typ kann uns gefährlich werden. Wir sollten herausbekommen, ob die Bullen nicht doch schon etwas wissen."

Catcher dachte nach, ging rauchend auf und ab, schüttelte den Kopf und schlug dann wütend auf den Tisch.

„Lasst Euch gefälligst auch etwas einfallen, verdammt noch mal! Und sitzt nicht nur blöd rum! Ruft bei den Stadtverwaltungen an. Erzählt etwas Plausibles, zum Beispiel Erbe gesucht oder sonst was. Meistens kennen die Beamten auch denjenigen, der gerade in dem Ort abliest, ich hege mal den starken Verdacht, auch im Rathaus befinden sich

Stromzähler; und vielleicht mussten diese auch abgelesen werden. Wer weiß, vielleicht hat jemand mit dem Ableser geplaudert.

Lasst Euch alle Bergers und Bergmanns geben, auf die Alter und Beschreibung passen würden. Meistens kennen sich die Leute in den Flecken, da weiß der eine oder andere schon etwas über seinen Nachbarn. Los, verdammt nochmal!"
Catcher war fest entschlossen, nicht aufzugeben. Seine Leute machten sich wieder an die Arbeit. Er war sich sicher, sie würde ihn finden.

Inzwischen hatte sich in Stuttgart eine Sonderkommission *Berger* gebildet, die weiterhin Anwohner befragte und Zeugen der beiden Verbrechen nochmals vorluden.
Beamte aus Filderstadt und Würzburg waren unverzüglich eingetroffen.
Heftig wurde die Frage der Zuständigkeiten diskutiert, und ob die ganze Angelegenheit überhaupt noch Ländersache sei, oder ob man sich bereits auf dem Territorium der Bundesebene bewege.

Die Diskussionen hinderten die Beamten aber nicht daran, ihren Job zu tun. Untereinander hatten sie kein Bedürfnis, das Gerangel der Zuständigkeiten auszutragen. Hier war Zusammenarbeit gefragt, die Ebene spielte zunächst keine Rolle.
Darum sollten sich höher dotierte Polizeibeamte und Politiker kümmern, wenn nötig.

Die Beamten sicherten erneut Spuren und begannen, vorhandene Spuren neu auszuwerten.
Es wurden Profiler und Kriminalpsychologen hinzugezogen, und alle nicht aufgeklärten Fälle der letzten drei Jahre wurde zusammengetragen.
Es roch nach Arbeit und auch hier nach abgestandenem Kaffee, nach Schweiß und dicker Luft.

Ein wichtiger Bestandteil der Arbeit lag auch darin, die Presse bei Laune zu halten, damit Informationen nicht zu früh nach außen drangen.

Von all dem Treiben bekamen die zwei Schwestern Inge und Resi überhaupt nichts mit. Ihr Hauptaugenmerk lag bei Paul. Der musste jetzt schnellstens wieder auf die Beine kommen.
Alles andere war nebensächlich, auch wenn sich Inge noch immer um ihren Johannes sorgte. Bislang hatte er sich noch nicht gemeldet.

39.

Der Flug war trotz ihrer Angst für Carola und Johannes ein Erlebnis, obwohl sie sich nicht getrauten zu fragen, wie sie denn ihre Koffer nun wieder in Empfang nehmen könnten und wie es denn überhaupt in Palma weiter gehen würde.

Carola und Johannes schwammen im Strom der anderen Passagiere unauffällig mit, nachdem das Flugzeug in Palma gelandet war und die Passagiere zum Aussteigen aufgefordert wurden.

Als alle Insassen des Fluges X4587 an einem Gepäckband stehen blieben, mischten sich Carola und Johannes ebenfalls unter die Menschenmenge.

Nach und nach spuckte das Band Koffer aus, und die Passagiere griffen nach den Gepäckstücken.
Carola sah ihren knallroten Koffer schon von Weitem. Selbstverständlich war Johannes Gentleman genug, um ihn für Carola zu holen. Auch sein eigener Koffer kam zügig. Sie stellten die Koffer auf einen Gepäckwagen und steuerten unsicheren Schrittes dem Ausgang zu.

„Hmmm… sprichst Du eigentlich spanisch?" Johannes schaute Carola an.

„Nur ganz wenig. Ich war in einem Abendkurs für Spanisch, aber das ist Jahre her. Aber ich hoffe doch sehr, dass man hier auf der Insel auch deutsch spricht."

„Vermutlich müssen wir ein Taxi suchen. Schau doch bitte nach und sage mir die Hoteladresse."

Carola begann in ihrer Handtasche zu kramen und fand den Hotelvoucher.

„Oh, das kann ich kaum aussprechen. *Avinguda Canyamel S/N in 7589 Capdepera. Iberostar Pinos Park*, so heißt es."

"Wir sollten sehen, wie wir zum Hotel kommen. Ich glaube, ein Leihwagen wäre das Beste. Wir sind gerade an den Schaltern der Mietwagenfirmen vorbeigelaufen."

„Ein Leihwagen? Johannes, aber Du kennst Dich doch hier gar nicht aus! Außerdem ist es schon dunkel und in der Dunkelheit etwas zu finden ist schwierig."

„Das ist nicht so tragisch, bestimmt gibt es auch in spanischen Autos ein Navigationssystem und das Fahren bin ich gewohnt. Und gefunden habe ich bisher auch immer alles. Immer!"

„Aber bestimmt spricht das Navi nur spanisch…"

„Mag sein, aber es zeigt auch eine Straßenkarte an. Damit komme ich dann schon klar. Und außerdem hätten wir dann auch ein Fahrzeug am Hotel, für den Fall, dass wir einen Ausflug machen möchten."

„Nun gut, wenn Du Dir das zutraust, ich bin für jede Schandtat zu haben."

Schnurstracks gingen die beiden auf den Schalter der Leihwagenfirma zu.

Viel komplikationsloser als gedacht, erhielt Johannes die erforderlichen Papiere und den Schlüssel. Auch diesbezüglich hatte er eine Bescheinigung des LKAs dabei, um die Abrechnung des Leihwagens problemlos über die Behörde direkt abgewickeln zu können.

Die Dame hinter dem Schalter sprach fließend Deutsch und schickte sie ins Parkhaus auf der gegenüberliegenden Seite des Flughafenge-

bäudes. Dort stand in der Tat der silberfarbene Toyota - blitzblank geputzt - bereit.
Johannes verstaute das Gepäck, während Carola auf dem Beifahrersitz Platz nahm. Den Gepäckwagen stellte er an den Ausgang, stieg ebenfalls ins Auto und stellte das vorhandene Navigationsgerät ein, nachdem Carola ihm nochmals die Adresse buchstabiert hatte.

„So, es kann losgehen! Ich bitte die Passagiere, sich anzuschnallen und angeschnallt zu bleiben, bis der Wagen vollständig wieder zum Stehen kommt", alberte Johannes übermütig.

„Endlich bist Du ein bisschen entspannter. Jetzt kann der Urlaub beginnen!"

„Urlaub? Na ja, aber machen wir das Beste daraus.
Wenn das meine Mutter wüsste! Oh je, da fällt mir ein, ich darf auf gar keinen Fall vergessen, sie anzurufen, sonst setzt sie Himmel und Hölle in Bewegung, bis sie mich aufgespürt hat. Mich würde nicht wundern, wenn sie Interpol bereits eingeschaltet hätte!"

Carola warf ihm einen Blick von der Seite zu. Für sie hörte es sich so an, als würde die Mutter sich sehr an Johannes klammern und umgekehrt.
Ödipuskomplex fiel ihr dazu ein, deshalb schüttelte sie den Kopf.

„Es scheint einfacher zu sein als ich dachte. Wir müssen immer nur auf der MA 15 bleiben, zunächst Richtung Manacor, dann weiter bis zur Küste. Herrlich, wir fahren beinahe über die gesamte Insel!"

„Ich werde es genießen. Nur schade, wir werden von der Insel nicht viel sehen, es ist leider schon dunkel. Ich fahre sehr gerne Auto, besser gesagt, lieber lasse ich mich fahren.
Ich habe zwar einen Führerschein, aber mein Auto habe ich vor drei Jahren verkauft. Ich brauche in Bad Cannstatt keines. Die öffentlichen

Verkehrsmittel sind ausreichend und dauernd diese Parkplatzsuche. Zu meiner Wohnung gehört weder eine Garage noch ein Stellplatz."

Sie plauderten ungezwungen und fühlten sich über weite Strecken wirklich wie ein Ehepaar im Urlaub.
Während der Fahrt verloren sie kein einziges Wort über ihre Flucht aus Deutschland.

Dann endlich, nach einer knapp zweistündigen Fahrt, erreichten sie ihr Hotel.
Johannes hielt vor dem Eingangsbereich und verharrte kurz. Er war beeindruckt von dem Gebäude.
Dann fiel ihm Carolas Gipsfuß wieder ein. Wie unaufmerksam er sich doch schon wieder aufführte!

Beim Einsteigen hatte er Carola nicht geholfen, sie schien es ihm nachzusehen. Jetzt aber, beim Aussteigen, wollte er es sich jedoch nicht nehmen lassen, ihre Tür zu öffnen und ihr die Krücken zu reichen.

Carola betrachtete vom Auto aus fasziniert den Hotelkomplex. Das war mehr als sie erwartet hatte, obwohl sie die Prospekte des Hotels angeschaut hatte.

Sie ließ sich von Johannes helfen und wurde von ihm in die große Hotelhalle geführt.

Das Hotel, direkt am Strand gelegen, umgeben von Pinienbäumen, bestand aus drei zweistöckigen Gebäuden und beherbergte mehr als zweihundert Zimmer. Der Parkplatz vor der Hotelanlage wurde Tag und Nacht bewacht und die Empfangshalle war hell und freundlich ausgestattet.
Johannes musste schlucken. So komfortabel hatte er noch nie gewohnt.

Zu seiner Zeit als Handelsvertreter hatte er einfache Gästehäuser bevorzugt. Selten war er in einem Hotel abgestiegen, und wenn, dann hatte das Hotel keine luxuriöse Ausstattung.

Am Chiemsee hatten seine Eltern und er sich stets in eine Privatpension eingemietet, die von einer recht korpulenten Pensionswirtin geführt wurde.
Dort war alles sehr rustikal eingerichtet gewesen und der Zahn der Zeit hatte deutliche Spuren hinterlassen.
Im Hausflur lagen alte ausgetretene rote Teppichläufer, die den wohl noch älteren Teppich darunter überdecken sollten. Die Zimmer waren eng und muffelig, aber sauber.
Es gab einen kleinen Balkon, auf dem die Familie sogar kleinere Mahlzeiten zu sich nehmen konnte, mit einem atemberaubenden Blick auf den See und auf die naheliegenden Gebirgszüge. Alles in allem sehr urig mit einem Hauch Romantik.
Das allmorgendliche Frühstück war reichhaltig und sehr deftig.

Aber das hier jetzt war schon einige Hausnummern größer!
Die riesige Empfangshalle war mit hellen Fliesen und großzügigen Möbellandschaften bestückt, es rieselte leise Musik, und der Rezeptionsbereich war mit vier Bediensteten, die sich mit den Gästen in mehreren Sprachen unterhielten, gut besetzt.
Die Glasfront an der gegenüberliegenden Seite der Hoteleingangstür gab den Blick frei auf die großzügig angelegten Poollandschaften, auf Bars und Restaurants.

Ein Page kam herbeigeeilt und nahm die Koffer entgegen mit dem festen Versprechen, diese direkt auf das Zimmer zu bringen. Er erkundigte sich, ob man für die „werte Frau Gemahlin" einen Rollstuhl organisieren solle. Carola verneinte.

In der Hotelhalle schlenderten gut gelaunte Touristen aller Nationen herum, trugen Sonnenhüte und Kameras bei sich. Eine kleine Reisegruppe versammelte sich, offenbar gewappnet für einen nächtlichen

Ausflug. Als draußen ein Bus vorfuhr, drängelte die Gruppe heraus und bestürmte den Bus.

Es erschien ein Kellner und reichte den ankommenden Gästen Erfrischungstücher und ein Erfrischungsgetränk.
Johannes und Carola wussten nicht, wohin mit den gebrauchten Tüchern, die jedoch sogleich der aufmerksame Kellner wieder einsammelte.

Ein weiterer Page begleitete Johannes und Carola zur Rezeption, wo ihre Ausweise und der Hotelvoucher verlangt wurden. Das Personal war deutschsprachig und sehr zuvorkommend.
Alles andere war nur noch Formsache.
Johannes und Carola erhielten je eine Karte, die aussah wie ihre Bankkarte.
Ferner einen Chip für frische Handtücher aus dem Wellnessbereich.
Selbstverständlich würden Bademäntel und Hausschuhe bereits zusammen mit einem frischen Obstkorb und einem Piccolo im Zimmer auf sie warten.

„Sie haben die Zimmernummer zweihundertsechsunddreißig, bitte nehmen Sie den Aufzug in den zweiten Stock und halten Sie sich dann links. Ich wünsche Ihnen einen angenehmen Aufenthalt", der Herr hinter der Rezeption lächelte sie freundlich an.
Als Johannes jedoch keine Anstalten machte, sich zu entfernen, fragte er ihn nach seinen weiteren Wünschen.

„Ich…äh…darf ich um den Zimmerschlüssel bitten, oder…?"

Der freundliche Herr lächelte. „Herr Berger, diese Karte (er deutete auf die ausgehändigte Karte) ist Ihr Schlüssel. Damit machen Sie auch das Licht an."

Er winkte den Pagen herbei und unterhielt sich dann mit ihm in spanischer Sprache.

Der Page bat Johannes und Carola mit einer Handbewegung, ihm zu folgen.
Carola war mulmig zumute, Johannes ebenfalls, denn der Herr an der Rezeption sprach nur von einem Zimmer.

Der Page ging voraus, als sie aus dem Aufzug traten.
Sie erreichten das Zimmer zweihundertsechsunddreißig. Der Page bat um die Karte zum Öffnen der Tür.
Johannes übergab ihm diese und stellte erstaunt fest, wie diese Karte in der Kartenöffnung verschwand, ein grünes Licht an dem Türbeschlag blinkte und die Tür aufging. Dann steckte der Bedienstete die Karte innen an eine weitere Kartenhalterung und erklärte, dass somit der Strom aktiviert wurde.

Das Zimmer war riesig groß mit einem Doppelbett, einer Frisierkommode und einer großzügigen cremefarbenden Leder-Couchlandschaft bestückt. Ferner gab es in dem Zimmer Telefon, Fernseher und eine Minibar.

Auf dem Couchtisch standen frisches Obst, Kekse und Sekt. Auch ein Kaffee- oder Teekocher war vorhanden, dazu der entsprechende Kaffee, Tee, Zucker und Tassen.

Der Page zeigte das in Weiß gehaltene Bad mit Dusche, WC, Waschbecken und Bidet.
Dann ging er an die Balkontür, öffnete sie und trat heraus mit der Bitte, ihm zu folgen.

Johannes und Carola waren viel zu verwirrt, um den herrlichen Blick aufs Meer und auf die davorliegende Poollandschaft genießen zu können.

Sie traten wieder ins Zimmer.

Erst jetzt entdeckte Carola eine Zwischentür, auf die der Page zusteuerte. Die Tür war nicht verschlossen, aber dahinter befanden sich nochmals die gleichen Räumlichkeiten mit identischer Ausstattung.

„Wenn Sie mir bitte Ihre Karte geben, dann mache ich Ihnen auch hier den Strom an", lächelte er.

Er öffnete noch die Minibar, erklärte, dass diese täglich aufgefüllt würde, begab sich zum Kleiderschrank und verwies auf den Wäsche- und Bügelservice.

Johannes dachte schon, der Page wolle gar nicht mehr gehen und wurde zunehmend nervöser.
Carola begriff es zuerst, zog aus ihrer Handtasche die Geldbörse und reichte dem Pagen fünf Euro.
Dieser hatte es dann plötzlich sehr eilig aus dem Zimmer zu kommen und verschwand beinahe hastig.

„Fünf Euro Trinkgeld? Um Himmels Willen, war das nicht etwas viel?" Johannes war entsetzt.

„Nun stell Dich nicht so an, wir wohnen hier in einem Luxushotel, da kann ich ihm ja wohl kaum nur fünfzig Cent in die Hand drücken. Was würde er von uns denken?"

Beide waren sichtlich erleichtert, ihr eigenes Reich zu haben. Insgeheim hatte dieses nicht ausgesprochene Thema zwischen ihnen eine Beklemmung und Unsicherheit hervorgerufen, solange es im Raum stand. Keiner von beiden wusste, wie mit dieser Situation umgegangen werden sollte, die auch so schon kompliziert genug war.

Bei der Buchung der Reise hatten sie der freundlichen Dame im Reisebüro zwar gesagt, sie hätten gerne zwei Einzelzimmer, das LKA hatte dann aber davon abgeraten und das Reisebüro gebeten, eine andere passende Lösung zu suchen.

Auf dem Voucher stand jedenfalls „Doppelzimmer".
Johannes und Carola hatten das zwar gesehen, aber jeder von ihnen mied das Thema und hoffte, vor Ort würde sich dann schon eine Lösung ergeben.

Auch wurde versprochen, aufgrund des verletzten Fußes eine ärztliche Nachbehandlung sicherzustellen, was Johannes und auch Carola eine gewisse Beruhigung bescherte.

„Welches Zimmer möchtest Du? Ich lasse Dir die Wahl." Johannes war wieder der alte Gentleman, zuvorkommend und zurückhaltend. Noch immer standen beide unbeholfen in dem Nebenzimmer.

„Ach, eigentlich ist ja das eine wie das andere, ich bleibe gleich hier. Wollen wir zuerst auspacken, uns frisch machen und dann noch ein wenig das Hotel erkunden? Ich meine, vielleicht finden wir noch einen Happen zu essen, es ist doch recht spät, aber ich bin viel zu aufgewühlt, um schon schlafen zu gehen."

Endlich war der Unternehmungsgeist bei Carola zurückgekehrt, trotz der widrigen Umstände, die das Paar mehr oder weniger zwang, hier eine gemeinsame Zeit zu verbringen.

„Ja, gute Idee! Ich fühle mich ganz verschwitzt und würde gerne duschen. Sagen wir in einer halben Stunde? Ich klopfe dann, wenn ich fertig bin."

Nach einer guten halben Stunde gingen beide hinunter ins Foyer und hatten Glück. Es gab in der Tat bis nachts um drei Uhr noch kleine Snacks. Sie packten sich einen Teller voll und genossen diese späte Mahlzeit. Dann schlenderten sie noch ein wenig durch die Poollandschaften, um sich dann doch schlafen zu legen.

40.
Die Nachricht verbreitete sich wie ein Lauffeuer.

Frau Liebold sei eine wichtige Zeugin. Selbstverständlich schürte sie selbst den Tratsch, obwohl sie gar nicht genau wusste, was denn eigentlich ermittelt wurde.
Zunächst redete sie von einem Einbrecher, den Herr Berger erwischt habe. Dann wurde aus dem beobachteten Einbruch ein Mord, Herr Berger müsse gesehen haben, wie die Leiche aus dem Haus geschafft wurde. Warum sonst sei ein derartiges Polizeiaufgebot angerückt?

Um diesen vermeintlichen Ruhm zu genießen, ging sie mittlerweile zweimal täglich einkaufen, zum Bäcker, zum Metzger, in die Apotheke, ach ja, sie müsse dringend zum Arzt und natürlich war auch die Frisur schon wieder hinüber.

Wenn sie nicht beim Einkaufen war, fegte sie vor ihrem Haus herum, immer in der Hoffnung, ein Nachbar würde sie ansprechen. Sie brauchte nie lange zu warten, bis sie ihre neuen Erkenntnisse kundtun durfte. Natürlich stünde sie im engen Kontakt mit dem Bundeskriminalamt.

Ihr Mann wurde auf seiner Arbeit, am Stammtisch und im Bogenschützenverein ausgefragt, und vor lauter Spekulationen entstanden immer neue Räuberpistolen.

Da sich die Presse mit den Einzelheiten zurückhielt, wurde kräftig spekuliert, ob nicht sogar eine kriminelle Vereinigung dahintersteckte.

Seltsam war das schon, dass nur ein kleiner Bericht ohne Foto in der örtlichen Presse erschienen war, keinerlei Fernsehberichte, auch nicht in den Regionalsendern.
Mit keinem Wort wurde die wichtige Zeugin Liebold erwähnt. Das konnte nur bedeuten, entweder tappte die Polizei im Dunkeln, oder

aber die Aussage von Frau Liebold habe eine so immens wichtige Bedeutung, und es wurde eine Nachrichtensperre verhängt.

„Ich habe versucht, Herrn Berger anzurufen", sagte Hermine beim Abendbrot ganz beiläufig zu ihrem Mann.

„Was? Was hast Du? Wieso denn das?"

„Na ja", Hermine drehte ihre Teetasse hin und her vor Verlegenheit, „er ist doch wie ich ein wichtiger Zeuge in der Sache. Ich wollte halt wissen, was er weiß."

„In welcher Sache? Und wieso sollte er Dir das ausgerechnet erzählen?"

„Schließlich sind wir beide Zeugen in dem Kriminalfall!" Trotzig warf Hermine den Kopf in den Nacken.

„Wenn Du Dich nur in nichts verrennst. Du kommst noch in was rein, wo Du nimmer rauskommst."

„Ach Du, was weißt Du schon!" Hermine war pikiert und kaute wenig genussvoll an ihrem Brot.

„Woher hast Du denn die Nummer? Die Polizei hat doch die Karte mitgenommen!"

„Hast Du schon einmal etwas von Wahlwiederholung gehört? Die Nummer war noch gespeichert. Schließlich telefoniere ich nicht den ganzen Tag Gott und die Welt ab. Ich hatte Glück und die Nummer war noch da."

Hermine stand auf, holte das Telefon und hielt ihrem Mann die Anzeige unter die Nase.

„Erstaunlich, welche Energie Du plötzlich auch bei technischen Sachen aufwendest! Wenn Du diese Energie nur auch in anderen Dingen aufbringen würdest!
Ich wusste gar nicht, wie intensiv Du Dich mit den Funktionen am Telefon auskennst."

Hermine schmollte. Sie hatte gewusst, dass ihr Telefon diese Funktion hatte. Frank, ihr Sohn telefonierte manchmal stundenlang mit seinen Freunden. Einmal hatte sie beobachtet, wie er nur eine Taste drückte und dann gleich telefonierte. Bei dieser Gelegenheit hatte sie ihn gefragt, wieso er keine Nummer wählen müsse. Er hatte vor sich hingemurmelt, es wäre die Nummern eingespeichert, wie auch die zuletzt zehn gewählten.

Daran hatte sie sich erinnert und versucht, sich durch die Gebrauchsanweisung zu quälen. Erfolglos.
Mittags hatte sie dann Frank abgepasst, der sie ziemlich ge– und entnervt in das Geheimnis der Wahlwiederholung einweihte.

„Und? Was hat er gesagt?"

„Wer?"

„Na, Dein Herr Berger."

„Das ist nicht mein Herr Berger! Nichts."

„Wie nichts?"

„Er ist nicht ans Telefon gegangen. Ich habe es mehrmals versucht."

„Der wird Deine Nummer gesehen haben und ist deshalb lieber nicht ans Telefon gegangen." Erich konnte sich sein hämisches Grinsen und seine spitzen Bemerkungen einfach nicht verkneifen, was Hermine nur noch wütender machte.

„Rede doch nicht so einen Unsinn. Oder meinst Du, ihm ist etwas passiert?"

Erich blickte auf und schüttelte den Kopf. „Hmm. Das wäre natürlich eine Erklärung!"

„Eine Erklärung? Wofür?"

Endlich nahm Erich Hermines Äußerungen ernst. „Hattest Du nicht auch den Eindruck, die Polizei hat Deinen Herrn Berger gesucht? Vielleicht wussten die bis dahin gar nicht, wer unter Umständen in dem Haus umgebracht worden ist.
Vielleicht sind sie erst durch Deine Aussage darauf gekommen!"

Mittlerweile stand für die Bewohner in Hilkershausen außer Frage, dass in dem Haus Obere Wallstraße Nummer neun eine Person zu Tode gekommen war.

„Du meinst, die haben Herrn Berger umgebracht?" Hermine war entsetzt aufgesprungen.

„Jetzt wird mir alles klar", keuchte sie. „Herr Berger hat gar nichts beobachtet, er ist das Opfer!"
Hermine schlug beide Hände vor den Mund.

„Ach Du liebe Zeit! Und ich habe ihn auch noch angerufen. Wenn die Polizei das Handy von ihm findet, denken die vielleicht, ich habe etwas mit seinem Tod zu tun!"

„Quatsch! Denk doch ein einziges Mal erst nach, bevor Du so einen Müll verzapfst. Wieso solltest Du ihn anrufen, wenn Du bereits weißt, dass er tot ist?" Erich wusste selbst nicht, ob sie beide jetzt gerade des Rätsels Lösung auf der Spur waren, oder ob dies nicht lediglich eine neue Version einer eventuellen Kriminalgeschichte war.
Bedrückt schweigen beide eine ganze Weile.

„Er war ein so netter Mann", seufzte Hermine.

„Jetzt lass mal gut sein. Wir können sowieso nichts daran ändern."

„Nachher bin ich noch schuld, wenn man ihn umgebracht hat. Ich habe ihn schließlich wieder hierhergelockt. Ich habe ihn wahrscheinlich als Letzte lebend gesehen."

In Hermine kam Bedauernis auf, denn die Geschäfte hatten schon geschlossen, zu gerne wäre sie nochmals losgezogen, um einige Besorgungen zu machen und natürlich, um die neuen Erkenntnisse unter die Leute zu bringen.

„Nun mach mal halblang. Du hast selbst gesagt, die Gartentür stand erst offen, als Du zu der Schneider gerannt bist. Herr Berger war doch vorher bei Dir."

Hermine überlegte, sie würde sich damit nicht geschlagen geben, die offene Tür hatte bestimme eine andere Bedeutung.

„Wir wissen doch gar nicht, wie lange die Tür schon offenstand. Er hat die offene Tür bestimmt auch gesehen, als er von mir weg ging und ist dann in das Haus gegangen und schnurgerade seinem Mörder in die Arme gelaufen. Bestimmt war er schon tot, als ich zu Frau Schneider gelaufen bin. Oder... oh Gott, kämpfte gerade um sein Leben, als ich am Haus vorbeiging."

Genau so wird es sich zugetragen haben, das lag jetzt sonnenklar auf der Hand, daran gab es nichts zu rütteln oder zu deuten.

Erich, erstaunt über Hermines Logik, hatte dem nichts entgegenzusetzen. So schwatzhaft seine Hermine auch war, so clever war sie. Auch er zweifelte keine Sekunde mehr daran, dass sich alles so abgespielt hatte.

Das würde auch den spärlichen Artikel in der Zeitung erklären, natürlich, so war es bestimmt!

In der Tat wurden in der Pressekonferenz die Pressevertreter angewiesen, nur spärliche Berichte zu verfassen.

Den Presseleuten wurde garantiert, das Ganze werde sich zu einer Top Story entwickeln, nur dürften zum jetzigen Zeitpunkt auf gar keinen Fall bekannte Informationen gedruckt oder aber wilden Spekulationen Antrieb gegeben werden.
Die ganze Angelegenheit sollte klein gehalten werden, damit die Ermittlungen nicht durch eventuelle Hinweise in der Presse gestört würden.

Aber wofür brauchte man schon die Presse, wenn man Hermine hatte!

Morgen früh um halb acht würde der ganze Ort die Wahrheit kennen, dank Hermine.

41.
Johannes zuckte zusammen. Er war soeben aus der Dusche gekommen und hatte sich in seinen Bademantel gehüllt. An der Tür klopfte es. Er zögerte.
Es klopfte wieder, dieses Mal etwas energischer.

Unsicher ging Johannes zur Tür und machte diese einen spaltbreit auf. Vor ihm stand ein fremder Mann in Jeans und weißem T-Shirt.

„Bitte nicht erschrecken, Herr… Berger, nicht wahr?" Die Stimme des Fremden war gedämpft, beinahe ein Flüstern.

Johannes nickte zögerlich, dachte aber nicht daran, die Türe weiter zu öffnen.

„Mein Name ist Friedrich Moser. Ich bin Kriminalbeamter aus Stuttgart und für Ihren Schutz abgestellt." Herr Moser zog aus seiner Jeans einen Dienstausweis und reichte ihn Johannes.

„Oh, wirklich? Bitte entschuldigen Sie, ich…. ich habe gerade geduscht und war nicht darauf vorbereitet, die Polizei hier zu empfangen… Bitte treten Sie doch ein."

Der Fremde betrat das Zimmer. „Ich möchte Sie nicht lange aufhalten. Sie werden noch gestresst sein von der überstürzten Abreise, aber Sie sollen wissen, ich bin zu Ihrem Schutz hier abgestellt. Ich werde mich so gut es geht unsichtbar machen, Sie werden mich also kaum bemerken. In der Öffentlichkeit werde ich so tun, als würde ich Sie nicht kennen, und wir werden auch nicht über die Sache reden."

Johannes schaute ihn verwirrt an, blickte dann auf die Durchgangstür und hoffte, dass Carola nicht hereinkäme und ihn im Bademantel sehen würde.

Friedrich Moser schmunzelte. „Bitte lassen Sie mich zur Vorsicht die Zimmer nach eventuellen Wanzen, Kameras oder sonstigen Abhörgeräten durchsuchen, das geht relativ schnell, dann sind Sie mich auch schon wieder los."

Er zog ein kleines Gerät aus einer Gesäßtasche und machte sich an die Arbeit.

„Ihr Zimmertelefon können Sie in Ausnahmefällen benutzen, es ist abhörsicher und zeigt keinerlei Rufnummern für den Anrufempfänger an. Wenn Sie also Ihre Mutter anrufen möchten, geht das mit diesem Apparat. Allerdings können Sie nicht von ihr angerufen werden."

Johannes stand mitten im Raum und wusste nicht so recht, wie ihm geschah.
Carola, die Stimmen gehört hatte, hatte längst ihr Ohr an die Zwischentür gedrückt.

„Scheint alles in Ordnung zu sein", sagte Herr Moser endlich. „Ich muss allerdings noch den Raum nebenan prüfen."
Schon klopfte er an Carolas Tür, die viel zu schnell die Tür öffnete.

Carola war in der Zwischenzeit bereits angekleidet, um ihren Kopf jedoch hatte sie ein Handtuch geschlungen.
Entgeistert starrte sie von Herrn Moser zu Johannes und wieder zu Herrn Moser.
Wieder sagte der Kriminalbeamte seinen Spruch auf und begab sich in Carolas Zimmer an die Arbeit. Kurze Zeit später war auch dieses Zimmer als „sauber" eingestuft.

Carola und Johannes hatten kein Wort gesagt, beobachteten nur schweigend das Treiben.

Johannes war es sehr peinlich. Was würde der Kriminalbeamte nur von ihm denken. Sollte er ihm sagen, dass er und Carola kein Verhältnis miteinander hätten? Würde er es glauben?
„Wer sich verteidigt, klagt sich an", dachte er und schwieg deshalb weiterhin.

„Gut, das hätten wir also. Sollten Sie das Hotel verlassen, weil Sie spazieren gehen wollen oder die Insel erkunden werden, sollten Sie mich das irgendwie wissen lassen. Ich werde in gebührendem Abstand bei Ihnen sein.
Bitte lassen Sie auch unbedingt das Handy eingeschaltet, das Sie von uns bekommen haben. Notfalls können wir Sie so orten."

Als er die sorgenvollen Gesichter der beiden sah, fügte er lächelnd hinzu: „Das sind reine Vorsichtsmaßnahmen. Es gibt keinen Grund zur Beunruhigung. Niemand ist Ihnen hierher gefolgt oder Ihnen hier auf den Fersen, aber wir kennen noch nicht die Struktur dieser kriminellen Vereinigung und wollen vor jeder Überraschung sicher sein. Wenn Sie mich je suchen, ich habe die Zimmernummer einhundertneunundzwanzig."

Mit einer Handbewegung verabschiedete er sich und ließ die beiden verdattert stehen.

„Ich bin noch nicht ganz fertig", Carola huschte wieder in ihr Zimmer und schloss die Tür.
Auch ihr war es höchst peinlich, Herrn Berger halbnackt zu sehen.

42.
„Johannes, endlich! Wo um alles in der Welt bist denn Du? Kannst Du Dich nicht bei mir melden, wenn Du schon in der ganzen Weltgeschichte umherfährst? Ich habe mir schon Sorgen gemacht." Inge war trotz dieser strengen Worte froh, von ihrem Sohn zu hören.

Johannes hatte von seinem Apparat im Zimmer bei seiner Tante Resi angerufen, nachdem er sich vergewissert hatte, dass der Teilnehmer am anderen Ende wirklich seine Nummer nicht auf dem Display sah.

„Bitte Mutter, rege Dich nicht auf, ich dachte Frau Waible hat Dir gestern alles erklärt?"

„Ja, hat sie, aber trotzdem, Du bist ja nicht auf den Mond geflogen und Du hättest durchaus von unterwegs anrufen können", Inge blieb trotzig.

„Mutter, ich bin doch kein kleiner Junge, ich kann sehr wohl auf mich aufpassen!"

Selbst verwundert über diesen Widerstand, den er seiner Mutter gegenüber leistete, dachte er unwillkürlich an Carola, die sicher dachte, er stünde bei seiner Mutter unter dem Pantoffel.

Johannes musste über die Ironie in seinen Worten lachen.
„Es ist alles in Ordnung, Du brauchst Dir keine Sorgen zu machen. Ich habe zu Essen und ein Bett und die Kollegen sind auch sehr nett. Bitte habe Verständnis, wenn ich mich nicht jeden Tag melden kann! Wie geht es Onkel Paul?"

Johannes wechselte schnell das Thema. Er hasste es, seine Mutter anzulügen. Hatte er gelogen? Na, ja, es war zumindest im Moment alles in Ordnung, er hatte wirklich ein Bett und zu Essen und als „Kollegen" könnten auch Carola und Herr Moser in Frage kommen.

„Paul? Ja, ja gut. Er hat die Operation gut überstanden und wir werden heute den ganzen Tag bei ihm sein. Wir haben gerade gefrühstückt und fahren demnächst los. Es ist zwar etwas umständlich immer mit dem Zug und dem Bus und dem Taxi, aber es geht. In zwei oder drei Tagen verlegen sie ihn wieder nach Stuttgart, dann kann ich auch zwischendurch wieder nach Hause."

Kurz musste Johannes schlucken. Mutter nach Hause? Hoffentlich fiel dem LKA noch etwas ein, um seine Mutter weiterhin aus dem Haus zu schaffen.

Er überlegte schon, ob er nicht Tante Resi bitten sollte, seine Mutter noch einige Zeit bei sich zu behalten. Aber mit welcher Begründung? Vor allem, mit welcher Begründung, die sie ohne Zögern auch glauben würde?

„Also Mutter, bestelle Tante Resi einen Gruß und Onkel Paul gute Besserung. Ich melde mich wieder, sobald ich kann."

„Ich kann mich auch bei Dir melden, aber Frau Waible sagte, Deine Telefonnummer habe einen Defekt? Ich kenne mich mit diesen Dingen überhaupt gar nicht aus."

„Ja, es gibt da wohl Probleme mit dem Handynetz, also bitte keine Panik machen und die Hunde loshetzen, wenn Du mich nicht erreichst."

Johannes bemühte sich, so normal, heiter und locker wie möglich zu klingen. Keinesfalls durfte Mutter merken, wie aufgeregt er war oder wie sehr er gar Angst hatte.
Und die hatte er. Die Angst schnürte ihm die Kehle zu. Sie umschlang ihn wie eine Würgeschlange und ließ sich nicht abschütteln.

Endlich beendete auch Mutter das Gespräch, nicht ohne natürlich ausdrücklich nochmals zu erwähnen, er möge auf sich gut aufpassen, und er solle auch nicht seine Brote für Zwischendurch vergessen.

Das also war jetzt auch geschafft!
Er glaubte nicht, dass Mutter einen Verdacht geschöpft hatte, etwas gehe nicht mit rechten Dingen zu.
Hatte er zu übertrieben fröhlich geklungen? So, wie er sich gerade wirklich fühlte?

Nun konnte er sich voll und ganz Carola widmen. Der Föhn nebenan war schon eine Weile verstummt, sicherlich würde sie schon auf ihn warten.

Und so war es in der Tat. Als Johannes an der Zwischentür klopfte, stand sie bereits frisch frisiert und mit bester Laune vor ihm.
Er musste sich eingestehen, Carola war auf ihre Art doch sehr attraktiv.
An seinem Blick merkte Carola, wie sehr sie ihm gefiel.

„Nach dem Frühstück würde ich gerne den Rest der Hotelanlage erkunden und gegen später nochmals einen gepflegten Kaffee trinken gehen!", jubelte sie.

„Aber du sagst es mir ganz ehrlich, wenn Dein Fuß Dir zu sehr zu schaffen macht?", sagte Johannes einen Tick zu besorgt.

Sie lächelte und nickte.

Die Inspektion der Hotelanlage genossen beide sehr. Auf der Sonnenterrasse setzen Sie sich am Nachmittag, um einen Kaffee zu trinken. Unsicher sahen sie sich um, ob denn eine Bedienung käme.

„Ich fürchte, wir werden nicht bedient, die anderen Gäste holen sich offensichtlich ihren Kaffee aus dem Restaurant selbst. Ich werde mal schauen."

Carola wollte gerade aufstehen und überlegte kurz, ob sie den Weg mit oder ohne Krücken zurücklegen sollte, da besann sich Johannes, wie schlecht es wohl aussehen würde, wenn er sie mit ihrem Gipsfuss losschicken würde, um ihn zu bedienen.

„Komm, wir schauen uns das zusammen an, dann kannst Du Dir den Kuchen wählen, ich bringe ihn Dir dann an Deinen Platz."

Wie ein altes Ehepaar zottelten sie los und fanden in der Tat ein hervorragendes Kuchenbuffet und frischen Kaffee, den sie aus den aufgestellten Automaten selbst entnehmen konnten.

„Ich werde die Pfirsich-Sahne-Torte nehmen, die sieht ja richtig gut aus, und was möchtest Du?"

Johannes schloss sich dem an und bat Carola, inzwischen Platz zu nehmen, er würde sie bedienen. Das wiederum ließ sich Carola nicht zweimal sagen und humpelte zurück an den Tisch auf der Terrasse.

Johannes platzierte alles auf ein großes Tablett und kam unbeholfen und vorsichtig auf den Tisch zugesteuert.

Sie genossen den Kuchen und den Kaffee, die Sonne und die Atmosphäre.
Wenn nicht die widrigen Umstände ihn zu dieser Reise gezwungen hätten, könnte er sich sogar entspannen.
Aber es waren eben diese Umstände, die ihm einen großen Teil dieser Urlaubsfreuden nahmen.

Carola entdeckte Herrn Moser auf einem der Stühle an der Poolbar bei einem Bier.

Sanfte Musik berieselte die Gäste, wenigstens Carola machte den Eindruck, als sei sie völlig entspannt. Niemand, der die beiden beobachten würde, würde daran zweifeln, dass dieses Paar unbeschwerten

Urlaub machte und niemand würde vermuten, dass der biertrinkende Herr Moser dieses Paar nicht aus den Augen ließ.

„Wir müssen unsere Tage planen, sonst sitzen wir nur herum und grübeln", sagte sie ganz beiläufig, das Gesicht zur Sonne gedreht und die Augen verschlossen.

„Ich denke, ich werde morgens vor dem Frühstück schwimmen... oh, geht ja gar nicht, ich habe doch einen Gipsfuss. So ein Ärger. Also kein Schwimmen, dann eben nur Frühstück. Oder eine Massage, das könnte ich in Erwägung ziehen."
Sie grinste in sich hinein. „Was ist mit Dir? Gehst Du schwimmen vor dem Frühstück oder bevorzugst Du auch eine Massage?"

„Ich fürchte, ich habe gar keine Badehose dabei."

„Du hast was nicht dabei?" Carola blinzelte ihn mit einem Auge an. „Dann weiß ich schon, was wir morgen zuallererst machen. Wir werden Dir eine Badehose kaufen und mir eine Sonnenbrille, die habe ich nämlich vergessen. Dann kaufen wir eine Zeitung und setzen uns an die Promenade und lassen die Leute an uns vorbeiziehen."

Johannes fand die Idee, sich in den kleinen Läden des Ortes umzuschauen, gar nicht so schlecht, und so planten sie dieses für den nächsten Tag fest ein.

„Vor dem Abendessen sollten wir aber noch unbedingt zum Meer herunterlaufen", sinnierte sie weiter noch immer mit geschlossenen Augen.
Sie stellte sich gerade die erstaunten Gesichter ihrer Arbeitskolleginnen vor, wenn diese sie so sehen würden.

„Ich habe sogar an einen Fotoapparat gedacht, leider bin ich mit solchen Dingen nicht so firm, aber Du kannst mir hier bestimmt helfen, oder?"

Carola blinzelte mit einem Auge zu ihm herüber.

Johannes nickte. Er konnte nicht anders als sich zu sorgen, er konnte einfach seine Angst nicht ablegen.
Schade eigentlich, denn die Frau an seiner Seite lag ihm sehr am Herzen, das wusste er jetzt, wo er sie so unbeschwert die Sonne anbeten sah.

Carola war ihm im wahrsten Sinne des Wortes vor dem Fuße gefallen und anstatt mit ihr zu flirten, verhielt er sich wie ein Volltrottel. Unbeholfen, steif und unfähig, ihr Komplimente zu machen.

„Was bin ich doch für ein Depp, ich sollte ihr den Hof machen, ganz nach der Lehre der alten Gentlemenschule", auch Johannes hatte sein Gesicht zur Sonne gedreht und die Augen geschlossen, es gelang auch ihm, an etwas anderes zu denken, zumindest für eine kurze Weile.

43.

„Resi, ich sage Dir, da stimmt etwas nicht! Ich spüre das, und in diesen Dingen habe ich mich noch nie geirrt."

„Ach was! Was soll denn nicht stimmen? Du machst Dich verrückt für nichts. Johannes hat Dich doch gestern angerufen und Dir gesagt, dass alles in Ordnung ist. Er kann Dich wahrhaftig nicht jeden Tag mehrfach anrufen.
Inge, Johannes ist doch ein erwachsener Mann. Du musst ihn nicht immer so festhalten, er kriegt ja gar keine Luft zum Atmen!"

„Was? Ich halte ihn doch nicht fest! Ich sorge für ihn wie jede Mutter es tut."

„Nur mit dem Unterschied, Dein Johannes ist keine fünfzehn Jahre mehr, sondern Ende vierzig. Andere Männer in seinem Alter sind bereits geschieden, und er ist nicht einmal verheiratet!"

„Resi, jetzt bist Du aber ungerecht! Johannes hat nur noch nicht die Richtige gefunden."

„Wie denn auch, wenn Du ihn so belagerst? Lass ihn doch machen. Lass ihn doch mal in seiner Freizeit in Ruhe und verplane Dich doch nicht immer mit ihm zusammen."

Inge war entsetzt und schnappte nach Luft.

„Also Resi, das denkst Du wirklich? Johannes unternimmt sehr wohl sehr viel ohne mich, er geht wandern und …"

Resi hob die rechte Hand hoch, sie wollte in jedem Fall verhindern, dass sich Inge in Rage redete.

„Inge, ich meine es doch nicht böse. Aber schau doch, Du bestimmst, was am Wochenende unternommen wird. Wenn er etwas plant, bist Du auch dabei.
Du rufst ihn an, wenn er nicht um sieben Uhr abends zu Hause ist. Wenn es ihm gelingt, ein-, zweimal im Jahr seine Wandertouren ohne Dich zu machen, rufst Du an, ob er angekommen ist, ob sein Zimmer gut und sauber ist und ob er auch genug zu essen hat. Du schmierst ihm bestimmt auch noch seine Brote für die Arbeit, stimmt`s?"

Inge begann zu weinen. „Ich habe doch sonst niemanden."

„Ach Inge, bitte weine doch nicht. Nur weil Du niemanden hast, darf Johannes auch niemanden haben?
Kannst Du nicht auch etwas allein machen? Gehe zur Rheumaliga oder zum Seniorennachmittag, oder suche Dir doch jemanden, wo Du sonntags Deinen Kaffee trinken kannst!"

„Du hast gut reden, Du bist ja auch nicht immer allein! Du hast noch Deinen Paul."

„Paul. Pah, der geht doch auch seinen eigenen Weg. Er geht zum Angeln und Skatspielen, alles ohne mich. Ich gehe doch auch allein hin und wieder fort.
Letztes Jahr war ich sogar ganz allein in Paris mit einer Reisegesellschaft. So etwas solltest Du auch machen."

„Ich? Allein verreisen?"

„Ja, warum denn nicht? Und zwar ohne Johannes! Dann machst Du einfach einmal, was Du willst, ohne Dich um jemanden kümmern zu müssen. Was Du eh nicht *musst*!"

Sie blickte in Inges ungläubiges Gesicht, meinte aber, ein gewisses Interesse darin zu lesen, deshalb blieb sie beim Thema.

„Es gibt extra Reisen für ältere Herrschaften oder Singles. Dort gibt es eine wirklich gute Betreuung. Du brauchst Dich um nichts zu kümmern und wirst wirklich sehr viel erleben. Glaubst Du denn, Dein Mann hätte gewollt, dass Du Dich in Deinem Haus verkriechst? Kaufe Dir doch eine Katze oder einen Hund, dann bist Du auch beschäftigt."

„Resi, was würden denn die Leute denken. Sie würden denken, die Olle kommt in ihren alten Tagen noch auf dumme Ideen."

„Du spinnst komplett. Die Leute! Hast Du keine anderen Sorgen? Die würden denken, `super Omi´! Mensch Inge, genieße das Leben in vollen Zügen! Es ist doch so kurz. Wenn Du krank und gebrechlich wirst, dann ist es zu spät! Du siehst es doch gerade bei Paul, wie schnell so etwas gehen kann!"

Inge hatte sich etwas beruhigt. „Weißt Du was, so schlecht ist die Idee vielleicht gar nicht, wenn Paul wieder gesund ist, ziehe ich das einmal in Erwägung."

„Was hat denn Paul jetzt damit zu tun? Der kommt in ein paar Tagen hier ins Krankenhaus und in ein- oder zwei Wochen ist er wieder daheim.
Es ist wirklich schön, wenn Du hier bist, aber Du brauchst doch deshalb nichts in den Hintergrund zu stellen."

Inge zuckte nur die Schultern.

„Nun komm schon. Sei doch ehrlich zu Dir selbst. Jetzt ist Johannes mindestens zwei oder sogar drei Wochen nicht da, da könntest Du schon eine Woche für Dich herausholen.
Er würde bestimmt sehr erfreut sein, wenn Du ihm dann erzählst, dass Du während seiner Abwesenheit die Zeit genutzt hast, um Dir selbst etwas Gutes zu tun."

Resi war schon immer eine Frau der Tat gewesen. Bevor andere nur an etwas dachten, hatte sie es bereits erledigt.
Inge hingegen plante und plante und kam vor lauter Planung zu nichts, sondern verfiel immer wieder in ihren alten Trott.

„Aber das kostet doch alles wahnsinnig viel Geld!" Inge suchte weiter nach einer Ausrede.

„Ja, das tut es! Du hast doch eine gute Rente und musst bestimmt nicht jeden Cent umdrehen, oder?"

„Nein, ich habe auch gespart, damit Johannes...", sie biss sich auf die Zunge.

„Inge, Inge, Du bist eben eine unverbesserliche Übermutter. Gespart...für Johannes... Wenn ich das schon höre! Ich bin sicher, für Dich ist davon auch etwas übrig!

Komm, ziehe Deine Jacke an, wir fahren in die Stadt und gehen in ein Reisebüro. Wir lassen uns unverbindlich beraten und dann sehen wir weiter.
Ich muss jetzt auch zwischendurch wieder raus, ich habe zu viel Krankenhausluft geatmet. Ich bin froh, dass wir heute ausnahmsweise nicht nach Lahr gefahren sind, Paul selbst hatte es ja vorgeschlagen."

Inge gehorchte und insgeheim stimmte sie Resi zu. Ein wenig Euphorie machte sich breit, obwohl sie genau wusste, sie würde in diesem Leben niemals allein verreisen, aber träumen davon, was sie hätte tun können, das wollte sie gern.

Während in Hilkershausen das SEK die letzten Vorbereitungen traf, um das Anwesen in der Oberen Wallstraße Nummer neun zu stürmen, nahmen Resi und Inge die Stadtbahn und stiegen an der Königstraße aus.

Wie immer waren hier für Inges Geschmack viel zu viele Menschen unterwegs, Sie fragte sich deshalb, ob diese Leute denn alle nicht zur Arbeit müssten.
Sie schlenderten an den Kaufhäusern vorbei, blieben hin und wieder stehen und bestaunten die Auslagen.

„Dort ist es, dort gehe ich auch immer hin!" Resi zeigte auf das Reisebüro.

Inge hatte gehofft, darum herumzukommen. Sie dachte, Resi hätte es nur so leichtfertig daher geschwätzt. So, wie es ihre Art ist. Obwohl, das stimmte nicht so ganz, Resi klopfte keine leeren Phrasen.
Wenn sie sich etwas in den Kopf gesetzt hatte, verfolgte sie ihr Ziel und räumte alle Widerstände aus dem Weg.

„Ich weiß nicht, ich weiß ja gar nicht, wohin. Ich weiß auch nicht, ob ich wirklich verreisen will, so ganz allein. Vielleicht sollte ich mit dem Zug zum Chiemsee…"

„Chiemsee? Inge! Da warst Du doch früher immer, was soll denn das. Du sollst etwas erleben!"

„Und wenn ich gar nichts erleben will? Was, wenn ich ganz zufrieden bin?"

„Bist Du das? Oder bist Du nur zu engstirnig?"

Inge seufzte. Es stimmte, was Resi sagte. Inge hatte nach dem Tod Ihres Mannes den Lebensmut verloren und damit auch an Lebensqualität eingebüßt.

Anfänglich gefiel ihr sogar die Rolle der trauernden Witwe, später kam sie aus dieser sich selbst auferlegten Rolle gar nicht mehr heraus. Und ehe sie sich versah, wurde sie älter und älter, wobei ihr Leben immer eintöniger wurde. Jetzt war sie fast siebzig, und die Zeit lief ihr

davon. Ihr Tagesablauf bestand darin, die Wohnung zu putzen, den Haushalt zu führen, für Johannes zu kochen und auf ihn zu warten. Das war`s, mehr passierte nicht. Die einzige Abwechslung waren die Wege zum Supermarkt oder der Plausch mit der Postbotin.
Das Haus hatte keinen Garten, deshalb fiel jede Art von Gartenarbeit auch nicht an.

Ihr eintöniges Leben war in der Tat nicht sehr spannend. Sie hatte es so ausgerichtet, dass sie allzeit bereit sich um Johannes kümmern konnte. Johannes morgens, mittags, abends. Immer war sie in Sorge um ihn, dass ihm bloß nichts geschah. Schließlich war er meistens mit dem Auto unterwegs, und heutzutage passierte so schrecklich viel auf den Straßen.

Sie malte sich jeden Tag die schrecklichsten Bilder aus, eben weil sie nichts anderes zu tun hatte.

„Ich weiß nicht, das geht alles so schnell", unsicher blieb Inge stehen.

„Schnell? Du wirst sehen, wenn Du erst unterwegs bist, wirst Du es bereuen, nicht schon eher auf diese Idee gekommen zu sein."
Resi hakte sich unter und zerrte Inge in das Reisebüro.

Eine nette junge Dame bat die beiden, doch Platz zu nehmen.

„Was kann ich denn für Sie tun?", lächelte sie freundlich.

Inge sagte nichts. Das war auch nicht notwendig, denn Resi erklärte der Dame gegenüber bereits ausführlich, was Inge eigentlich wollte oder noch gar nicht wusste, dass sie es wollte.

„Es gibt um diese Jahreszeit wunderschöne Angebote gerade für die älteren Herrschaften. Besonders beliebt sind die Gruppenreisen auf die Kanaren oder Balearen. Ich habe hier zwei Anbieter, die sich auf diese Klientel spezialisiert haben. Wenn ich Ihnen das zeigen darf?"

„Heißt das, ich soll fliegen?" Inge schluckte.

„Haben Sie Angst vor dem Fliegen, oder sind Sie noch nie mit dem Flugzeug verreist?"

„Nein, ja, nein, nein. Ich habe keine Angst vor dem Fliegen, mein verstorbener Mann war begeisterter Segelflieger, ich war mit ihm ein paarmal in der Luft, aber mit einem großen Flugzeug war ich noch nie fort.
Ich weiß nicht! Ich kenne mich doch an den Flughäfen gar nicht aus." Inge rutschte nervös auf ihrem Stuhl hin und her, verlegen, unschlüssig und neugierig.

„Frau Berger, das ist auch nicht notwendig. Sie werden von der ersten Minute an betreut. Sie müssen einzig und allein nur den Treffpunkt am Flughafen in Stuttgart finden, alles andere macht die Reisebegleitung für Sie."

Resi und Inge bekamen einige Prospekte vorgelegt, große Hotels mit Swimmingpool, mit Meerblick in großen oder kleineren Orten. Sie konnten sich nicht entscheiden. Die vielen bunten Bilder der schönen Landschaften überforderten sie.

„Die Kanaren sind im Verhältnis zu den Balearen etwas teurer und die Flugzeit ist beinahe doppelt so lang."
Die beiden bekamen Hilfestellung und Entscheidungshilfe.

„Auf Mallorca zum Beispiel, ist das Publikum jetzt im März hauptsächlich im gesetzteren Alter, das Klima sehr gut verträglich und der Norden und der Nordosten sind wirklich einmalig schön. Soll ich Ihnen ein konkretes Angebot suchen, damit Sie eine Vorstellung haben?"
Resi und Inge nickten erleichtert. Die freundliche Verkäuferin machte sich an ihrem Computer zu schaffen.

Das Reisebüro war gut besucht, an zwei Tischen ließen sich ebenfalls Kunden beraten, ein weiterer Kunde blätterte offenbar höchst interessiert in diversen Prospekten. Dieser Mann war in Hörweite, was Inge zunächst ein wenig störte. Der Herr war aber offensichtlich tief in den Prospekten versunken, so dass es den Anschein machte, er habe um sich herum alles vergessen.

„Da haben wir zwei wirklich tolle Angebote für Sie, allerdings *last minute*, Abflug wäre bereits am kommenden Sonntag.
Bitte schauen Sie, in beiden Hotels haben Sie eine rundum Verpflegung, zudem habe ich das Ausflugspaket hinzu gebucht, Flug, Transfer, Einzelzimmer mit Balkon, Reisebegleitung, jeweils zu einem Sonderpreis von sechshundertneunundvierzig Euro. Ein wirklich einmaliges Angebot. Sie können auch ein Doppelzimmer wählen, das wäre preisgünstiger, allerdings müssen Sie dieses dann mit einer Mitreisenden Dame Ihrer Gruppe teilen."

„Nein, das möchte ich sicher nicht. Das Doppelzimmer, meine ich."

„Was ist mit Rundumverpflegung gemeint?", wollte Resi wissen, obwohl sie das schon längst ahnte.

„Das bedeutet, alle Leistungen, wie zum Beispiel Mahlzeiten und Getränke während der gebuchten Mahlzeiten und auch diverse Getränke tagsüber, sind bereits in dem Reisepreis inkludiert, also alles inklusive.
Und während der Ausflüge gibt es ein Lunchpaket für unterwegs.
Am Anreise- und Abreisetag finden natürlich keine Ausflüge statt und zwei Tage stehen Ihnen komplett zur freien Verfügung. Es gibt drei Halbtagsausflüge und einen Ganztagsausflug einschließlich der Besichtigung der Hauptstadt Palma."

„Inge, was sagst Du, das hört sich doch fantastisch an!"

„Jetzt am Sonntag schon? Wie soll ich denn das alles schaffen?"

Wieder versuchte Inge Ausreden zu finden.

„Was zum Herrgott musst Du denn schaffen? Deine sieben Sachen packen wird nicht länger als eine Stunde dauern. Also was?"

„Wer gießt denn die Blumen und holt die Post ins Haus, und die Zeitung, und... ach Resi, das alles ist doch nicht durchdacht."

„Na, eine Woche werden die Blumen es bestimmt aushalten und so viel Post bekommst Du auch nicht, der Briefkasten wird schon nicht aus allen Nähten platzen. Aber wenn Du willst, schaue ich danach."

Inge schloss die Augen. Dem Unbehagen wich die Vorfreude. Sie hatte sich seit dem Tod ihres Mannes nichts wirklich gegönnt.
Und Johannes ist in den nächsten Wochen auch versorgt. Sie würde eh nur daheim herumsitzen und gedankenvoll und sorgenvoll in den Tag hineinleben. Aber würde sie wirklich diesen Mut aufbringen, das zu tun? Allein zu verreisen?

„Oh – mein – Gott! Ich und nach Mallorca. Und ich bin sicher nie auf mich allein gestellt?"

„Nein, seien Sie ganz beruhigt. Die Reiseleitung ist stets für Sie da. Und wenn Ihnen einmal nicht nach Ausflug zumute ist, dürfen Sie selbstverständlich gerne im Hotel bleiben, alles ist ungezwungen und unverbindlich.
Ich bin sicher, Sie werden sehr schnell Anschluss an die mitreisenden Damen und Herren bekommen, es sind sehr viele Alleinreisende in dieser Gruppe."

„Wieviele Personen sind denn dabei?", wollte Resi wissen.

„So wie ich es hier erkennen kann, sind es, wenn Sie mitreisen, bisher vierzehn Personen. Die maximale Gruppengröße ist auf achtzehn Personen beschränkt.

Das garantiert jedem Gast eine individuelle persönliche Betreuung durch die Reiseleitung."

„Ach, ich bin jetzt einfach unvernünftig und fliege!" Inge gab sich einen Ruck, und mit einem Male fühlte sie sich sehr gut und befreit von ihren Alltagszwängen.
Sie fragte sich: „War ich das? Habe ich das gerade wirklich gesagt?"

Der Deal war perfekt, Inge bekam noch eine Liste mit den Dingen ausgehändigt, die sie für die Reise benötigte, zahlte mit ihrer Kreditkarte und erhielt an Ort und Stelle bereits die ausgedruckten Reiseformulare.

Der Herr, der die Prospekte durchgeblättert hatte, wollte wohl nicht länger warten und verließ das Reisebüro. Er brummte etwas von „Ich komme später nochmals".

„Inge, ich freue mich so sehr für Dich. Komm, ich lade Dich zum Kaffee ein."

Obwohl Inge es noch immer nicht fassen konnte, sich auf dieses Abenteuer eingelassen zu haben, freute sie sich nicht nur auf die Reise, sondern auch darauf, Johannes alles hierüber bei seiner Rückkehr erzählen zu können.

Vielleicht könnten sie beim nächsten Mal gemeinsam dorthin fliegen. Sie würde sich dann dort schon auskennen und könnte ihm alles zeigen.

Würde sie sich sonnen können? Dann würde ihm sicherlich gleich schon bei der Begrüßung die Sprache wegbleiben, wenn sie braungebrannt vor ihm stünde!

44.
Mit Entsetzen nahmen die Bewohner Hilkershausens die Nachricht vom schrecklichen und grausamen Tod des freundlichen Ablesers Berger zur Kenntnis.

Plötzlich kannte ihn selbstverständlich jeder.
Jeder, der sich in irgendeiner Form an dem Klatsch beteiligte, hatte schon mindestens einmal mit ihm gesprochen. So ein netter Mann und so ein grauenhaftes Schicksal.

Manche behaupteten sogar, seine Frau und seine Kinder zu kennen, andere hatten ihn erst kürzlich ganz zufällig in der Stuttgarter Innenstadt getroffen.
Immer habe er so freundlich gegrüßt und ein nettes Wort für jeden gehabt.

Beim Bäcker hätte er regelmäßig Brötchen gekauft.
Der Metzger rühmt sich damit, ihm zu den Einkäufen die eine oder andere Kleinigkeit umsonst eingepackt zu haben, weil er regelmäßig dort sein Mittagsvesper gekauft habe, im Lebensmittelladen hätte er noch kurz vor seinem Tode Milch und Eier eingekauft.

Aus Johannes Berger wurde Heinz Berger, Franz Berger, Günther Berger, Bruno Berger, Manfred Berger, oder wie war noch gleich der Vorname?
Er kam aus Stuttgart, Böblingen, Calw oder sogar aus Freudenstadt.
Er fuhr einen BMW, einen Ford oder war es ein Opel, nein etwas Japanisches, einen grauen, blauen oder grünen Wagen?

Hermine war der Star des beschaulichen Örtchens. Wo immer sie hinkam, sprach man sie unaufgefordert an.
Immer wieder kamen neue vermeintliche Tatsachen ans Licht, jede schrecklicher als die zuvor.

Auch über die Todesart wurde natürlich spekuliert.

Mal wurde Herr Berger erschossen, ach nein, den Schuss hätte man sicherlich gehört. Natürlich gab es Schalldämpfer, ja klar, aber näher würde wohl liegen, man habe ihn erstochen.
Ein Schlag auf den Kopf, erwürgt, jede Todesart wurde ausgelebt und wurde plausibler, je länger die Leute darüber sprachen.

Man erinnerte sich sogar, wie die Leiche von den Beamten des SEK aus dem Haus getragen wurde, nachdem man sie verscharrt im Garten des Anwesens gefunden hatte.

Das Gerücht vom Tode des Ablesers erreichte auch die Spitzel aus Zwickau, die sich hin und wieder in der Gegend um und in Hilkershausen aufhielten.
Sie wussten es besser, sagten aber nichts, beteiligten sich am Geschwätz, immer in der Hoffnung, etwas mehr zu erfahren.

Doch auch sie drehten sich im Kreis. Niemand hatte überhaupt nur annähernd eine Ahnung, was wirklich aus dem Ableser geworden war. Nur die Delegation aus Zwickau wusste, dass alles nur nichtssagendes Geschwätz war, was in Hilkershausen verbreitet wurde! Auf der anderen Seite war an jedem Gerücht etwas dran. Vielleicht war dieser Berger tatsächlich tot, vielleicht durch einen Unfall?

Fragen auf den Gemeindeämtern hatten nichts ergeben. So viel stand jedenfalls fest, aus Hilkershausen war der Ableser jedenfalls nicht.

So konnte wenigstens ein Ort auf dieser Welt ausgeschlossen werden. Schwäbisch habe er auch gesprochen, wenn man dann zumindest diesem Gerücht Glauben schenken durfte. Das würde zumindest zunächst die Suche auf nur ein Bundesland konzentrieren, vielleicht auch auf eine bestimmte Region.

„Wir müssen uns an seine Kollegen halten. Wir müssen uns bei der Firma einschleichen, auch als Ableser. Vielleicht erfahren wir dann mehr."

Die Idee der zierlichen Brünetten fand allgemeine Zustimmung. So wurde sie auserwählt, eine Bewerbung für eine Ablesestelle im Großraum Stuttgart abzugeben.

Im Internet hatte Catcher bereits recherchiert, welche Firmen dafür in Frage kämen.

Die Bewerbung würde unweigerlich früher oder später bei Frau Waible aufschlagen.

45.
„Johannes, Du wächst über Dich hinaus", flötete Carola, als er ihr den Stuhl an dem feierlich gedeckten Abendtisch zurechtrückte.
Ein Kellner kam und brachte Rotwein und bat die Gäste, sich am Buffet zu bedienen.

In dem Speisesaal herrschte eine angenehme Atmosphäre, auf jedem der Tische standen ein sorgfältig arrangierter Blumenschmuck und eine Kerze, die sofort angezündet wurde, sobald sich der Gast setzte. Eine weiße Tischdecke rundete das Bild ab.

Die einzelnen Tische waren weit genug auseinandergestellt, und so brauchte sich niemand an den Stühlen vorbeizuquetschen, weshalb auch private Gespräche privat blieben.

Obwohl der Speisesaal gut besucht war, war die Lautstärke angenehm gedämpft.

Johannes und Carola schlenderten zunächst am reichhaltigen Buffet mit den üppigen Speisevariationen vorbei, legten nach dieser Besichtigung die eine oder andere Köstlichkeit auf ihre Teller und genossen die Atmosphäre.
Immer bestand Johannes darauf, Carolas Teller zu ihrem Tisch zu tragen.

„Am liebsten würde ich gleich mit den Nachspeisen anfangen, wie appetitlich hier alles arrangiert ist! Ich weiß gar nicht, für was ich mich zuerst entscheiden soll", schwärmte Carola.

„So etwas habe ich noch nie gesehen", freute sich jetzt auch Johannes. „Ich habe auf diese Art und Weise noch nie Urlaub gemacht. Schade, dass der Grund hier zu sein, so furchtbar ist."

„Ach jetzt lass das doch beiseite und genieße es einfach. Wer weiß, was noch alles auf uns zukommt."

„Es tut mir so schrecklich leid, Dich mit in die Geschichte hereingezogen zu haben, Carola."

„Das braucht Dir doch nicht leid zu tun! Ich wäre ansonsten nicht hier! Meine Nasenspitze hätte jetzt keinen Sonnenbrand, ich hätte keine Pfirsich-Sahne-Torte gegessen und dieses köstliche Essen auch nicht!
Im Gegenteil, Johannes! Endlich passiert etwas in meinem Leben, endlich bin ich auch einmal dabei, wovon andere immer erzählen. Sonne, Sand und Meer. Jetzt bin ich mittendrin, kann mitreden und ebenfalls davon erzählen.
Natürlich habe ich nicht vergessen, welche Umstände uns zur Flucht gezwungen haben, verstehe mich bitte nicht falsch."

Carola machte eine kleine Pause und ihre Stimme, die zuvor noch so viel mehr freudiger geklungen hatte, veränderte sich und ein Hauch von Enttäuschung und Traurigkeit war darin zu hören.

„Bisher wurde ich von allen nur benutzt, niemand hat sich um mich und meine Bedürfnisse geschert, für alle war ich nur praktisch, da anwesend und alleinstehend.
Alle haben gedacht, Überstunden oder unmögliche Arbeitszeiten würden mir nichts ausmachen, da daheim niemand auf mich wartet. Ich wünschte, meine Kolleginnen könnten mich jetzt hier sehen.
Ich bin sehr dankbar für dieses…, nennen wir es Abenteuer?"

„Trotzdem, Du verkennst, in welcher Gefahr wir sind."

Carola wollte sich ihre Laune keinesfalls verderben lassen und schon gar nicht wollte sie sich in eine Niedergeschlagenheit und Angst verzehren.

„Papperlapapp Gefahr! Wenn ich in Stuttgart über die Straße gehe, bin ich auch in Gefahr, weil mich jederzeit ein Auto überrollen kann.

Die größte Gefahr, die ich im Moment sehe, ist eine drastische Gewichtszunahme, wenn ich den Köstlichkeiten am Büffet nicht widerstehen kann", flachste Carola, wurde dann aber wieder ernster.

„Natürlich ist die Situation heikel, aber wir dürfen uns da nicht verrennen. Außerdem haben wir einen Bodyguard. Siehst Du ihn da hinten am Tisch? Unheimlich nicht?"

„Eher unangenehm, ständig beobachtet zu werden. Darf ich Dir noch nachschenken?

46.

Nach dem aufregenden Tag hatte Resi ihre Schwester Inge zu ihrer Wohnung gefahren, war aber nicht mit hineingekommen, sondern verabschiedete sich auf der Straße von ihr.
Resi hatte sich zu Inges Beruhigung bereit erklärt, sie am Sonntag zum Flughafen zu bringen und direkt in die Obhut der Reisegruppe zu übergeben.

Inge stand jetzt in ihrer Küche und wusste nicht so recht, womit sie nun eigentlich beginnen sollte.
Müsse sie noch durchputzen? Eigentlich blitzte alles vor Sauberkeit.

Was, wenn Johannes nun doch vorzeitig wieder erscheinen würde?

Ein Anflug von Panik machte sich breit. Sie konnte diesen Gedanken nicht abschütteln. Inge ging an die Gefriertruhe, um nachzuschauen, ob nicht einige Fertiggerichte noch vorhanden waren.
Ab und zu brachte Johannes dieses unmögliche Zeug aus dem Supermarkt mit. Jedes Mal schimpfte Inge und war pikiert, denn sie hatte den Eindruck, als schmecke Johannes das Essen nicht, welches sie so mühe- und liebevoll zubereitete.

Hin und wieder schlang er sich dieses undefinierbare Essen vor dem Fernseher rein, nicht ohne die Nörgeleien seiner Mutter über sich ergehen zu lassen.
Nun aber erschienen diese Fertiggerichte für Inge eine gute Alternative zu sein, und in der Tat war noch etwas Vorrat vorhanden.

Zu allem Überfluss stand das Essen vom Dienstag noch unberührt im Kühlschrank. Inge möchte es gar nicht, Lebensmittel fortzuwerfen. In diesem Fall blieb ihr jedoch gar nichts anderes übrig. Sie ärgerte sich. Wieso musste Johannes auch auswärts essen, wenn alles fix- und fertig bereitstand? Schmeckte es ihm wirklich nicht bei ihr?

Sei`s drum! Also gut, Johannes würde nicht verhungern, und ein Imbiss war ja auch ganz in der Nähe. Sie würde ihm einen Zettel schreiben und auf die Fertiggerichte in der Gefriertruhe und auf den Imbiss an der Straßenecke nochmals verweisen.

Eigentlich würde sie planmäßig vor Johannes wieder zu Hause sein, trotzdem wollte sie auf Nummer sicher gehen.
Ihr fielen auf Anhieb eintausend Gründe ein, weshalb Johannes morgen schon wieder zurück sein könnte.
Sie schüttelte den Kopf und sagte zu sich selbst, sie solle sich doch beruhigen und ablenken.

Dann wandte sie sich der Post zu.
Viel war es wirklich nicht. Werbung und eine Rechnung. Ein Brief ihrer Krankenkasse und eine Ansichtskarte aus Österreich. Ein befreundetes Ehepaar aus der Nachbarschaft schickte Grüße. Inge drehte die Karte hin und her.
Die würden Augen machen, wenn sie sich mit einer Karte aus Mallorca revanchieren würde!

Es hatten sich auch einige Tageszeitungen angesammelt, die sie am späteren Abend lesen würde.
Das Ereignis in Hilkershausen würde sie in der morgigen Ausgabe zwar lesen, aber keine Verbindung zu Johannes herstellen. Noch nicht!

Sie ging ins Schlafzimmer und entschloss sich, ihren Koffer zu packen. Sie legte ihre Kleidung aufs Bett, verstaute wieder einige Sachen im Schrank, um andere wieder herauszunehmen. So ging das eine ganze Weile, bis sie mit dem Ergebnis zufrieden war.

Damals hatten sie und ihr Mann sich ein sündhaft teures Kofferset zugelegt, das sich jetzt als vernünftige Investition erwies.

Andauernd schleppte damals ihr verstorbener Mann irgendwelche Dinge angeblicher Angebote oder vermeintliche Schnäppchen an, ohne wirklich eine Verwendung dafür zu haben. Die meisten Dinge wanderten dann originalverpackt in den Keller.
Doch diese Koffer waren sehr praktisch, Hartschale und Rollen mit einem Griff zum Ziehen.

Wehmütig dachte sie an ihren Mann. Was würde ihr Ernst wohl dazu sagen, wenn sie jetzt allein auf Reisen ginge?
Sie konnte nicht anders, als sich die Tränen aus den Augen zu wischen, so sehr vermisste sie ihn.
Inge hatte keine Ahnung, was er dazu sagen würde.
Und Johannes? Was würde er sagen? Er war seinem Vater so gar nicht ähnlich. Ernst war immer aktiv und durchschaubar, sagte immer, was er dachte und vertrat seine Meinung konsequent.

Johannes dagegen war eher verschlossen und zurückhaltend. Inge schüttelte erneut den Kopf, als wolle sie so ihre Gedanken aus dem Kopf abschütteln.

„Nun", sagte sie zu sich selbst, „ich habe A gesagt, jetzt muss ich auch B sagen und das Beste daraus machen!
Und…, wenn es mir sogar gefällt, werde ich zusammen mit Johannes nochmals dorthin fahren!"

Diese Idee, die ihr am Nachmittag schon einmal in den Kopf gekommen war, beruhigte ihr schlechtes Gewissen und sie machte es sich auf der Couch gemütlich, trank einen Tee und aß noch zu Abend.

Der Fernseher wurde eingeschaltet und die Zeitungen durchgeblättert.

Vielleicht würde sich Johannes nochmals melden, bevor sie sich auf die Reise machen würde, dann könnte sie ihm alles erklären. Er würde sich sicherlich mit ihr freuen.

47.
Nach einem ausgiebigen Frühstück und einer kurzen Massage bummelten Johannes und Carola durch das idyllische Städtchen, kauften hier und da einige Kleinigkeiten, eine Badehose für Johannes und auch eine Zeitung.
Carola fand eine Sonnenbrille in der Auslage eines Optikers. Die Brille kostete zwar etwas mehr als sie eigentlich ausgeben wollte, aber dafür versprach der Optiker, ihre Sehstärke anzupassen und die Brille noch bis zum Abend herzurichten.

Sie setzen sich auf eine Bank direkt gegenüber dem Meer und genossen die Morgensonne. Das Klima war sehr angenehm, sie hatten nur leichte Jacken übergezogen.

Ihr Schatten, Herr Moser, schlenderte entspannt hin und her, ohne dass irgendjemand eine Verbindung zu Johannes und Carola herstellen konnte.

Obwohl hin und wieder Carolas Fuß schmerzte, hielt sie die Spaziergänge tapfer durch und jammerte nie.

Inzwischen hatte sich eine Art Vertrautheit zwischen den beiden eingestellt, denn jeder für sich empfand trotz der bedrohlichen Situation so etwas wie Geborgenheit bei dem anderen.
Noch vor ein paar Tagen waren sie sich völlig fremd gewesen, jetzt saßen sie gemeinsam hier und lauschten der Meeresbrandung.

Während Johannes sich in Mallorca entspannte, beschloss Inge, noch ein paar Kleinigkeiten für ihre Reise einzukaufen.

Beim LKA wurden Besprechungen einberufen und Aufgaben verteilt, Ermittlungsergebnisse zusammengetragen und neue Maßnahmen umgesetzt.
Mit großer Genugtuung wurde zur Kenntnis genommen, dass Inge Berger kurzfristig verreisen würde und damit wenigstens ein paar Ta-

ge aus der Schusslinie war.

Damit erübrigte sich zumindest vorläufig die Überlegung, wie man mit diesem Problem umgehen würde. Dazu wäre noch Zeit, bis sie zurückkäme. Vielleicht hätte die Polizei dann auch bereits erste Ermittlungsergebnisse zu verzeichnen.

Das Reiseziel war jedoch nicht so optimal gewählt, da auch Inge Bergers Sohn auf dieser Insel verweilte, was anfänglich zu Unruhe und Bedenken im Team führte. Zudem waren Mutter und Sohn nur ungefähr fünfzig Kilometer voneinander entfernt.

Aber die Chance einer Begegnung von Johannes und Inge lag praktisch bei null. Sie müssten dann zur selben Zeit am selben Ort sein.
Das Team kam überein, dieses Risiko einzugehen.
Außerdem würde auch Inge Berger nicht ohne Schutz sein.

Frau Waible bekam eine Bewerbung einer jungen Frau auf den Tisch, die sich für eine Tätigkeit im Großraum Stuttgart interessierte. Leider war derzeit eine solche Stelle nicht zu besetzen, deshalb bat sie ihre Sekretärin, der Bewerberin abzusagen.

Doch aus einem Bauchgefühl heraus verständigte sie Herrn Bohn und beide diskutierten die Angelegenheit, dann waren sie sich darüber einig, die Daten vorsichtshalber an Herrn Ludwig vom LKA weiterzugeben.

Der Eingang einer Bewerbung ohne eine entsprechende Stellenausschreibung im Internet oder in der Presse, war zwar nicht so außergewöhnlich, außergewöhnlich aber war, dass sich die Ableserin für die Region interessierte, in der gerade Herr Berger ein Verbrechen aufgedeckt hatte. Zufall?

Zu dritt wurde deshalb beschlossen, der Bewerberin zunächst doch nicht abzusagen, sie aber entsprechend zu vertrösten.

Die Sekretärin bekam die geänderten Anweisungen, und Herr Ludwig machte sich über diese Person schlau.

48.
Sonntagmorgen um halb sieben klingelte pünktlich Resi bei Inge, um ihre mittlerweile völlig mit den Nerven fertige Schwester zum Flughafen zu begleiten.

Resi brauchte tatsächlich einige Minuten, um Inge wieder zu klarem Denken zu verhelfen.
Aber genau dieses Szenario hatte Resi erwartet, Inge war halt so. Alles, was ihren Tagesablauf durcheinanderbrachte, war mit Panikattacken für Inge verbunden.
Inge machte sich Probleme, wo keine waren und brauchte immer eine ganze Weile, um sich wieder zu ordnen und in den Griff zu bekommen.

„Jetzt atme ein paar Mal tief durch und dann sammle Dich wieder, Inge!"
Resi lächelte, denn sie wusste, mit ihrer Gott gegebenen Ruhe würde sie ihre Schwester wieder in die Normalität zurückholen.

„Hast Du Dein Handy dabei?" Resi hoffte, Inge habe dieses neue *Dings,* wie sie es nannte, nicht einfach in der Verpackung in ihre Nachttischschublade gelegt, weil ihr dieses neumodische Zeug nicht behagte.

Nicht nur zu der Reise hatte Resi ihre Schwester überredet, sondern auch zu dem Kauf dieses hochmodernen außerirdischen *Dings,* ohne das die Menschheit heute nicht mehr überlebensfähig ist.

Inge hatte sich geziert wie eine Jungfrau und behauptet, damit käme sie doch gar nicht klar.
Der freundliche Verkäufer in dem Telefonladen neben dem Reisebüro hatte sie jedoch vom Gegenteil überzeugt und mehrfach betont, dieses *Dings* sei absolut seniorenfreundlich und ganz einfach zu bedienen.
Letztendlich hatte der Verkäufer sie überzeugt mit dem Argument, auch im Notfall jederzeit überall erreichbar zu sein. Inge selbst könne

dadurch jederzeit ebenfalls schnelle Hilfe heranrufen, falls es sich einmal als nötig erweisen sollte.

Jedenfalls konnte Inge schon telefonieren und Fotos machen. Das hatte sie zusammen mit Resi ausprobiert.
Nun war sie gewappnet für die Reise.

Inge kramte in ihrer Handtasche und fand tatsächlich das Handy.

„Ich bin so aufgeregt! Ich bin ja allein noch nie…ich muss immer an Johannes denken. Wenn er anruft und ich melde mich nicht, dann macht er sich sicher Sorgen!"

„Inge! Johannes ist doch nicht blöd! Wenn er Dich nicht erreicht, wird er sich mit mir in Verbindung setzen. Ich werde ihm das dann alles schon verklickern. Wenn er sich meldet, gebe ich ihm Deine Handynummer. Du bist doch jetzt auch im Urlaub erreichbar und alles ist gut.
Nun komm und fange an, Dich auf Deinen Urlaub zu freuen!"

Inge nickte, schnappte sich ihren Mantel und ihre Handtasche und fand es selbstverständlich, dass Resi sich um den Koffer kümmerte.

Während der Autofahrt zum Flughafen redeten sie kaum miteinander, als Inge plötzlich einfiel, vielleicht noch im Badezimmer das Licht brennen gelassen zu haben, dass der Herd eventuell noch eingeschaltet sei und - hatte sie denn die Kaffeemaschine ausgeschaltet? Resi versprach, nochmals nach dem Rechten zu sehen, was aber Inge in keinster Weise beruhigte.

Resi war auf keinen Fall zur Umkehr zu bewegen. So beschränkte sich das Gespräch auf das Wetter und auf Paul, der auf dem Weg der Besserung sei und es kaum erwarten könne, wieder nach Hause zu kommen.

Zwischendurch kramte Inge immer wieder in ihrer Handtasche, suchte den Ausweis, die Tickets, dann wieder das Handy, danach nach einem Taschentuch, dann wieder den Ausweis, oh je, hatte sie ihr Portemonnaie? Wo war jetzt wieder das Handy?

„So, da sind wir", tönte Resi, „ich werde einen Parkplatz suchen und dann gehen wir beide gemeinsam noch einen Kaffee trinken. Wir sind noch rechtzeitig dran!"

Als sie den Terminal betraten, verlor Inge komplett die Orientierung. Unmöglich – sie würde niemals den richtigen Flieger besteigen, sicherlich würde sie ohne fremde Hilfe ansonsten in Amerika landen. Resi, die Inges Verwirrtheit bemerkte, griff ihr unter den Arm und zerrte sie die Treppe hoch in eine Café Lounge.

„So, jetzt entspanne Dich, trinke in Ruhe Deinen Kaffee und dann suchen wir ebenfalls ganz in Ruhe nach Deiner Reisegruppe. Keine Sorge, die fliegen nicht ohne Dich!"

„Wie kann man nur so gelassen sein, wie Du? Gibt es im Flugzeug auch Toiletten? Was mach ich, wenn...?"

„Inge! Schluss jetzt! Tu doch nicht so, als kämest Du vom Mond! Nein, es gibt keine Toiletten, im Flieger werden Pampas verteilt, Gebisse und Prothesen werden eingesammelt und Du bekommst etwas in den Tee, damit Du während des Fluges schläfst. Am Ziel bekommst Du alles zurück, aber pass gut auf, damit Du dann das richtige Gebiss zurückbekommest! Und die Pampas sammelt dann der Pilot persönlich wieder ein."

„Resi, Du bist unmöglich!" Endlich lächelte Inge und es hatte den Anschein, als würde sich ihre Sorge in Vorfreude auf ihren Urlaub wandeln.

„So, jetzt werden wir uns auf die Socken machen und den Infopoint im Terminal suchen. Wird ja nicht so schwer sein."

Resi hatte das Geschirr abgeräumt und hatte sich bereits wieder den Koffer geschnappt.
Der Infopoint war ausgeschildert, ohne Mühe erreichten sie pünktlich den vereinbarten Treffpunkt.

Lächelnd wurden sie von einer älteren Dame begrüßt, die sich als Marion vorstellte. „Herzlich willkommen, Sie müssen Frau Berger sein.
Ich werde Sie während dieser Reise begleiten und Ihnen mit Rat und Tat zur Seite stehen. Bitte nennen Sie mich Marion."
Inge stellte sich ebenfalls vor und auch Resi begrüßte Marion freundlich.

Nun war es Zeit für Resi zu verschwinden!
Schnell umarmte sie ihre Schwester, wünschte ihr einen erholsamen Urlaub, verlangte Inge das Versprechen ab, sich über ihr Handy direkt nach der Ankunft im Hotel zu melden. Schnell verschwand Resi in der Menschenmenge.

Ein weißhaariger Herr mit Hut und Trenchcoat kam auf Inge zu. „Gestatten, Gnädige Frau? Mein Name ist Rudolf Bohlen, ich bin einer der Mitreisenden."
Er streckte Inge die Hand hin und hob mit der linken Hand seinen Hut.

„Berger, Inge Berger, sehr erfreut." Verlegen reichte sie ihm die Hand.

„Die Freude ist ganz auf meiner Seite. Sehr angenehm. Fliegen Sie zum ersten Mal nach Mallorca?"

„Ja, ja, es ist das erste Mal."

„Um diese Jahreszeit ist es dort sehr angenehm. Wirklich. Seit ich Pensionär bin, fliege ich jedes Jahr um diese Zeit dorthin. Stets mit dieser Reisegesellschaft, Sie werden sehen, Sie sind hier gut aufgehoben."

Inge brachte nur ein leichtes Lächeln zustande, ihr wurde warm und kalt zugleich. Was würde dieser Herr wohl von ihr denken? Alleinreisend. Auf Abenteuer aus. Sie fühlte sich in Erklärungsnot.

„Ich bin Witwe, wissen Sie? Ich reise zum ersten Mal allein. Mein Sohn ist leider beruflich verhindert. Meine Schwester hat mich zu dieser Reise ermuntert."
Damit war hoffentlich ihre Seriosität wieder hergestellt.

„Sehr weise von Ihrer Schwester. Ich weiß, was Sie meinen. Ich bin ebenfalls seit Jahren verwitwet und habe das Reisen als ein hervorragendes Mittel gegen die Einsamkeit entdeckt."

Dann wandte sich Rudolf Bohlen ab, um ein Ehepaar zu begrüßen, das inzwischen ebenfalls am Infopoint angekommen war. Offensichtlich kannten sie sich.

„Viele unserer Gäste reisen regelmäßig mit uns, da begegnen sich immer mal wieder einige Gäste", erklärte Marion.
„Sie werden viele nette Leute kennenlernen, dessen bin ich mir sicher."

Nach und nach vervollständigte sich die Gruppe, die Gäste stellten sich untereinander vor. Marion erklärte den Ablauf der Reise.

Zunächst begab sich die Reisegruppe geschlossen an den Schalter, um einzuchecken, die Koffer wurden aufgegeben und die Bordkarten ausgehändigt. Inge mischte sich unter die Mitreisenden und niemand bemerkte ihre Unsicherheit.

Die Gruppe beschloss, gleich in den Sicherheitsbereich zu gehen, dort noch etwas zu bummeln oder etwas zu trinken, bevor das Flugzeug bestiegen wurde.

Inge fühlte sich überraschend wohl und schon nach kurzer Zeit plauderte sie gelassen mit den Mitreisenden.

Man tauschte sich aus und der eine oder die andere plauderte bereits aus dem Nähkästchen, erzählte mehr, als interessierte und noch bevor sich die Reisegruppe im Flugzeug niederließ, wusste zumindest jeder von jedem die elementarsten Dinge.

Herr Bohlen hätte seinen Fensterplatz selbstverständlich gerne Frau Berger überlassen, diese aber lehnte freundlich ab und wählte den Gangsitz.

Inge befürchtete nämlich, ständig zur Toilette zu müssen, sie wollte dann nicht deshalb immer Herrn Bohlen belästigen.

Obwohl ihr dieser Mann recht sympathisch war, war es ihr unangenehm, wie er ihr ständig flanierte und sie bemutterte.

Er hatte offensichtlich bei Marion dafür gesorgt, seinen Platz in dem Flugzeug direkt neben ihrem zu bekommen.

Hoffentlich war das niemand, der die Reisen für flüchtige Urlaubsbekanntschaften ausnutzte und sich an alleinstehende Damen heranmachte. Ein Heiratsschwindler vielleicht?

Ein Mann, der schon so lange Witwer war, war doch bestimmt im Laufe der Zeit sehr einsam.

Inzwischen wusste Inge von ihm, dass seine Frau vor über zehn Jahren nach langer Krankheit verstarb, fünf Jahre später reichte er seine Pensionierung ein, zog nach Leonberg in das Haus seines Sohnes und war in der Rolle eines dreifachen Großvaters durchaus glücklich.

Über fünfundvierzig Jahre war er beim Landeskriminalamt als Oberkommissar tätig, doch die Umstellung in den Ruhestand hatte er von langer Hand geplant, und so kam er erst gar nicht auf die Idee, sich zu langweilen.

Herr Bohlen machte jedenfalls einen ausgeglichenen Eindruck und war mit knapp über siebzig Jahren noch immer sehr sportlich.

Inge blieb skeptisch. Stimmte das alles, was er erzählte, oder machte sich Herr Bohlen nur wichtig? Jedenfalls hatte er ausgezeichnete Manieren, die auch die eines Heiratsschwindlers sein könnten.

Erst kürzlich hatte Inge in einer der Frauenzeitschriften einen Bericht gelesen. Danach waren alleinstehende Frauen ihres Alters, einem älteren Herrn auf den Leim gegangen, hatten ihm großzügig ihre Ersparnisse zur Verfügung gestellt. Eine Dame hatte sogar ihren Schmuck für ihn veräußert.

Der Mann hatte sich als guter Freund des jeweils verstorbenen Mannes ausgegeben, der nur nicht zu Lebzeiten des lieben Verstorbenen zu Besuch kommen konnte, da er bislang im Ausland gelebt habe.

Einer der Töchter der geschädigten Damen kam dieser Herr unseriös und unglaubwürdig vor, zumal das Sparbuch der Mutter immer magerer wurde, und so stellte die Tochter einige Recherchen an.
Sie fand heraus, dass der Mann mit falschem Namen unterwegs war und es die angegebene Adresse gar nicht gab.
Die Polizei wurde eingeschaltet und ein Skandal aufgedeckt.

Und jetzt saß neben Inge ein Herr, der genau die Voraussetzungen für einen Heiratsschwindler mitbrachte.
Inge würde vorsichtig sein. Ihre Ersparnisse bekäme dieser Herr sicher nicht! Und ihren eher spärlich vorhandenen Schmuck werde sie auch ganz sicher nicht verkaufen.

49.
„Wir sollten nach Palma fahren", schlug Carola vor. „Lass uns das für die nächsten Tage doch einplanen."

Johannes war begeistert. Er genoss inzwischen das Klima, den Service und nicht zuletzt die Anwesenheit Carolas.

„Wenn unser Wachhund es erlaubt", entgegnete er übermütig.

Jetzt saßen sie auf ihrem Balkon ihres Zimmers, sahen auf das Meer hinaus, lehnten die Füße an das Geländer und versanken beide in ein Buch.

„Ich werde morgen in ein Krankenhaus fahren und den Fuß anschauen lassen, sicher ist sicher.
Im Krankenhaus in Stuttgart sagte man mir, ich solle nochmals nach ein paar Tagen vorbeikommen, die paar Tage sind aber schon lange um. Und außerdem bin ich bekanntlich im Ausland und kann dort gar nicht hin.
Aber das Krankenhaus hier soll auch ganz prima sein, ich habe mich an der Rezeption nach der Adresse erkundigt.
Also wenn Du nichts zu tun hast, darfst Du mich gerne begleiten. Ich revanchiere mich dann auch mit einem Essen am Strand."

„Überredet, aber nur wenn wir zum *Castello* gehen, dort ist ja eine herrliche Terrasse mit Meerblick. Erinnerst Du Dich? Wir waren dort schon einmal Eis essen."

„Gut, dann machen wir morgen einen Besuch im Krankenhaus, essen anschließend im *Castello* und planen Palma fest für die nächste Woche ein. Juhu, shoppen ist angesagt!"

Johannes war amüsiert. „Na, wenigstens Schuhläden bleiben mir erspart! Ich glaube nicht, dass Du auf Mallorca Einzelschuhe für den rechten Fuß kaufen kannst."

Abends nach dem Abendessen saßen Johannes und Carola gerne in der Hotelbar, um der täglich wechselnden Band zu lauschen, Cocktails zu schlürfen und den tanzenden Gästen zuzuschauen.

Mehr als einmal bedauerte Carola, einen Gipsfuß zu haben, denn sie sei eine leidenschaftliche Tänzerin.

Johannes gestand, kein guter Tänzer zu sein und erklärte Carola, so habe der Gipsfuß wenigstens die eine gute Eigenschaft, um ihn vom Tanzen erfolgreich abzuhalten.

Gestern hatten sie am Strand den Sonnenuntergang beobachtet. Carola hatte Wein und Gläser und sogar eine Kerze mitgenommen. Carola hatte einen Sinn für Romantik. Johannes konnte nicht leugnen, wie sehr ihm das gefiel.

Gegen 22.30 Uhr gingen sie regelmäßig zu Bett, jeder in seines, ohne die geringste Anspielung oder ein plumpes „zu Dir oder zu mir".

Friedrich Moser hingegen blieb immer noch eine Weile an der Bar, beobachtete andere Urlauber und flirtete hin und wieder mit den hübschen Bedienungen.

Friedrich war Mitte vierzig, trug mit Vorliebe enge ausgewaschene Jeans. Sein dichtes dunkles Haar war bereits leicht mit grauen Strähnen durchzogen, was ihn auf eine Art attraktiv machte.

Inzwischen hatte auch die Sonne Spuren auf seiner Haut hinterlassen. Die Bräune wurde durch sein schneeweißes offenes Hemd noch verstärkt, eine goldene Halskette glänzte um seinen Hals.

Urlauber, die ihn sahen, gingen ganz automatisch davon aus, Friedrich Moser wäre nur aus einem Grund nach Mallorca gekommen, nämlich, um mit Frauen anzubandeln und deren Herzen zu brechen.

Friedrich Moser hatte bislang nichts Auffälliges bemerkt und den Ausflug nach Palma deshalb genehmigt. Er selbst würde – wie immer – im gebührenden Abstand mit einem anderen PKW hinterherfahren.

Friedrich Moser war noch Single und das aus Überzeugung. Er fand, Polizeiarbeit und Ehefrau passten einfach nicht zusammen, und so bemerkte er nicht, wie er langsam vereinsamte.
Allerdings konnte er sich auch keinen reinen Schreibtischjob vorstellen, nur für den Preis einer Familie.

Ein derartiger Auftrag hier in Mallorca kam ihm deshalb mehr als gelegen, denn wer anders als ein alleinstehender Polizist würde die Aufgabe besser meistern, ohne eine wartende Ehefrau zu Hause oder Kinder, die ständig nach ihrem Vater fragten.
Es kam auch schon öfter vor, dass er mehr trank, als es ihm guttat, aber hier in Mallorca war er im Dienst und kontrollierte seinen Alkoholkonsum genau.

Einmal täglich meldete er sich bei Herrn Ludwig und nahm entsprechende Anweisungen entgegen, oder wurde von diesem auf den neuesten Stand der Ermittlungen gebracht.
Auch der Klatsch aus Hilkershausen kam ihm zu Ohren.

Eine Spur hatte sich ergeben, denn bei Frau Waible war eine Bewerbung eingegangen.
Nur aus einem ungute Gefühl heraus hatte sie diese Daten an die Polizei weitergemeldet, ein Ermittlungsergebnis, gleich welcher Art, gab es jedoch noch nicht.
Frau Waible war es komisch vorgekommen, in ihrem großen Gebiet ohne eine entsprechende Stellenausschreibung, meldete sich eine Bewerberin und ausgerechnet da, wo eigentlich Herr Berger tätig war.

In Abstimmung mit ihrem Auftraggeber hatte sie vereinbart, momentan Ablesungen in diesem Gebiet nicht durch einen Außendienst durchführen zu lassen, sondern die Kunden mit entsprechenden Karten zur Selbstablesung zu animieren.

Frau Waible war darüber sehr froh, denn Herr Bohn hatte sehr verständnisvoll auf diese prekäre Situation reagierte.

Die Bedienung brachte Herrn Moser noch einen Cognac, als er aus den Augenwinkeln sah, wie Herr Berger ziemlich ziellos wieder durch die Halle lief.

Johannes konnte nicht schlafen und war aus diesem Grunde nochmals in der Hotelanlage unterwegs in der Hoffnung, noch im Foyer eine Zeitung aufzutreiben. Die fand er im Foyer und fragte höflich an der Rezeption, ob er die Lektüre mitnehmen dürfe auf sein Zimmer mit dem festen Versprechen natürlich, morgen früh diese zurückzubringen.

Der Herr an der Rezeption machte eine Handbewegung, die Johannes erst nicht zu deuten vermochte, nachdem er aber angelächelt wurde, war für ihn der Deal perfekt. Langsam schlurfte er mit der Zeitschrift wieder davon in Richtung Aufzug.

„Komischer Vogel", dachte Friedrich Moser, „die Frau an seiner Seite tut alles, um ihn rumzukriegen, und er merkt nichts oder will nichts merken. Schade eigentlich, die beiden haben sich offenbar gesucht und gefunden!"
Moser lächelte seinen Cognac an, um ihn dann mit einem Zug herunterzuspülen.

50.
Die Landung in Palma war sanft, die Passagiere machten sich zum Ausstieg bereit, und als Inge sich von der Boardcrew verabschiedete, schlug ihr angenehm warme Frühlingsluft entgegen. Der Kapitän hatte klares und sonniges Wetter angekündigt.

„Kommen Sie Frau Berger, wir müssen in den Bus und dann zum Schalter unser Gepäck entgegennehmen. Gestatten Sie, dass ich Ihnen beim Einstieg helfe?"

Der Bus war bereits ausgesprochen voll, alle Sitzplätze waren beschlagnahmt und Inge zögerte kurz, als Herr Bohlen die Hand nach ihr ausstreckte.

Zuerst wollte Inge protestieren. Sie war schließlich keine alte Schachtel, die keinen Fuß mehr vor den anderen setzen konnte, aber sie wollte nicht unhöflich sein und ließ sich deshalb von Herrn Bohlen sanft in den Bus ziehen.

An der Gepäckausgabe brauchte Inge nicht lange auf ihr Gepäck zu warten. Als ziemlich einer der ersten Koffer polterte dieser über das Gebäckband. Als sie sich ihren Koffer greifen wollte, drängte Herr Bohlen sie leicht zur Seite und erledigte auch das für sie.
Nach und nach hatten alle Mitreisenden ihr Gepäck erhalten. Marion führte ihre Gruppe über das Terrain in den bereitgestellten Transferbus.

Auch hier leistete Herr Bohlen Inge Gesellschaft, dieses Mal aber nahm sie gerne den Fensterplatz an.
Der Transfer würde zirka neunzig Minuten dauern, hatte Marion angekündigt, da bot es sich sicherlich an, zum Zeitvertreib aus dem Fenster zu schauen.

Sie blätterte in dem Hotelprospekt des Hotels *Sabrina* in Cala Millor. *Lage Zentral und doch ruhig, direkt an der Strandpromenade. Ein-*

kaufs- und Unterhaltungsmöglichkeiten in der näheren Umgebung. Ausstattung: Das Hotel verfügt über zweihundertundsechs Zimmer auf sieben Etagen.

„Klingt gut, nicht wahr?" Herr Bohlen hatte unbemerkt mitgelesen.

„Ja sehr. Ich bin ja so gespannt!", freute sich Inge.

„Ich selbst war bisher immer in Palma, aber ich habe mir dieses Mal den Norden genauer anschauen wollen. Wissen Sie, Leonberg ist auch nicht gerade klein und dann im Urlaub wieder in eine große Stadt... muss nicht immer sein, wenn Sie verstehen?"

Inge nickte.

Marion erklärte während der Fahrt zum Hotel die Besonderheiten der Gegend. Die Reisegruppe zeigte Interesse. Dafür war Marion dankbar.

Es gab Gruppen, die interessierten sich für nichts, egal was sie dann auch sagte, wurde mit leeren, ausdruckslosen Gesichtern zur Kenntnis genommen. Wenn sie einen Witz platzierte, verzog niemand eine Miene. Ausdruckslose Gesichter starrten sie nur schweigend an.
Untereinander redeten die Reisenden auch nicht, jedes Paar blieb unter sich, weshalb sich auch niemand getraute, Fragen zu stellen.
Diese Gruppen hasste sie.
Wenn sie keinen Draht zur Reisegruppe fand, war ihre Arbeit alles andere als ein Vergnügen. Im Gegenteil, diese Menschen nörgelten dann, nichts war ihnen recht zu machen, es hagelte Beschwerden ohne Ende.
Bei dieser Reisegruppe hingegen war das anders. Das hatte sie bereits am Flughafen Stuttgart gespürt, und Marion freute sich sehr darüber.

Nach dem Check-in im Hotel würden sie gemeinsam zu Mittag essen und den Nachmittag zum Ausruhen und Erkunden des Hotels nutzen.

Abends würde sich die Gruppe dann wieder zusammen einfinden und dann wahlweise dem Animationsprogramm des Hotels beiwohnen. Oder aber die Reisenden möchten lieber ein paar Schritte in den Ort laufen? Inge wollte sich noch nicht entscheiden.

Die Auffahrt zum Hotel war parkähnlich und großzügig angelegt, sehr gepflegt und versprach dem ankommenden Gast ein gehobenes Ambiente. Gepflegte Rasenflächen, Palmen sowie eine große Blumenvielfalt luden sicher zu gelegentlichen entspannten Spaziergängen ein.

Inge bemerkte zwei Gärtner, die fleißig bemüht waren, die Schönheit der Anlage für die Gäste zu erhalten.

Der Bus hielt direkt vor dem Eingang und eilig kamen Pagen, um die Koffer aus dem Bus in große goldene Wägen zu packen, um sie dann schleunigst in die Halle zu bringen.

Inge stieg als einer der letzten Gäste aus dem Bus, sie betrachtete ehrfürchtig das Hotelgebäude.

Das weiße Gebäude erstrahlte einladend in der Sonne. Bereits das Foyer übertraf Inges Erwartungen. Völlig überwältigt blieb sie mitten in der Halle stehen und meinte, gleich aus einem Traum zu erwachen.

Herr Bohlen, der ihr Staunen wohl bemerkt haben musste, schob sie sanft weiter in Richtung der Rezeption, wo bereits ein netter Kellner mit Erfrischungsgetränken die ankommenden Gäste begrüßte.

Marion schlug vor, die Gruppe möge sich in die weiche Sesselgruppe der Lounge niederlassen, ihren Drink genießen, während sie sich um alle Formalitäten kümmern würde.

Inge nippte an ihrem erfrischenden, alkoholfreien Drink. Unwillkürlich musste sie an Johannes denken. Wenn der wüsste, wo sie jetzt wäre, und stellte dann entsetzt fest, dass sie, seit sie heute Vormittag abgeflogen war, noch gar keinen Gedanken an ihn verwendet hatte. Beinahe beschämt drehte sie ihren Cocktail in den Händen.

Inge wurde aus ihren Gedanken gerissen. Marion verteilte Formulare, die jeder Gast bitte ausfüllen müsse, dazu würde dann der Pass benötigt. Anschließend wurden die Zimmerschlüssel verteilt. Die Gruppe bekam Zimmer im zweiten Stock, Marion hatte darum gebeten, nicht in den oberen Stockwerken untergebracht zu werden.

„Zimmer zweihundertzweiundzwanzig, na, wenn das kein gutes Omen ist! Leicht zu merken, Frau Berger, das wissen Sie auch noch nach dem zweiten Eimer Sangria!", merkte Herr Bohlen euphorisch an.

Eine Mitreisende vom Kaiserstuhl, die nicht müde wurde, von ihrem Hof und ihren Kindern zu erzählen, war zusammen mit einer Dame aus der Reisegruppe im Nachbarzimmer untergebracht.
Einmal mehr war Inge über ihre Entscheidung froh und dankbar, unbedingt ein Einzelzimmer gebucht zu haben, auch wenn das einen deftigen Aufschlag bedeutet hatte.

„Da wäre der Urlaub schon zu Ende gewesen, bevor er begonnen hätte", schoss es ihr in den Kopf.

Zudem möchte Inge es gar nicht, mit wildfremden Leuten in einem Zimmer zu schlafen.
Als sie einmal im Krankenhaus war und das Zimmer mit zwei weiteren Patientinnen teilen musste, war dies für sie viel schlimmer als die Krankheit, die sie damals zu dem Krankenhausaufenthalt zwang.
Sie liebte Gesellschaft, dennoch war ihr ihre Privatsphäre sehr wichtig.

„Das Gepäck wird inzwischen auf Ihre Zimmer gebracht, während wir jetzt zuerst zum Mittagessen gehen. Bitte folgen Sie mir in den Speisesaal, dort ist bereits für uns reserviert."

Marion kam gerade zur rechten Zeit, denn die Dame vom Kaiserstuhl war schon wieder voll in ihrem Element. Auch Herr Bohlen hatte sich höflich, aber bestimmt in den Hintergrund gedrängt.

Inge nahm wie selbstverständlich neben Herrn Bohlen Platz, bestellte einen Rotwein und Mineralwasser und war dankbar, dass Herr Bohlen anbot, sie zum Buffet zu begleiten, auch wenn sie noch immer den Verdacht hegte, Herr Bohlen sei ein Mann, der unschuldigen Witwen ans Sparbuch wollte.

Völlig ohne Eile und in Ruhe traf sie ihre Wahl, fand Teller und Besteck und entdeckte die einzelnen Buffetkategorien, Vorspeisen, Käse, Salate, Hauptgerichte, Zwischengänge, Dessert, auch die Kaffeemaschine.

Sie ließ es sich so richtig schmecken und genoss das Essen, wie schon lange nicht mehr. Zum Dessert gönnte sie sich noch einen Kaffee. Sie fühlte sich rundum zufrieden, bis dann wieder der Gedanke an Johannes aufkam.
Sie hatte ein schlechtes Gewissen, weil sie so gut gegessen hatte und vermutlich ihr Johannes nichts Vernünftiges bekam. Sie versuchte sich abzulenken, was ihr nur mäßig gelang.

„Was auch immer Sie heute Nachmittag machen werden, ich schlage vor, wir treffen uns alle um 18.30 Uhr in der Eingangshalle, werden dann gemeinsam zu Abend essen und entscheiden dann, wie wir den Abend ausklingen lassen", Marion riet den Gästen, sich auszuruhen.

Inge schlenderte in Begleitung ihrer Gruppe aus dem Speisesaal, betrat den Aufzug, fuhr in den zweiten Stock und fand ihr Zimmer auf Anhieb. Flüchtig wünschte man sich gegenseitig ein „bis später".

Erleichtert, wieder allein zu sein, um jetzt zuerst einmal durchzuatmen, schloss Inge die Tür hinter sich, nachdem ihr Marion die Funktion der Schlüsselkarte erklärt hatte.

Sie staunte nicht schlecht über das wunderschöne Zimmer und über den herrlichen Ausblick. In der Tat lag ihr Koffer bereits auf der Ablage, deshalb beschloss Inge, diesen als erstes auszupacken, ihre Kleidung ordentlich in den großzügigen Schrank zu verstauen und dann eine Dusche zu nehmen.
Duschen am helllichten Tag, wann hatte sie das schon mal getan? Hatte sie das überhaupt schon einmal?

Danach, irgendwann, würde sie auch Resi anrufen. Bei dem Gedanken an Resi musste sie in sich hineinschmunzeln. Wie sehr wusste doch ihre Zwillingsschwester, was ihr guttat!

Sie entdeckte den Wasserkocher und die dazugehörigen Utensilien, einschließlich Tee und Kaffee und freute sich, sich Tee und Kaffee auf dem Zimmer zubereiten zu können.
Noch bevor sie die warme Dusche genoss, brühte sie sich einen Kaffee auf.

Inge duschte ausgiebig. Das warme Wasser massierte ihre Haut.
Sie wickelte sich ein Handtuch um den Kopf, trocknete sich ab und cremte sich ein. Ganz langsam, ohne Eile.

Im Bademantel gehüllt schnappte sie sich den Kaffee und legte sich auf den Liegestuhl auf dem Balkon.

„Ach Johannes, mir geht es einfach nur gut. Ich verspreche Dir, wir fahren nochmals gemeinsam hierher. Und Resi, Dir danke ich für Deine Überredungskünste!"

Tatsächlich schlief sie eine kurze Weile ein.

51.
„Ludwig hier, Frau Waible?"

„Ah, guten Tag Herr Ludwig, was kann ich denn für Sie tun?"

„Wir haben die Adresse dieser Frau Andrea Krause, also der Bewerberin überprüft. Ich glaube, Sie hatten den richtigen Riecher. Unter der Adresse wohnt nach Auskunft der Meldebehörde keine Frau Krause."
Er machte eine kurze Pause.

„Ich habe Kollegen vorbeigeschickt. Das Haus ist ziemlich heruntergekommen, dort wohnen wohl mehr oder weniger, wie soll ich sagen, mehr oder weniger sozialschwache Familien, Familien aus allen möglichen Ländern, aber keine Familie Krause.
Die Leute ziehen dort ein und aus, aber wir haben trotzdem etwas! Es gibt einen Briefkasten mit der Aufschrift *KRAUSE*!"

„Na, das ist ja immerhin etwas", gespannt hörte Frau Waible dem Hauptkommissar zu.

„Ja, aber nicht sehr viel, um offen und ehrlich zu sein.
Ein Hinweis zwar, aber mehr momentan nicht. Die Briefkästen hat der Kollege fotografiert, die meisten sind verbogen, aufgebrochen, zugemüllt, aber der von *KRAUSE* ist ganz leer."

„Na, da scheint sich jemand einen Briefkasten ausgeliehen zu haben. In derartigen Wohnblocks schaut niemand nach seiner Post, ich weiß es von den Ablesern, die Briefkästen werden wohl eher als Altpapiercontainer benutzt."

„Ich fürchte, genau so ist das! Für zehn Euro verkaufen die Menschen dort ihre eigene Mutter!
Wir müssen jetzt überlegen, wie wir weiter vorgehen. Es ist ziemlich schwer, den Briefkasten zu überwachen, denn Polizei riechen die Anwohner dort zehn Meilen gegen den Wind!

Die Lage lässt auch eine unauffällige Observation nicht zu. Scheint alles gut durchdacht zu sein. Wir haben schon den Vorschlag der Polizei vor Ort geprüft, einen Jugendlichen, der dort wohnt, mit der Beobachtung zu beauftragen, natürlich gegen Bares. Aber das würde sich ziemlich schnell herumsprechen. Dann würde sich schließlich später noch der gesamte Clan vor der Tür herumtreiben und wahrscheinlich auch noch unsere Frau Krause nötigen, natürlich wiederum gegen Bares, sie nicht zu verpfeifen."

Frau Waible musste lachen, sie stellte sich das Szenario gerade bildlich vor.

„Vielleicht können wir im Außenbereich eine Kamera verstecken, aber wenn uns auch nur einer aus dem Haus beobachtet, ist die schneller in *eBay* eingestellt als ein Porsche von Null auf Hundert beschleunigen kann."

„Ihnen wird bestimmt schon etwas einfallen, da bin ich mir ganz sicher."

„Haben Sie den Brief bereits weggeschickt?"

„Ja, er ging gestern mit der Post raus, dürfte also heute zugestellt werden."

„Zugestellt…hmm. Der Postbote ist der Schwager einer der örtlichen Polizisten. Vielleicht könnte er uns zumindest einen Wink geben, wann er genau die Post in dieses Haus bringt. Ich bin sicher, Frau Krause liegt ebenfalls auf der Lauer."

„Ist die Krause jetzt nicht gewarnt, wenn Sie sich so offiziell nach ihr erkundigt haben?"

„Das hoffen wir nicht. Natürlich haben wir es so diskret wie möglich getan, aber Elefantenohren gibt es überall. Ein Nullrisiko gibt es nicht!

Aber die Behörde war schon sehr auf den Datenschutz bedacht, somit konnten wir das Risiko eingehen. Und der Beamte vor Ort hat sich sehr souverän verhalten.
Wir gehen davon aus, dass die besagte Person „Krause" dort nur den Briefkasten benutzt. In dem Haus gehen die Kollegen wegen aller möglichen Delikte ein und aus, da finden sie nur Gehör, wenn etwas rausspringt, sonst hört ihnen da eh niemand zu. In diesen sozialen Brennpunkten ist ein Polizeiwagen nichts Außergewöhnliches, kann sich aber da nicht postieren, denn damit würden wir die eventuellen Beobachter natürlich vertreiben.
Wir können die Bewohner des Hauses ganz sicher nicht direkt auf diesen Briefkasten ansprechen.
Wir müssen mit Komplizen innerhalb dieser Umgebung rechnen."

„Nun gut, wenn Sie so nicht an sie rankommen, soll ich ein Vorstellungsgespräch organisieren?"

„Hmmm…"

„Oder besser, eine Vorstellungsrunde, so wie bei uns geschäftsüblich? Wir besetzten die Runde dann mit Statisten von der Polizei."

„Frau Waible, Sie haben nicht etwa eine Vergangenheit? Ich meine, eine bei der Polizei?"

„Nein", Frau Waible musste lachen, „aber ich kann mich gerne bewerben!"

„Ich habe in einer Stunde das Team zusammengetrommelt, wir werden die Sache nochmals besprechen und Sie auf dem Laufenden halten. Ich sage Ihnen Bescheid, wenn wir Ihre Unterstützung brauchen."

„Ja gerne."

„Übrigens, Ihrem Herrn Berger geht es blendend, ich bekomme täglich Rückmeldung von unserem Kollegen vor Ort."

„Gönnen wir Herrn Berger ein wenig Entspannung, er hat es sich mehr als verdient."

Nach ein paar weiteren Plaudereien verabschiedete sich Hauptkommissar Ludwig mit der Bitte, auch Herrn Bohn zu unterrichten.

Frau Waible wählte die Nummer von Herrn Bohn und unterrichtete ihn in allen Einzelheiten.

„Sack Zement. Das ist ein Hammer! Weibliche Intuition nenne ich das!"

Herr Bohn hatte mit allem gerechnet, nicht aber damit.
Damals, als Frau Waible ihm von der Bewerbung erzählte, hatte er es als eine Möglichkeit eins zu einer Million abgetan, aber jetzt hatte sich das Blatt gedreht. In diesem Fall war äußerste Wachsamkeit geboten. Oberflächlichkeit wäre tödlich!

„Zu der Vorstellungsrunde komme ich natürlich auch", sage Herr Bohn, bevor er sich verabschiedete.

Frau Waible machte sich inzwischen an die Arbeit, um die Veranstaltung zu organisieren, gegebenenfalls müsse es einmal recht schnell gehen, für diesen Fall wollte sie unbedingt vorbereitet sein.

52.

Das Krankenhaus der Stadt Cala Rataja erreichten Johannes und Carola mit ihrem Leihwagen in nicht einmal zwanzig Minuten. Es war recht ansprechend und besser ausgestattet als es der äußere Schein hergab.

Von der Straßenseite her wies nur ein großes Tor darauf hin, dass sich hinter diesen Mauern ein Krankenhaus befand.
Johannes entdeckte einen weiteren Eingang zu dem dreistöckigen Gebäude, welches in einer Häuserzeile integriert war. Links eine Bar, rechts ein Souvenirshop.

Carola wunderte sich über das Hinweisschild in deutscher Sprache am Eingangsbereich. „Deutsch-Spanisches Facharztzentrum", das hörte sich jedenfalls ganz nach deutschsprachigem Personal an! Carola hatte diesbezüglich schon Sorge gehabt, wie sie sich verständlich machen sollte.

Das Personal empfing und behandelte die Patienten sehr freundlich, auch die Wartezeit hielt sich ebenfalls in Grenzen.

Johannes hatte sich eine deutsche Zeitung gekauft und nahm neben Carola im Wartezimmer Platz.
Noch bevor er die Hälfte der Zeitung gelesen hatte, wurde Carola von einer deutsch sprechenden Assistentin hereingebeten und zur Röntgenabteilung geführt.

Herr Moser schlenderte hin und wieder unauffällig vorbei, so, als würde er auf einen Angehörigen warten, während Johannes, ohne aufzublicken, weiterhin in seiner Zeitung las.

Freudestrahlend kam bereits nach nicht einmal einer Viertelstunde Carola auf Johannes zu, der gerade im Sportteil vertieft war und sich ein wenig über die Unterbrechung ärgerte.

„Noch eine Woche, dann kann der Gips ab und ich bekomme eine Schiene. Ab dann Johannes, gibt es keine Ausreden mehr, da wird die Tanzfläche gründlich poliert!"

„Ich sagte doch schon, ich bin ein miserabler Tänzer."

„Du immer mit Deinen negativen Einstellungen. Dann lernst Du es eben, es gibt hier bestimmt Tanzkurse. Im Hotel gibt es auch Gymnastikangebote, ich glaube, da gehe ich morgen früh hin und spioniere das aus."

„Sollen wir denn Palma noch etwas aufschieben? Wie es scheint, sind wir wohl noch eine Weile hier."

„Ach nein, ich habe mich so sehr darauf gefreut, wir brauchen ja keine übermäßigen Wanderungen zu machen, nur ein bisschen bummeln hier und ein wenig shoppen da."

„Wie Du meinst. Lass uns ein wenig die Sonne genießen, ein wenig Kartenspielen, Kaffee trinken und es uns sonst gut gehen lassen, bevor wir heute das *Castello* stürmen."

Zur gleichen Zeit machte sich Inge nach einem ausgiebigen Frühstück auf den Weg zum Strand und war froh, einmal nicht in Begleitung von Herrn Bohlen zu sein. Dieser suchte augenscheinlich ihre Nähe. Inge hatte bereits das Gefühl, als mache er ihr den Hof. Auf gar keinen Fall würde sie ihm von ihrem Sparbuch erzählen!

Anfänglich war ihr seine Aufmerksamkeit äußerst unangenehm, mittlerweile aber hatte sich die Sache ein wenig entspannt, schließlich war sie im Urlaub und gegen einen harmlosen Flirt würde niemand etwas einwenden können, zumal sie Witwe war. Ein besonderer Status, der ihr Seriosität verlieh, sie aber auch in Gefahr bringen konnte, wenn sie nicht auf der Hut war. Sie wollte auf keinen Fall eine leichte Beute für potenzielle Heiratsschwindler werden.

Gestern Abend war sie nach dem Abendessen mit der Reisegruppe durch das malerische Städtchen spaziert, hatte das eine oder andere Souvenir angeschaut, aber noch nichts gekauft.
Sie wollte für Johannes etwas Besonderes finden, da kauft man nicht Hals über Kopf am ersten Abend irgendetwas Unnützes! Nein, das musste gut überlegt sein. Etwas Landestypisches wollte sie erwerben!

Auf dem Markt kam sie nicht umhin, ohne dass ihr pfiffige Verkäufer das eine oder andere aufschwatzen wollten, aber Inge ließ sich nicht beirren. Auch nicht von der Dame vom Kaiserstuhl, auch nicht von Marion oder Herrn Bohlen.
Resi würde sie auch etwas mitbringen und Paul natürlich auch.

Den ganzen Abend scharwenzelte Herr Bohlen um sie herum, der ihr inzwischen angeboten hatte, ihn Rudi zu nennen. Natürlich stießen sie auf Rudi und Inge an und ließen den Abend dann in geselliger Runde ausklingen.

Heute beim Frühstück war sie bereits fertig, bevor Herr Bohlen erschien und so gelang ihr die einsame Flucht an den Strand. Sie war sicher, dass sich Herr Bohlen unverzüglich auf die Suche nach ihr machen würde und wie ganz zufällig sie auch finden würde. Inge hoffte jedoch, es möge eine Ewigkeit dauern.

An der Strandpromenade suchte sie sich ein sonniges Plätzchen auf einer Bank und beäugte den vorbeiziehenden Touristenschwarm.
Bereits am frühen Morgen lebte die Insel, noch längst nicht alle Geschäfte hatten geöffnet.

Inge genoss es mit Leib und Seele, einmal nichts zu tun, an nichts denken zu müssen. Sie war ihrem eintönigen Alltag wenigstens für eine Woche entflohen.
Es tat ihr gut. Sie kam ins Grübeln, ob sie nicht ihre verbleibende Lebenszeit verschwendete, indem sie sich um Johannes sorgte und den Haushalt in Ordnung hielt.

Dann am nächsten Tag sich wieder um Johannes sorgte und wieder den Haushalt richtete.
Jeden Tag. Sieben Tage die Woche.
Fast beneidete sie Resi, die ständig etwas Schönes erlebte, mit ihrem großen Bekanntenkreis aufregende Dinge unternahm und auch mit Paul noch das eine oder andere Mal verreiste.

Inge nahm sich deshalb entschlossen vor, gleich nach ihrer Rückkehr einmal die Seniorenangebote der Stadt zu prüfen. Vielleicht würde sie sich einem Kegelclub anschließen oder einem Chor. Sie war zuversichtlich, ein passendes Event für sich zu finden. Heraus aus der Einsamkeit, zurück ins Gesellschaftsleben.
Als ihr Mann noch lebte, hatte sie sehr viel mehr Abwechslung, und sie musste sich eingestehen, an ihrem Elend war niemand anders schuld als sie selbst. Sie hatte sich vergraben. Aber jetzt spürte sie das Leben in sich pulsieren.

Inge dachte an das vorzügliche Frühstück und daran, wie enttäuscht Herr Bohlen war, als sie aufstand und sich für einen Spaziergang verabschiedete.
Sie wusste aber bereits jetzt, morgen früh würde Rudi vor ihr am Frühstückstisch sitzen. Schade, es gab niemanden, mit dem sie darum wetten konnte.
Diese Wette würde sie gewinnen.

Inge schlenderte zunächst an den Strand, hielt einen Fuß ins Wasser und setzte ihren Weg an der Strandpromenade fort, vorbei an unzähligen kleinen Geschäften.
Hin und wieder blieb sie an den Auslagen stehen, drehte den einen oder anderen Ständer vor den Ladengeschäften. Sie entschloss sich spontan, zwei Ansichtskarten zu kaufen, nein drei brauchte sie, für Johannes, Resi und den Nachbarn.
In einem Café bestellte sie sich einen Espresso, begann die Karten zu schreiben, erkundigte sich nach einem Postamt und gab dort die Karten auf den Weg.

Sie staunte über sich selbst, über ihre Aktivitäten und ihren Mut, in einem fremden Land allein Postkarten zu kaufen, ins Café zu gehen und dann auch noch ein Postamt zu suchen.

Zufrieden bummelte sie ins Hotel zurück, gerade noch Zeit genug, um sich zum Mittagessen umzuziehen. Überglücklich, Herrn Bohlen ein Schnippchen geschlagen zu haben!

Rudi Bohlen ärgerte sich etwas, verschlafen zu haben und musste feststellen, dass bis auf diese nervige Dame vom Kaiserstuhl, deren Namen er nun schon zum zweiten Mal vergessen hatte, alle Reiseteilnehmer bereits Unternehmungen machten. Mehr aus Höflichkeit setze er sich zu ihr und nahm unter ihrem Geschnatter sein Frühstück ein.

Gerade nämlich, als er auf den Tisch zusteuerte, verabschiedete sich Inge von Elsa, um etwas spazieren zu gehen. Zu dumm!

Rudi nahm sein Frühstück recht hastig ein, denn die Gesellschaft dieser Elsa, behagte ihm nicht sonderlich.

„Meine Freundin Ulla sagt immer `Elsa, genieße das Leben, solange Du es noch kannst´."
Daher erfuhr Rudi jetzt zum dritten Mal ihren Namen. Elsa erzählte ohne Unterbrechung die intimsten Dinge aus ihrem Leben, was Rudi mächtig auf die Nerven ging. Höflich sagte er zwischendurch ein paar Mal „Ja" oder „Was Sie nicht sagen."

Zeit zu gehen! Da Elsa ihren Teller noch vollgepackt hatte, nutzte er die Gelegenheit eines schnellen Abschieds, ohne unhöflich zu sein.
Das fehlte ihm jetzt auch noch, dass Elsa sich als seine Begleitung aufdrängte.

Dann machte er sich auf die Suche nach Inge und fand sie am Strand. Aus sicherer Entfernung folgte er ihr über die Strandpromenade, geschützt durch eine große bunte Menschenmenge. Als sie an einem

Stand mit Postkarten stehen blieb, hineinging und mit Postkarten wieder herauskam, überkam ihn ein Anflug von Sorge.

Er beobachtete, wie Inge sich in ein Straßencafé setzte und begann die Karten zu schreiben, die sie dann auf direktem Wege auch noch zur Post brachte.

Auch Rudi betrat das Postamt. Nachdem Inge herausgetreten war und weiterzog in Richtung des Hotels, zeigte er seinen Dienstausweis. Er bekam die Karten ausgehändigt. Dann telefonierte er.

Am Nachmittag wollte die Reisegruppe mit dem Bus zwei weitere Orte und Sehenswürdigkeiten erkunden, auch der Besuch in einem alten Kloster stand auf dem Programm. Inge liebte altes Gemäuer, die Wände verbargen Unmengen interessanter Geschichten, denen sie nur zu gerne zuhörte.
Wo immer sie damals mit ihrem Mann war, ein altes Schloss, eine alte Kathedrale oder ein Museum stand immer auf ihrer Besuchsliste.

Die Männer hatten sich stets gelangweilt, waren aber mehr oder weniger mürrisch mitgelaufen, Inge jedoch saugte die Geschichten dieser Gemäuer geradezu wissbegierig auf.

Auf dem Weg zum Fahrstuhl begegnete sie Rudi, der offenbar dort auf sie wartete. Natürlich behauptete er, es sei ein reiner Zufall, sich hier vor dem Fahrstuhl zu treffen.

Damit hing Rudi wieder den ganzen Tag an Inge. Inge fürchtete schon, die anderen Mitreisenden tuschelten bereits. Aber das bildete sie sich nur ein, die Mitreisenden hatten bereits Reiseerfahrungen und diese lockeren Unterhaltungen gehörten einfach dazu wie die Sonne und das Meer.
Inge war in dieser Hinsicht sehr prüde und diese Sprödheit gab sie an Johannes weiter.

53.
Tatsächlich erschien der Postbote und tatsächlich warf er auch bei *KRAUSE* Briefe ein.

Der junge Mann mit dem südländischen Aussehen, der wie gelangweilt unter dem Eingang herumlungerte und eine nach der anderen rauchte, nahm das aus den Augenwinkeln völlig unbeteiligt zur Kenntnis.
Genauso, wie die anderen mehr oder weniger dunkle Gestalten, die ihre Zeit damit vertrödelten, vor dem Haus zu rauchen oder ihre schrottreifen Autos wieder fahrtüchtig zu machen.

Sahin hatte den Bewohnern verkündet, auf Wohnungssuche zu sein. Fremde wurden hier in der Gegend akribisch unter die Lupe genommen. So erfuhr er, in dem Haus seien einige Wohnungen leerstehend und er solle doch beim Wohnungsamt nachfragen.

Zwei kleine Buben jagten mit ihren Fahrrädern über den Hof, wo immer sie auch die Fahrräder ergattert haben mochten, legal erworben hatten die Jungen diese bestimmt nicht.

Der südländisch aussehende Mann warf seine Zigarette achtlos auf den Boden, dann trottete er davon. Als er außer Hör- und Sichtweite des Anwesens war, sprach er in sein verdecktes Mikrophon und verständigte die Sondereinheit, die Post sei nun eingetroffen.

Er wurde angewiesen, sich zurückzuziehen und statt seiner erschien eine recht korpulente Frau mit strähnigen Haaren und schmutzigem Jogginganzug.
In ihrer Hand hielt sie eine Plastiktasche mit offensichtlich gesammelten Pfandflaschen. Niemand nahm Notiz von ihr, auch nicht, als sie sich auf die Bank in der Nähe der Briefkästen setzte. Die Müllberge um sie herum würden keine weiteren Flaschen erhalten, das wusste sie bereits, bevor sie den Hof betrat. Sie war froh, dort nicht herumkramen zu müssen.

„Na hallo", dachte Jenny, hoffentlich sieht mich niemand, der mich kennt."

Aus der eitlen und eigentlich vollschlanken Jenny hatten die Kollegen aus dem Dezernat eine unansehnliche, ungepflegte Obdachlose gemacht. Sie saß ungefähr eine halbe Stunde dort, ohne dass sich am Briefkasten etwas rührte. Dann stand sie schwerfällig auf und watschelte davon.

Gleich danach kam der südländische junge Mann wieder, um wieder vor dem Haus zu rauchen. Er blieb bis zum Anbruch der Dunkelheit.
Ab und zu wurde er angesprochen, manchmal beteiligte er sich an den belanglosen Gesprächen, die sich meistens um bevorstehende Deals drehten.
Der Hof leerte sich nach und nach. Die Fahrräder der zwei Buben lagen unbeachtet mitten im Hof. Ein Fenster öffnete sich. Eine Frau krakelte aus vollem Hals in einer Sprache, die der rauchende Mann nicht verstand.

Jenny und Sahin warteten in sicherer Entfernung auf weitere Anweisungen, als plötzlich ein alter klappriger Golf an ihnen vorbeirauschte. Die beiden sahen sich an und beschlossen, ohne auf weitere Anweisungen zu warten, nochmals in den Hof zu gehen. Doch bevor sie dort ankamen, war der Golf schon wieder an ihnen vorbeigefahren.
Geistesgegenwärtig notierte sich Sahin das Kennzeichen. Jenny nahm einen bulligen, glatzköpfigen Mann hinter dem Steuer wahr.

Der Briefkasten *KRAUSE* stand weit offen und war leer.

„Verflixt", Jenny konnte ihren Frust nicht verbergen. „Jetzt sitzen wir den ganzen Tag in diesem Aufzug hier vor dem Ding und kaum drehen wir den Rücken, ist er leer. Wir können zwar vermuten, dass der Fahrer aus dem Golf die Post geholt hat, aber leider nicht beweisen. Das hätte inzwischen jeder andere Bewohner machen können."

„Ich gebe erst einmal das Kennzeichen und die Beschreibung durch, dann fahren wir aufs Präsidium und klären den Rest."

Michael Ludwig lief in seinem Büro auf und ab, kratzte sich hin und wieder am Kinn, fuhr sich durchs Haar.

„Ich habe mit Frau Waible gesprochen. Sie hat in dem Brief lediglich den Eingang der Bewerbung bestätigt und angekündigt, sich „in Kürze" wieder melden zu wollen. Das bedeutet natürlich, sowohl wir, wie auch diese kriminelle Vereinigung, müssen und werden weiterhin den Briefkasten überwachen.

Wir sollten uns schleunigst überlegen, wie wir dies anstellen, ohne Aufmerksamkeit zu erregen. Einige Wohnungen stehen leer, vielleicht könnten Sie, Herr Osman, dort einziehen?"

Sahin hatte bereits damit gerechnet. „Von keiner der Wohnungen kann man auf die Briefkästen sehen, es sei denn, man lehnt sich aus dem geöffneten Fenster. Die Briefkästen sind ausschließlich von außen erreichbar, also keine Briefkastenanlage, die auch von der Innenseite Zugriff zulässt."

„Das ist bekannte gängige Praxis", kommentierte Jenny, „die Briefkästen hängen kreuz und quer, sind verbogen, aufgebrochen oder gleich ganz offen."

„Ein Auto im Hof zu reparieren, oder besser ein Motorrad, würde ebenfalls die Sache unauffällig machen und somit erleichtern", überlegte Sahin.
„Dann brauche ich nicht so viel zu rauchen und wäre wenigstens einen Großteil der Zeit in der Nähe der Briefkästen."

„Fantastische Idee!", Ludwig klatschte begeistert in die Hände, „In dem Auto oder Motorrad könnten wir unauffällig eine Kamera installieren, dann hätten wir eine zusätzliche Sicherheit", Herr Ludwig schöpfte wieder Hoffnung.

„Allerdings müssen wir mit dem Risiko leben, dass sich alle brauchbaren Teile von dem Fahrzeug oder das Fahrzeug selbst über Nacht in Luft auflösen."

„Eine defekte Lampe mit eingeschlagener Glasscheibe stiehlt niemand, vielleicht können wir dort die notwendigen Installationen vornehmen."

Einzelheiten wurden besprochen und beschlossen. Sahin packt noch in der gleichen Nacht seine sieben Sachen, um in die leere Wohnung in der Schwedenallee fünfundzwanzig im ersten Stock, genau über der Briefkastenanlage, einzuziehen.

Frau Waible erhielt eine E-Mail, alles Erforderliche in die Wege zu leiten, damit konkreter Kontakt mit der Bewerberin zustande kam.

Sahin rauschte am darauffolgenden Tag mit einem Motorrad an, das mit an Sicherheit grenzender Wahrscheinlichkeit bei einer echten Polizeikontrolle aus dem Verkehr gezogen worden wäre. Dennoch erregte das marode Ding sofort die Aufmerksamkeit einiger herum lungernder Gestalten.

„Jungs, wenn ihr mir helft, die Karre wieder flott zu machen, soll das Euer Schaden nicht sein, wenn ihr versteht."

Und sie verstanden. Und würden dadurch abgelenkt sein.
Sie hatten Sahin hier in dem Vorhof bereits gesehen und als er ihnen auch noch beiläufig erzählte, er wohne jetzt in dem Haus, war der Bann gebrochen.
Er war jetzt einer von ihnen, hier half man sich, auch wenn jeder auf seinen eigenen Vorteil bedacht war. Hier bezahlte man sich untereinander für Gefälligkeiten nicht nur mit Geld, sondern besorgte das, was der andere eben nicht herbrachte.

Sahin ließ das Motorrad unverschlossen stehen, schnappte sich seinen Rucksack und stiefelte in seine Wohnung, die außer einer schäbigen Matratze nur eine Stehlampe, einen wackligen Tisch und einen ausgesessenen Sessel enthielt.
Eine Kaffeemaschine und ein paar Tassen und Gläser standen auf dem Küchenboden.
Eine Küchenzeile gab es nicht, die hatte der Vormieter wohl mitgenommen. Bis das Sozialamt hier eine neue Küche einbauen würde, würden sicherlich Monate vergehen.

Er schaute aus dem Fenster und bemerkte, dass sein Motorrad näher in Augenschein genommen wurde. Ein kleiner farbiger Junge saß bereits darauf und ahmte lautstark Motorengeräusche nach.

Das Motorrad war safe, keine Gefahr, solange sich jeder einen Vorteil davon erhoffte.

Sahin baute seinen Laptop auf. Er war erstaunt, in dem Bunker gab es sogar freie WLAN-Verbindungen.

„Na klar, Handy, Fernseher und Internet, die absoluten elementarsten Dinge, um hier zu überleben."

Das Kennzeichen, das er am Abend zuvor aufgeschrieben hatte, hatte sich natürlich als Flop erwiesen. Gestohlen, was auch sonst!

Vermutlich war auch das Fahrzeug illegal erworben worden. Sahin rechnete damit, dass beim nächsten Besuch zum Briefkasten ein ganz anderes Fahrzeug vorfahren würde.

Catcher, der selbst zum Briefkasten gefahren war, hatte natürlich längst den Brief gelesen und mit seinen Kumpanen besprochen. Sie schöpften Hoffnung. Sie waren auf der richtigen Fährte.

„Wir müssen uns über die Firmenmodalitäten erkundigen, wir müssen wissen, wie das ganze Ding abläuft und vor allen Dingen brauchen wir dort „Kollegen", die schwatzhaft sind und uns über diesen Bergmann oder Berger etwas sagen können."

„Es gibt überall, in jeder Stadt Ableser, lass uns doch im Internet recherchieren, vielleicht werden im Netz diese Ablesungen angekündigt, die die Kunden abrufen können. Wir legen uns dort auf die Lauer und fragen dann die eingesetzten Ableser aus."

„Hmm. Das Problem ist der Briefkasten. Wir müssen alle zwei bis drei Tage die Post kontrollieren."

„Wir werden uns etwas einfallen lassen, es wird sich schon jemand finden, der das Ding nicht aus den Augen lässt."

„Aber wir müssen dann erklären, um was es geht. Die Typen wittern sofort eine große Sache."

„Den Grund interessiert dort keinen Schwanz, und wenn doch, dann strecke ich 'nen Zehner aus dem Karren und die Sache ist geritzt."

„Gut, machen wir uns an die Arbeit, wir haben schon schwierigere Dinge klären müssen."

54.

„Palma ist wunderschön, Sie werden begeistert sein", Marion flötete durch den Lautsprecher des angemieteten Busses.

„Nach den offiziellen Besichtigungen werden Sie ungefähr drei bis vier Stunden zur freien Verfügung haben. Sie werden wunderschöne Lokale finden. Sie haben dort Gelegenheit zum Mittagessen. Genießen Sie es."

Dieses Mal war es Rudi nicht gelungen, sich neben Inge zu setzen, die sich an das linke Fenster in der fünften Reihe niederließ.
Elsa hatte sich vorgedrängelt und sich unaufgefordert neben Inge gesetzt. Elsa, die Dame vom Kaiserstuhl.

Herr Bohlen verzog das Gesicht, sagte aber nichts, sondern nahm hinter Inge Platz.
Er hoffte inständig, ihm möge es gelingen, Elsa loszuwerden, um allein mit Inge durch Palma zu flanieren. Er beabsichtigte, sie zu einem Mittagessen einzuladen. Er wusste auch schon, in welches Restaurant er Inge ausführen wollte. Aber wenn Elsa nicht abrückte, war dieser Plan hinfällig.

Inge hörte sich Elsas Geschnatter an, gab hier und da eine höfliche Antwort, versank aber in Gedanken, indem sie aus dem Fenster schaute und die Welt um sich herum beäugte.

Hin und wieder wurde der Bus von einem Fahrzeug überholt, eine Schafherde passierte die Straße und Bauern waren auf ihren Feldern. Inge fragte sich, was die Bauern auf dem teilweisen so kargen Land wohl anbauten.

Je näher sie an Palma kamen, je grüner wurde die Landschaft, auch der Verkehr nahm deutlich zu.

Elsa war mittlerweile dabei, den Vorteil ihres Kopftuches, das farblich zu ihrer Handtasche und ihren Schuhen passen würde, hervorzuheben, als Rudi sich einmischte.

„Inge schau, von hier sieht man bereits den Hafen von Palma und auf der rechten Seite die wunderbare *Cattedrale di Palma*!"

In der Tat bot sich den Reisenden im Spiegel der Sonne ein wahrhaft traumhafter Anblick.

„Wir werden jetzt unterhalb der Kathedrale parken, dort haben Sie zunächst die Möglichkeit, zur Toilette zu gehen, dann werden wir die Kathedrale besichtigen und auch einen kurzen Abstecher zum Hafen machen."

Marion ließ sich weiter über den Baustil aus, aber Inge hörte gar nicht richtig zu. Sie war fasziniert von diesem Anblick. Sie genoss jeden Moment und saugte die Bilder geradezu auf. Plötzlich zuckte sie zusammen, so dass auch Rudi es bemerkte. Dann schüttelte sie ungläubig den Kopf.

„Inge, hast Du ein Gespenst gesehen?", auch Elsa schien verwirrt.

„Nein, ja, nein, ich habe doch tatsächlich gedacht..., so ein Unsinn."

„Was? Was war denn?" Elsa gab sich mit halben Dingen nie zufrieden, deshalb bohrte sie hartnäckig nach.

„Ich habe geglaubt, im Wagen neben uns an der Ampel säße Johannes, mein Sohn. Ich habe es wahrhaftig geglaubt. Ich habe die Insassen nur eine Sekunde gesehen und war sicher, es wäre Johannes. Johannes und eine Frau... So ein Quatsch!"

Rudi lachte herzlich. „Inge, Du musst Dich mal ein bisschen locker machen und nicht immer an Deinen Sohn denken. Denk jetzt einfach nur ganz allein an Dich."

„Ach, das ist mir auch schon passiert!", konterte Elsa, als hätte sie Rudis Einwand gar nicht gehört.
„Als ich letztes Jahr in Rimini war, hätte ich schwören können, meine Cousine Luise säße in einem Café. Ich bin hingestürzt und im allerletzten Moment habe ich dann erkannt, dass es gar nicht Luise war. Seither telefoniere ich einmal in der Woche mit dieser Bekanntschaft aus dem Café."

Rudi verdrehte die Augen. Inge schüttelte lächelnd den Kopf. Dennoch blieb eine beklemmende Unruhe in ihrem tiefsten Inneren. *„Ich kann mich doch nicht so täuschen? Ich kenne doch meinen Sohn. Nein, er kann es gar nicht sein, er ist ja am anderen Ende der Welt, an der Nordsee."*

Zum Glück gab es Elsa, denn durch ihr Dauergeplapper wurde Inge wieder abgelenkt.

Johannes, der mit Carola auf dem Weg nach Palma war, hatte bereits zum zweiten Mal den Reisebus überholt. Herr Moser, der im sicheren Abstand dem silbernen Toyota folgte, fluchte leise vor sich hin. Eines musste er ihm lassen, Johannes war ein geübter Fahrer und schien sich überall schnell zurecht zu finden. Friedrich hoffte inständig, Johannes bei diesem Fahrstil, dem Verkehr und der Ampelanlagen nicht zu verlieren.
Aber Johannes hatte Friedrichs Auto im Blick und war bemüht, Herrn Moser folgen zu lassen.

Der Reisebus aber ließ Johannes aus unerfindlichen Gründen nicht los. Er hatte gemeint, das Gesicht seiner Mutter gesehen zu haben. Dabei fiel ihm ein, sich eine Ewigkeit schon nicht mehr bei ihr gemeldet zu haben.

„Bitte, helfe daran zu denken, ich muss heute nach unserer Rückkehr unbedingt meine Mutter einmal wieder anrufen, bevor sie ein Sondereinsatzkommando nach mir losschickt."

Carola blickte ihn von der Seite an. „Wie kommst Du denn jetzt auf Deine Mutter, wenn ich Dir die Geschichte Palmas vorlese?"

„Entschuldige Carola, ich habe Dir nicht zugehört. Ich war ganz in Gedanken. Ich habe in dem Bus dort hinten eine Frau aus dem Fenster blicken sehen, die Ähnlichkeit mit meiner Mutter hatte, deshalb…Ich wollte nicht unhöflich sein."

„Nun hör doch auf, Dich immer für alles zu entschuldigen! Wollen wir uns die Kathedrale antun oder sollen wir lieber gleich in die Altstadt fahren?

„Ich würde vorschlagen, wir suchen den Infoschalter des City-Sight-Seeing-Busses. Schau doch bitte bei den Papieren, ich habe da etwas gelesen, der Bus macht eine doch recht ansprechende und kostengünstige Stadtrundfahrt. Wir sehen alles, ohne dass wir kreuz und quer umherirren, zudem wird Dein Fuß auch noch geschont. Bitte suche im Handschuhfach danach."

Carola kramte und wurde fündig. „Meinst Du das hier?
hopp-on-hopp-off
Preis Erwachsene: 15€ - Kinder 8-16 Jahre und Erwachsene ab 65 Jahren: 7,50 €. Kinder unter 7 Jahre bezahlen nichts – Ideal für Familien mit Kindern. Fahrkarte ist den ganzen Tag gültig, Frequenz: alle 20-25 Minuten an 365 Tagen im Jahr. Im Preis inbegriffen: Fahrkarte, Audioguide auf Deutsch, Stadtplan und Vergünstigungen.
Ist es das?"

„Hört sich ganz danach an. Hier am Hafen scheint es Parkmöglichkeiten zu geben. Bestimmt fährt hier der Sightseeing-Bus auch ab."

Carola studierte die Lektüre. „Haltestelle zwölf glaube ich, nach diesem Plan."

Johannes suche sich einen Parkplatz und nahm Carola den Plan aus der Hand. Der Reisebus war rechts abgebogen, sie links.

„Du hättest zu den Pfadfindern gehen sollen. Haltestelle zwölf Puerto *de Peraires,* das ist hier ganz in der Nähe.

Eine Fahrt im offenen Doppeldeckerbus verspricht einen Blick auf das spektakuläre Panorama von Palma. Es gibt sechzehn Haltestellen, wir können ein- und aussteigen, wo wir wollen, der Bus fährt alle fünfundzwanzig Minuten und immer im Kreis. Die Fahrkarte gilt den ganzen Tag. Man nennt das Konzept: hopp-on-hopp-off", las er ihr vor.

„Ach, das ist ja praktisch. Dann mal hopp-hopp!"

Ohne Wartezeit kam der Doppeldeckerbus angefahren, sie lösten zwei Tickets, bestiegen die obere Etage des Busses und fühlten sich rundum glücklich und zufrieden.

Friedrich Moser war es ebenfalls gelungen, den Bus zu besteigen. Er blieb aber im unteren Teil des Busses, um die ein- und aussteigenden Fahrgäste besser unter die Lupe nehmen zu können.

„Ich schlage vor, wir nehmen uns die Zeit und machen eine ganze Runde, danach entscheiden wir, wo wir aussteigen."

Carola war einverstanden und freute sich wie ein kleines Kind.
Sie wäre bereit, ein ganzes Jahr Gips zu tragen, wenn sie dafür doch nur von einer ihrer Kolleginnen gesehen werden könnte! Ihr brannte es in den Fingern, Ansichtskarten zu verschicken, aber Herr Moser hatte dringend davon abgeraten. Gekauft hatte sie trotzdem welche, vielleicht ließe sich Herr Moser ja zu einem späteren Zeitpunkt nochmals umstimmen.

„Was grübelst denn Du die ganze Zeit vor Dich hin?", bemerkte Carola beiläufig, da sie bemerkte, dass Johannes doch sehr schweigsam geworden war.
„Hier, nehme die Kopfhörer und höre Dir die Geschichte Palmas an. Es ist sehr interessant!"

Johannes gehorchte, denn er war froh, sich wenigstens für einen Moment nicht unterhalten zu müssen.

Sein schlechtes Gewissen nagte an ihm. Er saß hier im sonnigen Mallorca und seine Mutter am Krankenbett von Onkel Paul. Seit er die Frau in dem Bus gesehen hatte, war er unruhig. Gibt es das? Eine solche Ähnlichkeit? Oder war es wirklich nur sein schlechtes Gewissen, das ihm einen Streich spielte?

Nach und nach entspannte sich Johannes und der Weg für einen erlebnisreichen Tag in Palma bei einem guten Essen und romantischem Bummel war geebnet.

In der Nähe einer belebten Fußgängerzone verließen sie schließlich den Bus. Sie schlenderten an den bunten Auslagen der unzähligen kleinen Geschäfte vorbei.

Carola und Johannes entschieden sich für ein kleines Straßencafé, wo sie gegen später auch zu Mittag essen wollten.

Friedrich Moser fand ebenfalls, ein paar Tische weiter, einen für ihn angenehmen Platz.
Er hatte nicht nur die zwei Turteltauben im Auge, sondern hatte gleichzeitig einen freien Blick auf die Straße und einige Geschäfte.

55.
Frau Waible hatte ihre Vorbereitungen für den ersten Kontakt mit den potenziellen Bewerbern abgeschlossen und im „Grünen Baum" in Waiblingen einen Schulungsraum angemietet.

Eigentlich würden nun Einladungen an die Bewerber verschickt, in diesem Fall bekam aber nur Frau Andrea Krause eine solche. Sie hatte bei Herrn Ludwig zehn Statisten aller Altersgruppen angefordert, drei Frauen und sieben Männer.
Michael Ludwig hatte sich alle Mühe gegeben es gelang ihm, die unterschiedlichsten Altersgruppen und Charaktere zusammenzustellen.
Die von Frau Waible geplante Präsentation für die Bewerber lag dem Team vor, damit die Teilnehmer gezielte Fragen stellen konnten und das Interesse an der Beschäftigung glaubhaft wurde. Die zehn Statisten arbeiteten ein Konzept aus und stimmten sich perfekt ab.

Zwischen dem Absenden der Einladung und dem Termin im „Grünen Baum" würden drei Wochen liegen, die übliche Zeit, um den Postweg zu berücksichtigen, die Rückantworten sicherzustellen und dem Bewerber Zeit zu geben, mögliche Terminüberschneidungen zu klären.

Und so ging die Einladung an den Empfänger und fand sich einen Tag später im Briefkasten *KRAUSE* wieder.

Mit dem Postboten war vereinbart, im Falle des Briefeinwurfs, einmal kurz auf die Klingel bei Sahin zu drücken. Ab da war erhöhte Aufmerksamkeit geboten.

Sahin hatte bislang niemanden bemerken können, der sich an diesen Briefkasten zu schaffen machte.
Sein Motorrad hingegen nahm Formen an. Fleißige Hände hatten fehlende Materialien besorgt, woher auch immer. Fragen wurden nicht gestellt, diese Dinge waren plötzlich da, es wurden dafür andere Sachen eingetauscht, auch Gefälligkeiten.

Als die Klingel ertönte, raffte er sich von seiner unbequemen Matratze auf, blickte aus dem Fenster und sah gerade noch den Briefträger davonfahren.

Sahin beschloss, an seinem Motorrad herumzubasteln, obwohl er hier Zeit schinden müsste.
Seine neuen Freunde konnten es gar nicht erwarten, das Ding fertig zu bringen. Er hingegen wollte nur langsam vorankommen. Deshalb kam ihm die Idee, den Motor zu manipulieren, um einen Grund zu finden, diesen zu zerlegen und wieder zusammenzubauen.
Notfalls ein zweites oder drittes Mal.

Er werkelte bereits eine halbe Stunde allein an seinem Motorrad, als zwei Bewohner des Hauses sich zu ihm gesellten, aber keine Anstalten machten, ihm zu helfen.

Einer der Typen, den alle Dragon nannten, wohl wegen seines überdimensionalen drachenartigen Tattoos auf dem Oberarm, beäugte die Briefkästen und schaute in den Briefkasten *KRAUSE*. Aus den Augenwinkeln nahm Sahin das wahr, ohne sich jedoch eine offensichtliche Reaktion anmerken zu lassen.
Kinder kamen aus dem Haus gerannt und spielten im Hof Fangen.

Verflixt, der Typ, der den Briefkasten inspizierte, machte sich langsam davon, der andere aber blieb bei Sahin, ohne ein Wort zu sagen. Sahin wischte sich seine Hände an einem schmierigen Tuch ab.

„Ich brauche Motoröl, sonst geht es nicht weiter hier. Ich muss mal schnell was besorgen." Dann nahm er unauffällig die Verfolgung von Dragon auf.

Zu Sahins Verwunderung betrat Dragon den kleinen Laden an der Ecke.
Ein Geschäft, das sowohl Lebensmittel als auch Kleidung, Nähutensilien, Zeitschriften, Tabak und Autoteile auf Lager hatte, kurz gesagt,

den gesamten Bedarf des Viertels abdeckte.

„Passt, ich kann unauffällig nach Motoröl suchen und dabei den Mann im Auge behalten", dachte Sahin.

Hintereinander betraten sie den Laden. Um allem Ärger von vornherein aus dem Weg zu gehen und um zu verhindern, dass Dragon Lunte roch, sprach Sahin ihn gleich an.
„Weißt Du, wo die hier das Motoröl versteckt haben?"

Wenn Dragon sich später bei seinem Kumpel erkundigen würde, könne dieser bestätigen, dass Sahin mit der Absicht losgegangen sei, das Öl zu kaufen.
Dragon zeigte nach hinten in den Laden. Sahin marschierte los, ohne Dragon wirklich aus den Augen zu lassen.

Sahin griff nach dem Nächstbesten und ging zur Kasse, in der auch Dragon in der Schlange stand, ohne jedoch etwas in der Hand zu halten. Dragon war an der Reihe und verlangte Zigaretten und Kaugummi. Er zahlte mit einhundert Euro.

Jetzt begriff Sahin! In diesen Kreisen gingen Informationen um die Ecke von einem zum andern! Es wurde nicht geredet, sondern vorher vereinbarte Hinweise ausgetauscht!

Zigaretten – Kaugummi - einhundert Euro bedeutet: Brief angekommen. Diese Information erhielt also jetzt der Kassierer.
Dieser würde diese Information in ähnlicher unauffälliger Weise weitergeben.
Irgendwann und irgendwo würde die Information den richtigen Empfänger erreichen.

Da Dragon nicht direkt mit dem Brief zum Geschäft gelaufen war, wusste es Sahin! Es handelte sich um ein ausgeklügeltes kriminelles Netzwerk, wo jeder Mitwirkende nur bruchstückhaft unterrichtet wurde, um den anderen und damit die Sache insgesamt nicht verraten zu können.

Sahin vermutete, ein Mittelsmann habe Dragon einige hundert Euro in die Hand gedrückt mit dem Auftrag, mit diesem Geld Zigaretten und Kaugummi zu kaufen, wenn ein Brief im Kasten *KRAUSE* angekommen sei. Viel mehr Informationen hatte er sicher nicht.

Bestimmt hatten die einhundert Euro schon eine Weile in Dragons Tasche gebrannt. Bevor aber der Brief nicht im Briefkasten war, konnte er dieses Geld nicht ausgeben.
Hundert Euroscheine waren in der Gegend wohl eher eine Seltenheit und wechselten freiwillig oder unfreiwillig in Blitzesschnelle den Besitzer.
Einen Hunderter zu besitzen, verschaffte diesen Personen in ihren Kreisen einen gewissen Respekt. Wer große Scheine mit sich herum trug, war auch groß im Geschäft. Von diesem Kuchen wollten alle etwas abhaben, also erhielt derjenige nicht nur Respekt, sondern auch eine Menge neuer guter Freunde.
Ob er besser auf diese Freunde verzichten konnte, würde sich erst später herausstellen, aber ein Hunderter signalisierte, „Er ist wer, unterschätzt ihn nicht".

Nachdem auch Sahin den Laden wieder verlassen hatte, suchte er sich einen ungestörten Platz und gab die Informationen sofort an sein Team weiter.
Dieses würde jetzt das Geschäft im Auge behalten. Sahin wurde zurück zum Haus beordert.

Dragon und der andere Typ lungerten wieder rauchend auf dem Hof herum, während Sahin erneut an seinem Motorrad werkelte. Er ließ das alte Öl ab und füllte neues ein. Hin und wieder sprachen einige Bewohner mit ihm, aber an diesem Tag war bis zum Anbruch der Dunkelheit nichts weiteres Außergewöhnliches geschehen.

Vor dem Geschäft wurden alle Kunden fotografiert, die es betraten, dies werde man so lange machen, bis der Briefkasten geleert wurde.

Hin und wieder kam eine recht verwahrloste junge Frau mit ihrem Hund an dem Laden vorbei, ohne ihn jedoch zu betreten. Diese Frau hatte Jenny heute schon drei Mal beobachtet. Vorsichtshalber hatte sie diese auch fotografiert.

Die Kameraaufnahmen in der Schwedenallee hatten bislang keinen weiteren Kontakt zu dem Briefkasten aufgezeichnet.

Sahin saß gerade vor seinem Laptop, als sein Handy klingelte. Jenny meldete ihm, der Ladenbesitzer habe soeben sein Geschäft abgeschlossen und sich zu Fuß auf den Heimweg gemacht.
Er habe allerdings, bevor er wegging, eine Tageszeitung vor den Eingang gelegt. Jenny vermutete richtig, dies war das ausgemachte Zeichen, um zu signalisieren, dass der Briefkasten nunmehr bestückt wäre.

Da der Ladeneingang auch aus weiterer Entfernung recht gut einsehbar war und damit auch der Blick auf die Tageszeitung freigegeben wurde, würde es nicht nötig für die Zielperson sein, sich direkt vor dem Laden herumzutreiben, was eine Observierung so gut wie unmöglich machte.

„Na bravo", entfuhr es Sahin, „das heißt, in jedem vorbeifahrenden Fahrzeug könnte unser Mann sein. Jeder Fußgänger, jeder, der seinen Hund spazieren führt, jedes Fahrrad, jedes Auto. Und wir merken es nicht einmal. Ich schlage vor, ihr gebt Eure Position dort auf und nähert Euch meiner Wohnung."

Jenny versprach, es mit der Zentrale durchzusprechen. Sie und ein weiterer Begleiter wurden angewiesen, sich in der Nähe des Gebäudes Schwedenallee fünfundzwanzig so zu postieren, dass sie einem eventuell eintreffenden PKW sofort unauffällig folgen könnten. So lange sollten sie ein verliebtes Pärchen im Auto mimen.

Sahin nahm sich einen Stuhl und setzte sich ans Fenster. Er machte im Nebenzimmer das Licht an, gerade genug, um einen leichten Lichtstrahl in seinen Raum fallen zu lassen, von außen war seine Position nicht erkennbar. Von seinem Fensterplatz aus würde er Bewegungen im Hof ausmachen können.
Er dachte sogleich an Hitchcocks Roman „Das Fenster zum Hof" und grinste in sich hinein.

Doch in dieser Nacht passierte nichts.

56.
Noch immer war es Rudi nicht gelungen, die fortwährend redende Elsa abzuschütteln.
Inge hingegen hatte sich näher an die Reiseleiterin Marion gedrängt, und so blieb Elsa Rudi überlassen.
Mit viel Geduld ließ er den Redeschwall über sich ergehen, manchmal nickte er, manchmal sagte er ganz beiläufig „Ja", „Aha" oder „Soso".

Bewusst vermied er längere Kommentare. Er suchte verzweifelt nach einer Lücke, um sich dem Geplapper zu entziehen. Elsas einen zu langen Atemzug nutzte er schließlich, um sich ebenfalls Marion anzuschließen und mit dieser ein Gespräch über das *Castello* zu beginnen.
Elsa hatte sich inzwischen ein anderes Opfer gesucht, nun konnte sich Rudi endlich Inge widmen.

„Ich kenne La Palma bereits. Darf ich mir erlauben, es Ihnen näherzubringen und Sie einladen, mit mir durch die Altstadt zu bummeln und dort in einem wirklich bezaubernden Lokal zu Mittag zu essen? Sie werden es nicht bereuen."

Inge fühlte sich geschmeichelt, hatte jedoch aus unerfindlichen Gründen ein schlechtes Gewissen. Ja wem denn gegenüber? Gegenüber Johannes? Gegenüber Ihrem verstorbenen Mann? Würden etwa die Mitreisenden sich das Maul über sie zerreißen, wenn sie die Einladung annehmen würde?
Obwohl keiner der Mitreisenden etwas von der Einladung mitbekam und wenn, dann interessierte es wirklich niemanden, schaute sich Inge ängstlich um.
Wenn Herr Bohlen nun doch ein Heiratsschwindler wäre?

„Nun... ja...aber...", Inge merkte, wie sie errötete. Rudi rettete die Situation.

„Wissen Sie Frau Berger, nachher haben wir einige Stunden ohne Reiseführer zur freien Verfügung. Die Gruppe wird auseinanderlaufen, ohne dass jemand auf den anderen achtet. Nur müssen *wir* darauf achten, Frau Elsa abzuhängen, damit sie uns bloß nicht folgt. Ich würde diese bezaubernde Stadt gerne in Ruhe genießen."

Beide lachten. „Da wir mit unserem Bus noch eine kleine Stadtrundfahrt machen, können Sie entscheiden, was Sie sich gerne nochmals ansehen möchten. Ich werde Sie dann dort nach dem Mittagessen wieder hinführen."

Inge willigte schließlich ein. Sie beschlossen, gleich nach der kleinen Stadtrundfahrt schnurstracks ohne weitere Abschiedsszenen in die Altstadt zu verschwinden.

Fatalerweise hatten noch mehr Besucher der Stadt Palma die gleiche Idee. So nahm das Schicksal seinen Lauf.

Der Bus parkte gegen 12.30 Uhr gar nicht weit vom *Place del Platins*, ein idealer Ausgangspunkt für alle Sehenswürdigkeiten. Marion verabschiedete ihre Gäste mit der Ermahnung, pünktlich um 16.30 Uhr wieder am Bus zu sein. Zuvor hatte sie einige verschiedene Sehenswürdigkeiten und Lokalitäten angepriesen.

Elsa klebte nach wie vor an einem Ehepaar, und so gelang es Inge und Rudi, sich ohne weitere Behinderungen auf den Weg in die Altstadt zu machen.

Rudi erklärte ihr stolz einige Gebäude, die sie während des Spaziergangs streiften, wusste viel über die Entstehung, über die Bewohner und sogar über die Architektur.
Erstaunlich präzise konnte er auch über die jeweiligen Anno Domini Auskunft geben.

Rudi befürchtete schon, Inge zu langweilen, diese aber hing gebannt an seinen Lippen und zeigte wirkliches Interesse. Sie bogen in eine kleine Seitenstraße und fanden sich auf einem Markt wieder.

„Wie romantisch", freute sich Inge, „lass uns doch bitte hier ein wenig verweilen, ich liebe Märkte, besonders die, die allerlei Kruscht anzubieten haben."

Gerne ließ sich Rudi dazu überreden. Als Inge an einem Stand mit kleinen Porzellan- und Keramikvasen anhielt, die eine und andere Vase sogar von ihr vorsichtig und liebevoll in die Hand genommen wurde, bestand er darauf, ihr die kleine geschwungene Vase mit kleinen Henkeln und der Aufschrift: *Palma – Ciudad con corazón*, zu schenken.
Inge war so gerührt, dass sie kaum ein Wort herausbrachte und erlaubte Rudi, ihr den Arm zu reichen, in den sie sich dann einhängte. Für einen Moment hatte sie ihre Befürchtungen über den Haufen geworfen, einem Heiratsschwindler aufgesessen zu sein.
So schlenderten die beiden durch die engen Gassen, blieben hier und da stehen, kauften sich ein Eis und genossen den wunderschönen Tag.

„Wir müssen Acht geben, dass uns Frau Elsa nicht über den Weg latscht, ich fürchte, dann müssen wir zu Dritt essen", scherzte Rudi.

Er hatte es noch nicht ausgesprochen, da wackelte in der Tat Elsa ums Eck. Inge zerrte geistesgegenwärtig Rudi in den nächsten Laden und hoffte inständig, Elsa hätte sie nicht entdeckt.
Sie sahen Elsa allein vorbeilaufen. Sie erweckte den Eindruck, als suche Elsa Leute aus der Reisegruppe. Offenbar war es auch dem Ehepaar gelungen, die Flucht zu ergreifen.

„Irgendwie tut sie mir ja leid, aber man bekommt wirklich mit der Zeit Zahnschmerzen von dem Dauergerede."
Rudis Gesichtsausdruck vermittelte dennoch so etwas wie Schadenfreude.

„Die Luft ist rein, lass uns in die andere Richtung gehen, da ist eh das Lokal. Wir können dort erst gemütlich zu Mittag essen, bevor wir weiter die Stadt erkunden."

Sie schlenderten weiter die Straße hinunter, bogen noch einmal rechts in eine weitere Querstraße ab und erreichten ihr Ziel. Rudi sagte freudig: "Da ist es, habe ich Dir zu viel versprochen?"

Er schaute Inge an und sah in ihr entsetztes und aschfahl gewordenes Gesicht. „Gefällt es Dir nicht?", fragte Rudi sie mit einem Anflug von Enttäuschung.

Rudi war verwirrt. Inge reagierte überhaupt nicht, sondern starrte weiterhin auf das Lokal.

Noch bevor Inge zur Salzsäure erstarrte, hatte Herr Moser seinen ehemaligen Vorgesetzten, Herrn Bohlen, erkannt und war ebenfalls verwirrt, konnte im ersten Moment nicht einordnen, ob er aufgrund des Falls in Hilkershausen gesandt worden war, oder ob er in der Tat lediglich durch einen Zufall hier Urlaub machte.
Friedrich glaubte nicht an Zufälle und beschloss, sich bemerkbar zu machen, falls Herr Bohlen an ihm vorbeigehen würde. Die Dame an seiner Seite kannte er nicht, bemerkte aber, dass sie sich wohl gerade über etwas sehr erschrocken hatte.

„Schau doch Johannes, die Frau da drüben, die starrt uns so seltsam an!"
Carola, die gerade aus der Speisekarte wählte, bemerkte instinktiv, wie sie intensiv beobachtet wurde und entdeckte das erstarrte Gesicht der ihr fremden Frau, die keine zehn Meter von ihrem Tisch entfernt stand.

Rudi versuchte angestrengt, den Grund für Inges Verwirrtheit auszumachen, konnte sich aber noch immer keinen Reim machen.

Endlich reagierte auch Johannes, sein Gesicht erstarrte ebenso, wie das seiner Mutter.

Inges starrer Blick löste sich zuerst und sie stammelte: „Johannes!"

Mit offenem Mund schüttelte sie den Kopf und konnte nicht fassen, was sie da gerade sah. Sie wusste nicht, ob sie wütend sein sollte, weil sie sich die ganze Zeit um Johannes gesorgt hatte, oder ob sie wütend sein sollte, weil sie angelogen wurde!
Oder war es jetzt ihre eigene Scham, als wäre sie bei einer Untat erwischt worden?
Welche Rolle spielte dann Frau Waible?
Wieso spielte Frau Waible dieses Spiel mit?
Wer war die Frau an Johannes Seite, warum wurde sie von ihrem eigenen Sohn, für den sie doch alles gab, so hintergangen? Ihre Gedanken überschlugen sich.

Rudi wiederholte: „Johannes? Dein Sohn? Was ist denn, Inge?"

Erst jetzt wurde es Inge bewusst, dass Johannes einen furchtbar falschen Eindruck von ihr bekäme. Sie hing am Arm eines Mannes, mit dem sie den Urlaub verbrachte. Der Himmel stehe ihr bei.
Sie war genauso in einer peinlichen Erklärungsnot wie ihr Sohn.

Johannes war inzwischen aufgesprungen und stammelte ungläubig: „Mutter!"

Allmählich begriffen alle Beteiligten, was eigentlich los war. Carola war ebenfalls aufgestanden und auch Friedrich war sprungbreit, um eine eventuelle Katastrophe zu verhindern.

Inge ging langsam zusammen mit Rudi auf Johannes und Carola zu, aber anstatt zu fragen, was Johannes denn hier mache, suchte sie nach einer Entschuldigung für ihre Anwesenheit hier mit einem männlichen Begleiter, an dessen Arm sie noch immer klebte.

„Es ist nicht so wie Du denkst, ich…, Resi hat gemeint…, sie hat darauf bestanden, dass ich verreise."
Etwas noch Dümmeres war ihr in diesem Moment nicht eingefallen.
Inge rang um Fassung.

Johannes sagte noch immer nichts. Eine Million wirre Gedanken schossen ihm gleichzeitig durch den Kopf.
War Mutter eingeweiht, hatte man auch sie in Sicherheit gebracht? Er konnte sich keinen anderen Grund vorstellen.

Carola löste den Knoten zuerst. „Guten Tag Frau Berger, ich bin Carola Kortmann. Sie haben völlig recht, es ist nichts so, wie wir alle denken."

Sie reichte Frau Berger die Hand, die sie anstarrte, als käme sie von einem anderen Stern. Inge Berger reichte Carola mechanisch die Hand, noch immer war ihr Blick völlig abwesend. Dann stellte ich Rudi ebenfalls förmlich vor und reichte Johannes und Carola die Hand.

„Woher weißt Du, dass ich hier bin, hat Dir die Polizei alles gesagt?" Johannes war sich sicher, auch seine Mutter wurde nach Mallorca geschafft, um sie aus der Gefahrenzone zu bringen.

Inge verstand natürlich nichts. Noch bevor sie etwas sagen konnte, kam Friedrich Moser auf die Gruppe zu.

Nun war es Rudi Bohlen, der verwirrt aus der Wäsche schaute, aber seine schnelle Kombinationsgabe sagte ihm, dass die Zusammenkunft Johannes, Carola und Friedrich kein Zufall war, zumal Johannes etwas von Polizei gefaselt hatte.

„Friedrich! Das ist ja eine Überraschung? Wie geht es Dir? Ich freue mich, Dich hier zu sehen! Bist Du auch dienstlich hier?"

„Rudi, ich freue mich auch. Ja, ich mache hier einen Job. Hast Du wirklich keine Ahnung?"

„Nein, ich habe keine Ahnung, was Du hier machst. Ich mache hier mit einer Seniorengruppe Urlaub und habe mir erlaubt, dieser netten Da-

me die Stadt zu zeigen.
Wir sind etwas auf der Flucht vor einer sehr mitteilsamen Mitreisenden und wollten gerade hier zu Mittag essen.

Nein, im Ernst, Herr Ludwig hat mich gebeten, diese Reise anzutreten und auf diese nette Dame Acht zu geben. Diese Reise hatte ich nicht geplant und sie kam für mich, sagen wir, von heute auf morgen? Zu den Hintergründen wurde ich nicht informiert, Herr Ludwig sagte nur, die Dame könne in Gefahr geraten."

Inge starrte ihn entsetzt an, ohne zu verstehen.
In ihrem Gesichtsausdruck war neben dem blanken Entsetzen, Verdutztheit, Verärgerung, auch Enttäuschung zu lesen.
Sie hatte sich doch tatsächlich eingebildet, Herr Bohlen mache Annäherungsversuche mit ernsten Absichten. Jetzt stellte sich heraus, dass sie lediglich notgedrungen seine Begleiterin war. Nein, das war ja wohl die Höhe!
Wenigstens war sie keinem Heiratsschwindler aufgesessen, das war jedenfalls das einzig Positive an der gesamten Situation.

„Gut. Wir müssen sofort verhindern, Aufsehen zu erregen. Wir sollten uns ins Innere des Lokals zurückziehen. Ich kläre die Situation geschwind mit dem LKA, ich komme dann gleich nach.
So lange bitte ich Sie, Herr Berger, kein Wort über die Angelegenheit zu verlieren. Verhalten Sie sich bitte alle wie unbeschwerte Urlaubsgäste. Ich bin gleich wieder bei Ihnen."

Damit ließ er die vier völlig verdutzten Personen zurück, die aber wie automatisch einen Platz im Inneren des Lokals einnahmen.

Im Lokal war es angenehm leer, kein Gedränge und keine Lauscher an den Nebentischen. Niemand wusste mit der Situation so richtig umzugehen oder etwas Passendes zu sagen und so nahmen sie alle schweigend Platz.
Unter anderen Umständen hätte Inge sich in diesem Lokal sehr wohl gefühlt, die Tische waren hübsch gedeckt, rot gemusterte Servietten, rote Platzdeckchen und farblich abgestimmte Kerzen schmückten die dunklen Holztische.

Der Kellner pruddelte etwas vor sich hin, wohl weil Johannes und Carola den Platz gewechselt hatten und ihre Getränke mit hineingenommen hatten.
Als nunmehr jetzt zuständige Bedienung, fehlten ihm deshalb wohl die Provision an diesen Getränken, denn der Kellner, der für den Außenbereich zuständig war, knallte Johannes die Rechnung hin, ebenfalls sauer, weil ihm jetzt die Provision für das Essen durch die Lappen ging.
Die Speisekarte wurde gereicht, aber keiner der Anwesenden konnte sich jetzt darauf konzentrieren.

Die Situation war gespannt, ein Gespräch kam nur schleppend in Gang. Eher hüllten sich alle Beteiligten in betretenes Schweigen.

Rudi und Carola tauschten sich vorsichtig aus, jeder sagte, wo er wohnte und womit er sein Geld verdiente. Rudi war taktvoll genug, um Johannes nicht dazu zu verleiten, seiner Mutter den Grund seines Hierseins zu erzählen.
Nach quälenden Minuten gesellte sich Herr Moser mit ernster Miene dazu.

„Ich habe gerade mit Herrn Hauptkommissar Ludwig gesprochen. Aufgrund der nunmehr veränderten Situation hält er es auf keinen Fall für vertretbar, wenn Sie, Frau Berger, zurück zur Reisegruppe gehen. Das gilt auch für Dich, Rudi.

Wir werden mit der Reiseleitung reden und die Koffer abholen lassen. Uns fällt schon etwas ein, was eine vorzeitige Abreise erklären wird."

„Vorzeitige Abreise? Ich denke ja gar nicht daran, jetzt abzureisen." Herr Bohlen wirkte verärgert.
„Vorzeitige Abreise von der Senioren-Reisegruppe. Herr und Frau Berger können definitiv noch nicht nach Hause zurück. Wir werden Frau Berger und auch Dich im gleichen Hotel unterbringen wie Herrn Berger und Frau Kortmann. Nur dann können wir für einen sinnvollen Schutz garantieren."

„Schützen?" Inge schluckte. „Um Himmels Willen, wo vor denn?" Jetzt erinnerte sie sich an Johannes Worte vor einigen Minuten. „Niemand hat mir auch nur ansatzweise etwas gesagt und... ich hatte keine Ahnung Johannes hier in Mallorca anzutreffen. Oh Gott!"
Inge fürchtete, gleich in Ohnmacht zu fallen.

Friedrich Moser sah Johannes an, der zusammengesunken am Tisch saß.

Die Bedienung nervte und bestand darauf, das Essen müsse jetzt bestellt werden.
Friedrich bestellte eine „Spanische Platte für fünf Personen" sowie diverse Getränke. Die Bedienung verschwand nur kurz, um Besteck und Servietten zu bringen.

Als sie endlich wieder allein waren, machte Friedrich einen Erklärungsversuch.
Mit gedämpfter Stimme erklärte er: „Ich denke, es ist für alle Beteiligten das Beste, wenn ich alle auf den gleichen Stand der brisanten Situation bringe. Aufgrund der Öffentlichkeit hier werde ich mich nur auf das Wesentliche beschränken, die Einzelheiten können wir dann später im Hotel bereden."

So knapp wie möglich umriss er den Vorfall. Herr Bohlens kriminalistischer Instinkt war wieder geweckt. Er hätte niemals gedacht, wie sehr ihm seine Arbeit fehlen würde.
Er bestätigte Friedrich nochmals, wie völlig ahnungslos er sei, was die Hintergründe beträfe. Seine Anwesenheit jetzt und hier an diesem Tisch sei ein, wenn auch seltsamer Zufall.
Inge Berger hingegen war immer noch der Ohnmacht nahe, näher als je zuvor.
Ihr armer Johannes! Sie hatte ihn im Stich gelassen, gerade in dem Moment, als er sie so dringend gebraucht hätte.
Inge hatte ein schlechtes Gewissen. Vor einigen Tagen hatte sie ihn gar nicht erst zu Wort kommen lassen, sondern ohne Wenn und Aber beschlossen, bei Resi zu bleiben. Hatte sich für Resis Probleme aufgeopfert, dabei waren ihre eigenen und die von Johannes um einige Nummern größer. Sie hatte Johannes nicht zugehört, hatte seine Angst in seiner Stimme nicht gehört.
Immer wieder hatte sie zu Resi gesagt: „Da stimmt was nicht."
Inge hatte Recht behalten, sie hätte sich keinesfalls von Resi davon abbringen lassen sollen! Und vorher hatte sie Johannes auch nicht zugehört, als er fragte, ob die Polizei ihr alles erklärt habe. Wieder hatte sie nur an sich gedacht und an die Peinlichkeit ihres Hierseins.

Sie war egoistisch gewesen und hatte sich in den Urlaub verdrückt, selbstsüchtig war sie auf Resis Vorschlag eingegangen. Johannes hatte sich dann in die Arme dieser, dieser Frau retten müssen.
Ja, wer war denn diese Frau überhaupt? Woher kannte er sie, und weshalb war sie überhaupt mit ihm hier?

Carola empfand die ganze Situation als noch spannender, spürte aber auch, dass wohl ab sofort mit romantischem Urlaub zu zweit Schluss war. So etwas wie Bedauernis kann in ihr auf.

Johannes, noch immer fix und fertig, weil er immer noch nicht begriffen hatte, wieso seine Mutter entgegen all ihrer Vorsätze allein verreiste. Welcher Sinneswandel war in ihr vorgegangen?

Er kannte sie nicht wieder, war aber auch angenehm überrascht und freute sich für sie, Mutter hatte den Mut aufgebracht, etwas allein zu unternehmen. Das war für sie sicherlich ein erster Schritt zurück ins Leben. Vielleicht freute er sich auch für sie, weil er spürte, wie sehr sich seine eigene Situation auch in Zukunft ändern würde.
Er hatte ihr keine Möglichkeit gegeben, ihn zu informieren. Auch wenn der Vorfall nicht in Hilkershausen gewesen wäre, er hätte es jederzeit begrüßt, wenn seine Mutter allein verreist wäre, wieso auch nicht?

Allerdings begriff Johannes auch, die jetzt neue Situation würde die Beziehung zu Carola nicht einfacher machen.
Würde ihm seine Mutter überhaupt glauben, wie er zu Carola stand und er sie noch überhaupt nicht angefasst hatte? Hatte etwa seine Mutter mit Herrn Bohlen...?

Plötzlich wurde sich Johannes darüber im Klaren, dass er für Carola wohl so etwas wie Liebe empfand und er wohl die Chance endgültig verpasst hatte, oder etwa nicht?
Für derartige Gedanken jedoch war hier und jetzt kein Platz.

Friedrich bat die Gruppe, sich zu entspannen und sich dem Essen zu widmen, sie könnten momentan sowieso nichts anderes tun. Und so gelang es allen Beteiligten, ein wenig lockerer zu werden und das Essen und den Wein zu genießen.

In der Tat waren allerhand Köstlichkeiten aufgetischt worden. Nach der anfänglichen Zurückhaltung wurden die Köstlichkeiten auf der Platte fast ganz verzehrt. Es wurden noch fünf Kaffee bestellt, dann beschloss das Quintett, den Weg zurück ins Hotel anzutreten.

Carola und Johannes sollten im eigenen Wagen fahren, Rudi und Inge würden Friedrich begleiten, das Gepäck würde im Laufe des Abends eintreffen.

Marion hatte in der Zwischenzeit die Nachricht erhalten, Frau Berger müsse aufgrund eines Vorfalls in der Familie sofort zurückfliegen und eben wegen dieses schweren Schicksalsschlages hätte sich Herr Bohlen sofort bereit erklärt, sie zu begleiten.
Sie ließen Marion in dem Glauben, die Zimmer seien von ihnen selbst geräumt worden.
In Wirklichkeit erschienen im Hotel zwei Beamte in Zivil, die in weniger als einer Viertelstunde beide Zimmer räumten und für Rudi und Inge auscheckten.
Noch vor achtzehn Uhr würde das Gepäck seinen ursprünglichen Besitzern wieder zugeführt werden.

Als zum vereinbarten Zeitpunkt die Reisegruppe wieder zum Bus zurückkehrte, erklärte Marion den erstaunten Beteiligten von dem Umstand der notwendigen Abreise und Elsa war es, die exakt das Gleiche schon einmal von ihrer Freundin gehört hatte. Diese habe ihren Urlaub abbrechen müssen, weil sich die Tochter ein Bein gebrochen hatte und die Enkelkinder nicht versorgt wurden.
Alle verdrehten die Augen, denn die Geschichte wurde von Elsa selbstverständlich in allen Einzelheiten langatmig ausgebreitet.

Rudi und Inge erreichten kurz nach Johannes und Carola das Hotel.
Während der Fahrt hatten Johannes und Carola geschwiegen, es war ihnen nicht gelungen, ein belangloses Gespräch zu führen. Jeder für sich war in Gedanken versunken.
Der sonst so fahrgeübte Johannes hatte alle Hände voll zu tun, um sich auf den Straßenverkehr zu konzentrieren. Seine Gedanken waren ein einziger Matschhaufen.

Bei Carola war es eher ein Bedauern und die Furcht vor dem Ende der Zweisamkeit.
Ob Johannes von ihr verlangen würde, das Zimmer zu räumen, um Platz für seine Mutter zu machen?

Auch Inge sagte während der Fahrt kein einziges Wort, sondern starrte regungslos aus dem Fenster. Sie hatte das Angebot ihrer Begleiter abgelehnt, auf dem Beifahrersitz Platz zu nehmen, und so schmollte sie hinter Rudi wortlos vor sich hin.
Sie war noch immer pikiert und zutiefst gekränkt, niemand hatte ihr vertraut, niemand hatte den Schneid gehabt, sie zu unterrichten.

Lediglich Rudi und Friedrich plauderten über alte Zeiten.

Nach einer gefühlten Ewigkeit konnte Inge dann ihr neues Zimmer beziehen. Trotz der widrigen Umstände musste sie einräumen, sich hier sicherlich wohlfühlen zu können, denn das ihr zugewiesene Hotelzimmer war überaus ansprechend eingerichtet, sogar noch ein Tick luxuriöser als das Zimmer in ihrem vorherigen Hotel.

Man hatte sich gegenseitig etwas Ruhe zugestanden und wollte sich erst wieder zu einem gemeinsamen Abendessen treffen. Eigentlich war es mehr als ein Zugeständnis, eher eine ganz klar definierte Anweisung: Jeder bleibt in seinem Zimmer!

Friedrich erhielt den Befehl, sich im Hotel wieder als Einzelgänger zu geben.
Hiervon hatte er Rudi und Inge während der Fahrt zum Hotel in Kenntnis gesetzt.

Obwohl Rudi tausend Fragen hatte, hielt er besser seinen Mund, denn er kannte Friedrich Moser, dieser machte einen tollen Job und war mit Sicherheit jemand, der wusste, was er tat.
Friedrich würde ihn schon in einem Vier-Augen-Gespräch in Kenntnis setzen. Bestimmt sogar, denn Friedrich schätzte Rudis Meinung.
Mehr als einmal hatte er sich seinen Rat eingeholt, als Rudi schon im Ruhestand war.
Auch in Rudis aktiver Zeit hatte Friedrich sich einige Male mit Rudi zusammengesetzt, um mit ihm einige Lösungen zu erarbeiten. Beide

Parteien blickten gern auf die gemeinsame Arbeitszeit und dem sehr angenehmen Arbeitsklima, zurück.

Als Inge und Rudi ihre Zimmer bezogen hatten, fühlten sich beide hilflos und leer.
Inge wäre am liebsten zu Johannes gelaufen, hätte ihn gern umarmt und getröstet.

Rudi wäre am liebsten ins Zimmer von Friedrich gestürmt, um alles zu erfahren.

Johannes hatte sich auf sein Bett ausgebreitet, Carola saß auf dem Balkon und las mehr oder weniger konzentriert in ihrem Buch.

Allen blieb nichts anderes übrig, als auf das Abendessen zu warten.

Währenddessen ging Hauptkommissar Ludwig in seinem Büro wieder einmal auf und ab, die Hände in seine Hosentaschen vergraben und den Kopf in den Nacken gelehnt.
Hin und wieder blieb er stehen, um zum x-ten Mal aus dem Fenster zu starren, auf den Vorhof des Gebäudes, als würde sich dort etwas Sehenswertes abspielen.

Sonja Thewes schmunzelte, als sie das Zimmer betrat und erreichte wenigstens, dass auch der Hauptkommissar sich etwas entspannte.

Sonja setzte sich, nachdem sie mit einer Handbewegung dazu aufgefordert wurde. Auch ihr Vorgesetzter nahm Platz, widerwillig und zögerlich zwar, aber immerhin.

„Wir haben ein Problem, das so unglaublich ist, dass ich gar nicht weiß, ob es sich nicht doch um einen Aprilscherz von Herrn Moser handelt, ob ihm die Sonne da unten nicht guttut, oder ob er etwas geraucht hat."

Sonja Thewes, die überhaupt noch keine Ahnung von den Vorfällen in Mallorca hatte, schaute ihn verwundert an, sagte aber bisweilen nichts.

Mit präziser Schilderung und Wiedergabe der Worte von Friedrich Moser setzte er sie ins Bild.
Anfänglich hatte Sonja noch den einen oder anderen Satz mit „wie bitte", „das gibt`s ja gar nicht" oder mit „ach Du meine Güte", kommentiert, mittlerweile hatte es aber auch ihr die Sprache verschlagen und so starrte sie immer wieder kopfschüttelnd abwechselnd zu Herrn Ludwig, dann auf ihre Aufzeichnungen, dann wieder zu Herrn Ludwig.
Eine ganze Weile saßen sie sich schweigend gegenüber.

Endlich kam der Hauptkommissar zur Sache: „Wir wussten, Johannes Berger ist nach Mallorca geflogen und auch seine Mutter ist ziemlich unvermittelt dort hingereist. Dies war aber ein echter Zufall.
Wir selbst haben Herrn Berger dazu ermuntert und waren heilfroh, auch Frau Berger erst einmal aus ihrem Haus zu haben.

Wir haben das Haus beobachtet, in dem Inge Berger zu Besuch war.
Nachdem sie mit ihrer Schwester in die Stadt fuhr und ein Reisebüro betrat, ist unser Beamter dort ebenfalls hinein. Er hat sich so lange dort herumgedrückt, bis er Reiseziel und Datum in Erfahrung gebracht hatte.

Völlig anderer Ort, völlig anderes Hotel, eigentlich hätten sich Mutter und Sohn nicht unbedingt begegnen müssen. Wir waren uns damals sicher, eine Begegnung der beiden wäre sehr unwahrscheinlich.
Um das Risiko klein zu halten, habe ich unseren pensionierten Freund Bohlen mit auf die Reise geschickt. Der hatte zwar anfänglich überhaupt keine Lust gehabt auf die Insel, aber seine Neugier hat ihn dann doch angetrieben.
Viel mehr Informationen hat Rudi nicht bekommen, er wurde nur gebeten aufzupassen, damit Frau Berger keine Karten verschickt an Gott und die Welt oder die ganze Welt anruft, wo sie sich jetzt aufhält.

Wir hofften so, diese eine Woche ohne Probleme durchzustehen.
Ansichtskarten hat Herr Bohlen in der Tat beim Postamt beschlagnahmt.
Das Telefon auf dem Zimmer der Frau Berger haben wir sperren lassen, sie konnte nur innerhalb des Hotels telefonieren, so war es in dem vorherigen Hotel, wie auch in dem jetzigen.
Ob sie ein Handy besitzt, glauben wir nicht. Sie ist kein Handy-Typ, und Herr Berger hat ja damals seine Mutter auch nur bei der Tante erreichen können. Er hätte uns ansonsten sicher auch die Handynummer gegeben.
Auch Bohlen hat bislang keines erwähnt.
Aber bitte, notieren Sie, das muss noch geprüft werden, nicht dass es ein böses Erwachen gibt.

Sind wir froh, Rudi Bohlen zu haben. Wenn er auch dort unten ist, erleichtert es auch Friedrich die Sache. Ich habe mich deshalb entschlossen, ihn bei den Bergers zu lassen, anstatt bei seinen Senioren. Sicher ist sicher! So kann sich Bohlen um Frau Berger kümmern und Friedrich um Herrn Berger und Frau Kortmann. So, wie Herr Berger seine Mutter beschrieben hat, ist das auch sicherlich von Nöten."

Michael Ludwig machte eine kurze Pause. Er erhob sich. Sitzend konnte er nicht reden, nicht in dieser Hochphase der Ermittlungen, nicht in dieser neuen Situation, die sicherlich mehr Probleme aufwarf, als sie hilfreich war.

„Ich habe zunächst Herrn Moser Anweisungen gegeben, sich weiterhin als Einzelgänger zu präsentieren. Die übrigen Reisenden werden von nun an zu viert Urlaub machen.

Nun gut, es ist ja nichts Außergewöhnliches, wenn ein junges und ein älteres Paar zusammen den Urlaub verbringen. Allerdings hat Herr Moser jetzt noch auf eine weitere Person zu achten, nämlich Frau Berger, auch wenn er hier von Bohlen unterstützt wird.

Und ob Frau Berger nicht in ihrer Euphorie ihre gesamten Freundinnen vom Kaffeekränzchen in Kenntnis setzt, vermag ich nicht zu beurteilen. Momentan verhält sie sich noch ruhig, aber sie ist wahrscheinlich viel zu sehr schockiert, um realistisch und besonnen zu reagieren."

„Wenigstens ist Rudi mit von der Partie, hoffentlich reicht sein Einfluss!"
Mit einem Lächeln fügte sie hinzu: „Kaum ist er im Ruhestand, schon geht er auf Brautschau."

„Wir sollten vorsichtshalber Frau Waible und Herrn Bohn und auch den Beobachtungstrupp von der neuen Situation in Kenntnis setzen und sie sensibilisieren. Wer weiß!
Ferner sollten wir auch die Reisegruppe, mit der Rudi nach Mallorca gefahren ist, observieren, falls durch die Abreise noch Gerüchte in Umlauf kommen, die in die falschen Ohren dringen."

Sonja schlug vor, alle an diesem Fall beteiligten Beamten nochmals zusammen zu holen, möglichst noch an diesem Tag, um alle auf den gleichen Stand zu bringen, und um dann ein Notfallkonzept auszuarbeiten.
Allerdings dürfe man aber auch die Observationsposten in der Schwedenallee und dem Ladengeschäft nicht eine Minute aus den Augen verlieren. So sollten vom Außendienstteam nur ein oder zwei Personen abgezogen werden, die dann die vorhandenen Informationen weitergeben an den verbleibenden Beobachtungsposten.

In der Tat wurden alle Kollegen gebeten, sich innerhalb von zwei Stunden im großen Konferenzsaal einzufinden, auch Sahin und Jenny kamen.
Kurzfristig waren die Kollegen umpostiert worden, um die Gesamtaktion nicht zu gefährden.

Zu Frau Waible, zu der Niederlassung in Rheinland-Pfalz und Herrn Bohn wurde eine Telefonkonferenz geschaltet. Geschlagene drei Stunden wurden neue Pläne ausgearbeitet, das Für und Wider abgestimmt und debattiert, Vorschläge unterbreitet und wieder verworfen, bis endlich das neue Konzept stand und für *safe* von allen Beteiligten erklärt wurde.

Die am Tatort Hilkershausen gesicherten Spuren wurden nochmals unter die Lupe genommen. Es gab keine brauchbaren Fingerabdrücke, nur die von Herrn Berger, dafür mehrere lange dunkle Frauenhaare, einige blond gewellte Männerhaare. Ein Knopf, kein Blut.

Sahin und Jenny nahmen ihre Posten wieder ein. In der kommenden Nacht wurden sie für das Ausharren belohnt.
Der Briefkasten wurde tatsächlich geleert.

Weit nach Mitternacht wurde Sahin ein weißer Ford gemeldet, der sich langsam auf das Anwesen zubewegen würde. Sofort sprang er auf, nahm seine Position ein, überprüfte nochmals den Empfänger und die Aufzeichnung der Kamera und wartete, bis er weiße Ford auf den Hof fuhr.

Er vernahm ein leises Motorengeräusch, ein langsam fahrendes Fahrzeug, das ohne Licht auf den Hof und den Briefkasten zusteuerte.
Der Wagen hielt an, der Motor lief weiter. Einige Minuten lang stieg niemand aus. Dann öffnete der Fahrer leise und sanft die Tür und begab sich auf leisen Sohlen zum Briefkasten.
Den Schlüssel hatte er bereits in der Hand, jedenfalls beobachtete Sahin nicht, dass er ihn aus seiner Jacken- oder Hosentasche herauszog.

Fast geräuschlos wurde der Briefkasten geöffnet. Der Fahrer nahm den Inhalt an sich, schaute links und rechts, wobei er gleichzeitig wieder absperrte, sodann begab er sich ebenso geräuschlos wieder in sein Fahrzeug.

Sahin hörte nicht, wie die Autotür geschlossen wurde, offenbar hatte der Fahrer im Leise sein seine Erfahrung.

Erneut wurde gewartet, dann endlich bewegte sich das Fahrzeug wieder langsam Richtung Straße.
Das Kennzeichen war bei der Dunkelheit nicht zu erkennen gewesen. Sahin hoffte, Jenny konnte dieses notieren.

Dann ging alles ganz schnell, Jenny und Sahin informierten die Leitstelle. Er baute Kamera und Laptop ab, um ins Präsidium zu fahren. Jenny und ihr Begleiter waren ebenfalls auf dem Weg, es war ihr gelungen das Kennzeichen zu notieren. Allerdings waren sich die Ermittler sicher, dieses Kennzeichen war ebenso gestohlen, wie das zuvor ermittelte. Sie wogen das Für und Wider einer Verfolgung ab, kamen dann aber zu dem Ergebnis, den Ford ziehen zu lassen. Zu groß war das Risiko der Entdeckung und damit die Gefährdung der Gesamtoperation.

Aber wenn man Sahin Glauben schenken durfte, gab es jetzt Aufzeichnungen, die brauchbar waren, vielleicht sogar für eine Identifizierung ausreichten. Der Mann in den Aufzeichnungen sei aber definitiv ein anderer als der, der den Briefkasten beim ersten Mal geleert hatte.
Hoffnung hatte sich wieder breit gemacht.

Friedrich Moser erhielt von den Aktionen und der bevorstehenden Auswertung Kenntnis via E-Mail.

57.
Inge saß auf dem Bett, eigentlich wollte sie eine Weile schlafen, aber sie war viel zu aufgewühlt.
Sie hatte sich gerade einen Kaffee gekocht und sinnierte jetzt vor sich hin. Völlig deprimiert saß sie auf ihrem Bett.
Johannes in Gefahr!
Johannes in Begleitung einer Dame mit Gipsfuß und dann ausgerechnet Inge in Begleitung eines Herrn, dem sie auch noch am Arm hing. Was Johannes wohl von ihr dachte.
Und diese Dame erst, sie würde bestimmt denken, sie sei eine lustige Witwe, die sich um ihren Sohn und Haushalt nicht kümmere, sondern nur ihrem Vergnügen nachginge und sich wildfremden Männern offerierte.
Diese Vorstellung nahm Inge komplett ein, das half zumindest eine Weile, die Sorge um Johannes zu verdrängen.

„Ich muss mit Resi sprechen", schoss es ihr plötzlich durch den Kopf. „Sie wird sich schon sorgen, weshalb ich mich noch nicht gemeldet habe."

In ihrem vorherigen Hotel hatte Inge einmal mit dem Telefon auf ihrem Zimmer versucht, ihre Schwester anzurufen. Inge wurde aber mit der Rezeption verbunden, wo ihr von einer netten Rezeptionistin erklärt wurde, ihr Telefon sei lediglich für hotelinterne Zwecke verwendbar. So könne sie gerne den Zimmerservice anrufen oder sich mit einem anderen Zimmer verbinden lassen.
Ihr war es dann zu umständlich, Resi mit dem Handy anzurufen und hatte es auf den Abend verschieben wollen. Jetzt fiel ihr gerade das wieder ein, Resi hatte sie fest versprochen, sich direkt nach ihrer Ankunft zu melden. Das hatte sie dann glattweg vergessen, nachdem das Telefonat auf ihrem Zimmer gescheitert war.

Obwohl Inge ausdrückliche Anweisungen erhielt, niemandem auch nur ein Sterbenswörtchen zu sagen, kramte sie in ihrer Handtasche und griff nach ihrem Handy. Auch so ein Ding, das ihr Resi aufge-

schwatzt hatte, obwohl Inge eigentlich der Meinung war, es sowieso nie zu gebrauchen.
Von diesem Handy wusste niemand außer Resi. Inge hat es nicht bewusst verheimlicht, sie hatte an das *Dings* gar nicht mehr gedacht. Wieso sollte sie auch aller Welt davon erzählen, ein Handy zu besitzen?

Freilich hatte ihr Resi geduldig die wichtigsten Funktionen des Handys erklärt, aber zugehört hatte ihr Inge nur mit einem Ohr.
Jetzt aber war Inge wild entschlossen, das Handy zu aktivieren, denn das Telefon im Zimmer würde bestimmt abgehört, wenn sie überhaupt damit heraustelefonieren könnte und nicht wieder in der Rezeption landete.
Verwirrt und erschrocken über diesen Gedanken starrte sie das Telefon an.

Sie widmete sich sofort wieder intensiv dem Handy.
Also gut, einschalten. Sie fand die Taste auf Anhieb und wusste noch, dass sie diese einige Sekunden gedrückt halten musste.
Und dann den PIN eingeben. 2 2 2 5, danach auf die „*OK-Taste*" drücken. Aha, da tut sich etwas. Und jetzt? Wählen? Wie ging das verflixt nochmal?

Nein, stopp! Resi hatte ihr doch die Nummer eingespeichert, sogar mit Auslandsvorwahl, aber was musste sie jetzt überhaupt machen?
Nervös drückte sie alle möglichen Tasten. Nach einigen Versuchen gelang es ihr, in die Anrufliste zu kommen. Dort sah sie Resis Namen. Inge drückte auf den grünen Hörer, weil sie sich jetzt wieder erinnerte.
So hatte Resi es ihr erklärt.
Es schellte tatsächlich einmal –zweimal – dreimal, dann meldete sich eine ihr vertraute Stimme.

„Hallo Resi, hier ist Inge. Ich wollte mich doch bei Dir melden!"

„Inge! So eine Überraschung! Wie geht es Dir? Gefällt es Dir? Erzähl doch mal! Ich hatte schon viel eher mit Deinem Anruf gerechnet."

Frohgelaunt wie immer, dachte sich Inge, aber sie konnte die gute Laune nicht teilen.
„Na ja. Ich weiß, aber … momentan geht`s mir nicht so gut. Wie geht es denn Deinem Mann?"

Das war mal wieder typisch Inge, erst einmal mit dem Negativen anfangen, Hauptsache das Positive würde ausgeblendet.

„Paul? Der ist schon wieder ganz der Alte. Er darf wahrscheinlich am kommenden Montag wieder nach Hause. Aber was ist denn Inge? Du hörst Dich so bedrückt an!
Kannst Du denn nicht einmal etwas genießen? Bist Du etwa krank? Ach, nun komm schon! Sind die Leute in der Gruppe etwa nicht nett zu Dir? Oder, hast Du so sehr Heimweh?"
Resi bombardierte Inge geradezu mit Fragen und war verärgert, Inge auch wirklich nichts recht machen zu können.

„Nein, nicht krank und kein Heimweh. Doch, doch, sie sind oder besser, waren ganz nett, aber Johannes…"

„Fang doch nicht schon wieder mit Johannes an, Inge!
Und wie meinst Du denn das… sind nett… waren nett… nun erzähl nicht wieder Bruchstücke und sei dann beleidigt, wenn ich das nicht sofort ganz verstehe.
Gefällt Dir denn die Gegend nicht? Oder – bist Du etwa vorzeitig abgereist?"

Inge schluckte schwer – „Ja, vorzeitig abgereist."

Resi wurde ungeduldig, Inge meinte ein tiefes Durchatmen zu hören. Das machte Resi immer, wenn es ihr mal wieder nicht schnell genug ging.

„Was? Abgereist?" Resi schrie geradezu hysterisch ins Telefon. Sie wollte es nicht glauben. Hatte Inge tatsächlich wieder einmal alles über den Haufen geworfen? Und wahrscheinlich wegen Johannes. Weshalb auch sonst!

„Resi, es ist so schrecklich, mein Johannes, ich bin jetzt bei ihm…"

„Inge!", Resi schrie weiter in den Hörer, mittlerweile war eine Hysterie in ihrer Stimme hörbar. „Heißt das jetzt, Du hast die Gruppe verlassen, weil Du Dir unbegründete Sorgen um Deinen mittlerweile kurz vor der Rente stehenden Sohn machst? Du bist jetzt an der Nordsee?"

„Nein, nicht an der Nordsee. Resi. Du hast ja keine Ahnung und ich musste versprechen, niemanden etwas zu erzählen. Johannes ist hier!" Inges Stimme ging in ein Jammern über.

„Wie bitte? Inge, was heißt hier? Bist Du in Fellbach oder in Mallorca oder doch an der Nordsee?" Wenn Du mich schon anrufst, dann willst Du auch etwas loswerden, also jetzt rede doch in Gottes Namen schon."

Langsam wurde Resi ärgerlich und ungeduldig, die Neugierde behielt jedoch die Oberhand. Wenn Inge sich doch nur einmal klar ausdrücken würde. Es war wie in der Geschichte „Kuh Emma ist gestorben", das Unwichtigste zuerst.

„Resi, ich bin in Mallorca und Johannes und eine Frau auch. Alles nur wegen der Gangster."

„Ah, ja, verstehe. Gangster! Johannes mit Frau in Mallorca und Du auch."

„Ja, und zwei Kriminaloberkommissare sind auch da."

„Natürlich, verstanden und jetzt seid ihr untergetaucht, kriegt eine neue Identität und das gesamte Zeugenschutzprogramm…. Inge, entweder bist Du völlig übergeschnappt, oder Du erzählst mir jetzt auf der Stelle alles, und zwar von Anfang an."

Wie nicht anders zu erwarten war, tat dies Inge dann auch, selbstverständlich nicht ohne vorher der Schwester das Versprechen abgenommen zu haben, kein Sterbenswörtchen zu niemandem zu sagen. Auf Resi konnte sich Inge bestimmt verlassen, Resi war mit Sicherheit auch nicht damit gemeint, wenn Herr Moser sagte, es niemandem erzählen zu dürfen. Resi war nicht *Niemand*.

Das Problem war, Inge wusste eigentlich gar nichts, nur, dass Johannes bei einer Ablesung in Hilkershausen eine Beobachtung gemacht hatte, die einen offenen und sehr heiklen Kriminalfall nun in ein ganz anderes Licht rückte, die Landes- und Bundespolizei eingeschaltet sei und die Verbrecher hochgradig gefährlich wären.
Alle Zusammenhänge sollten heute Abend nach dem Abendessen besprochen werden.
Dazu hatte Michael Ludwig Herrn Friedrich Moser geraten, damit jeder in der unfreiwillig zusammengelegten Gruppe über die Ernsthaftigkeit der Lage informiert sei.

Selbst Resi war sprachlos, als Inge am Ende der ihr bekannten Geschichte angekommen war.

„Und glaube mir Resi, die sagen mir nur, was ich wissen darf, da steckt noch mehr dahinter, viel mehr als uns lieb ist. Resi, ich habe es Dir immer gesagt, da stimmt was nicht. Und? Du siehst es ja jetzt selbst, ich habe mich nicht geirrt."

„Ja, in der Tat. Du wirst es nicht glauben, aber in den Zeitungen hier steht jeden Tag etwas Neues über den Vorfall in Hilkershausen! Alles aber sehr spärlich, aber jeden Tag wird darüber berichtet", übertrieb Resi.

„Herrje, ich habe noch einen Tag vor meiner Abreise davon gelesen, gedacht habe ich mir nichts dabei. Jetzt bin ich mitten in der Geschichte!"

„Du meine Güte, das kann doch alles nicht wahr sein! Ich kann das alles gar noch nicht glauben! Na, so was! Meine frühere Arbeitskollegin wohnt dort in dem Ort. Therese, die kennst Du doch auch!
Die mit dem dicken Hund! Inge, die werde ich sofort anrufen und ausfragen."

„Resi, das darfst Du nicht, es darf doch niemand etwas wissen!"

„Ach Inge, natürlich werde ich nichts sagen, aber ich höre mir an, was Therese mir so zu erzählen hat. Dieser Anruf bei ihr ist sowieso überfällig. Weil Paul ja so krank war, habe ich das total zurückgestellt. Inge, das ist jetzt *die* Gelegenheit, mehr zu erfahren."

„Ich habe so schreckliche Angst, ich weiß gar nicht, wie es weitergehen soll."

„Jetzt mach Dir mal darüber keine Sorgen, momentan bist Du ja gut aufgehoben. Johannes ist bei Dir und Ihr steht sogar unter Polizeischutz. Genieße einfach noch die Sonne. Du kannst eh momentan gar nichts anderes machen.
Deine Rente bekommst Du trotzdem, ob Du nun hier oder in Mallorca bist. Johannes ist auch bei Dir, auch in Sicherheit und vielleicht entwickelt sich auch noch etwas aus seiner Begleitung. Ach, wie aufregend! Wie gerne wäre ich jetzt auch da. Wenn Paul nicht krank gewesen wäre, wäre ich glatt mit Dir mitgereist."

Sie plänkelten noch eine Weile hin und her. Resi versprach nochmals absolutes Stillschweigen und Inge versprach, die Nerven zu behalten. Natürlich würde sich Resi keine Hintergedanken wegen Herrn Bohlen machen, wieso denn auch.

Resi hielt es natürlich nicht lange aus, dann rief sie zuerst Paul unter dem Siegel der Verschwiegenheit in der Klinik an.

Paul erzählte dann auch dem Bettnachbarn und den Krankenschwestern diese unglaubliche Geschichte, nicht ohne darauf hinzuweisen, diese Informationen seien aus erster Hand, streng geheim und auf gar keinen Fall dürfte auch nur ein Wort davon weitererzählt werden.

Die Freundin in Hilkershausen erreichte Resi auch gleich beim ersten Versuch und nachdem ihre Freundin dann aufgeregt von den Ereignissen im Ort erzählte, hielt Resi mit weiteren Neuigkeiten dagegen, selbstverständlich durfte auch die Freundin Therese nichts erzählen, was sie auch versprach.

Thereses Mann erzählte es noch am gleichen Abend in seinem Stammlokal, man habe den Ableser nach Mallorca ausgeflogen und Geheimagenten würden ihn, den Kronzeugen, jetzt verstecken. Die ganzen Gepflogenheiten des Zeugenschutzprogrammes wurden an dem Stammtisch gründlich unter die Lupe genommen.

Und so ging das Gerücht sternförmig in alle Winkel.
Es war nur noch eine ganz kurze Frage der Zeit, bis es auch Catchers Ohr erreichte.

Hermine und Erich zogen die Köpfe ein, konnten sie sich so sehr geirrt haben?

Endlich trafen Johannes, Carola und Inge zum Abendessen im Speisesaal des Hotels mit den zwei Polizeibeamten ein. Es hatte allen Beteiligten immense Kraft gekostet, auf den Zimmern auszuharren.
Herr Moser hielt nach wie vor Abstand und saß allein an einem Nachbartisch, die übrigen vier Personen jedoch gesellten sich an einen reichlich großen Tisch.
Es war nicht auszumachen, wem die Situation peinlicher war. Johannes oder seiner Mutter.

Johannes fühlte sich in Erklärungsnot, da er immer noch keine Gelegenheit gefunden hatte, die Sache mit Carola klarzustellen.

Inge stand so deprimiert da, weil sie nicht wusste, wie sie Johannes plausibel erklären konnte, alles sei nur eine Idee von Resi gewesen. Johannes würde denken, sie hätte ein paar Tage Urlaub dazu genutzt, sich einen x-beliebigen Mann aufzureißen. Oder würde Johannes gar glauben, sie habe Herrn Bohlen bereits in Deutschland kennengelernt und nur auf eine Gelegenheit gewartet, gemeinsam mit ihm „durchzubrennen"?

Zudem war sie immer noch eingeschnappt, weil Rudi sie so reingelegt hatte. Fast wäre es ihr lieber gewesen, er hätte sich doch als Heiratsschwindler entpuppt.

Carola und Rudi hingegen plauderten ungezwungen miteinander und Carola erzählte ohne Umschweife, wie sie Johannes mehr oder weniger vor die Füße gefallen war. Dankbar warf Johannes ihr einen Blick zu, ohne dass Carola ahnte, weshalb. So nahm sie ihm doch ein Stück weit die für ihn so peinlichen Erklärungen ab.

Dann erzählte auch Rudi von der Reise, wie er Inge eigentlich nur die Stadt zeigen wollte und wie sie auf der Flucht vor Elsa waren.

„Ich hatte, liebe Inge, und das musst Du mir an dieser Stelle wirklich glauben, keinesfalls die Absicht, Dich zu kränken. Ich war sehr angetan von der Dame, die ich beschützen sollte. Auch wenn ich hier den offiziellen Auftrag hatte, an diesem Tag in Palma habe ich gar nicht mehr daran gedacht."
Rudi räusperte sich und Inges Kopf wurde knallrot.

Die vier Urlauber näherten sich an und verbrachten einen unerwartet schönen und unterhaltsamen Abend miteinander. Inge musste sich sogar eingestehen, dass ihr Carola sehr sympathisch war. Auch Rudi machte auf Johannes keinen schlechten Eindruck.

Jeder Außenstehende hätte bei den vier Gästen eine glückliche zusammenreisende Familie vermutet.

Ohne zu überlegen sagte Inge dann plötzlich: „Ich soll Dich von Tante Resi grüßen, Onkel Paul kommt wahrscheinlich nächsten Montag aus dem Krankenhaus."

Schweigen – alle starrten Inge ungläubig an.

„Wann hast Du denn mit ihr geredet?", fragte Johannes vorsichtig. Auch Rudi richtete sich auf.

Diese Gesten bemerkte Friedrich sofort, er war augenblicklich im Wachhundmodus.

„Na vorher!" Inge merkte noch immer nicht, etwas Falsches gesagt zu haben und fügte dann aber schnell hinzu. „Ich habe ihr aber selbstverständlich nichts erzählt."

„Mutter! Warum hast Du sie angerufen, obwohl Du ausdrücklich mit niemandem sprechen solltest? Hast Du gesagt, dass wir zusammen hier sind?"

Inge war pikiert. Resi war schließlich nicht niemand. „Resi ist meine Zwillingsschwester und sie wird kein Sterbenswort sagen."

Damit war die Katze aus dem Sack, Carola und Johannes kreidebleich und Herr Bohlen sprachlos.

Er gab sofort Friedrich Moser ein Zeichen, ihn dringend sprechen zu müssen.
Beide Herren gingen fast gleichzeitig auf die Toilette.
Von dort aus wurde Michael Ludwig informiert.

Inge saß da wie ein begossener Pudel, Johannes schüttelte unaufhörlich den Kopf und Carola versuchte, die Wogen zu glätten.

„Es wird schon gut gehen, Johannes. Deine Mutter hat es bestimmt nicht böse gemeint."

„Aber sie hat uns in Gefahr gebracht. Resi ist ein altes Plappermaul und ich bin sicher, der gesamte Landkreis Stuttgart weiß bereits, wo wir sind."

Inge konnte es nicht fassen. Ihr eigener Sohn bezichtigte sie des Verrats. Resi ein Plappermaul. Na, so eine Unverfrorenheit, so über ihre Schwester zu reden!

Dennoch wusste Inge insgeheim, eventuell eine Katastrophe losgetreten zuhaben, deren Ausmaß sie in ihrer Naivität wirklich nicht abschätzen konnte.

Rudi unterrichtete Friedrich von dem Anruf.
„Das verstehe ich jetzt aber überhaupt nicht. Wir haben das Telefon blockiert. Sowohl in dem bisherigen Hotel als auch in diesem Hotel. Hat sie ein Handy?"

„Das hat sie nicht gesagt, ich habe nie ein Handy bei ihr gesehen, aber möglich ist das schon."

„Ich rufe Ludwig an, gehen Sie zurück, nicht dass unsere gemeinsame Abwesenheit noch jemandem auffällt."

Rudi kam an den Tisch zurück mit ernster Miene.
Kurz danach erschien auch Friedrich Moser mit eben derselben Miene.
„Frau Berger, wir werden jetzt einen Beamten zu Ihrer Schwester schicken, um in Erfahrung zu bringen, was sie weiß und was sie hin-

eininterpretiert hat und vor allem, wem sie von diesen Neuigkeiten bereits berichtet hat.
Wenn sie hoffentlich nichts unternommen hat, werden wir sie eindringlich bitten, ihren Mund zu halten. Wenn aber die Buschtrommeln in Gang gesetzt wurden, müssen wir spätestens morgen früh alle hier weg. Sie werden verstehen, dass wir Sie bitten müssen, uns das Handy zu übergeben?"

„Handy? Meine Mutter hat doch kein…", Johannes starrte seine Mutter ungläubig an.

Inge schossen die Tränen in die Augen.
„Das habe ich doch nicht gewollt. Sie ist doch meine Zwillingsschwester und ich hatte doch versprochen, mich zu melden. Sie erzählt bestimmt nichts."
Aus ihrer Handtasche fischte sie das Handy und drückte es Friedrich in die Hand.

„Nun lass gut sein", Johannes gab nach. „Es ist schon so und wir müssen das Beste daraus machen. Diese Situation ist für uns alle unglaublich und unfassbar. Auch ich hatte anfänglich überhaupt keinen vernünftigen Gedanken mehr fassen können und wusste nicht, was ich tun sollte. Du wurdest ja quasi mit der ganzen Situation überrascht. Wir verstehen es, wenn Du mit jemandem sprechen wolltest."

„Die Polizei in Deutschland hat eine erste Spur, jedenfalls gibt es ein Video eines Mittäters, der darauf gut zu erkennen ist. Die Daten laufen gerade durch alle möglichen Identifizierungssysteme! Jede Störung könnte all unsere Aktionen gefährden", erklärte Herr Moser, der vorher wie beiläufig am Tisch der Vierergruppe stehen geblieben war, als er aus der Toilette kam.
Eine leichte Euphorie machte sich breit, trotz des über ihnen allen schwebenden Damoklesschwertes.

Das Essen wurde beendet. Zehn Minuten später traf sich die Gruppe in Herrn Mosers Zimmer, der nun die ganze Tragweite der Verbrechen offenbarte.

„Vor ziemlich genau eineinhalb Jahren wurde die Leiche einer jungen Polizistin aus Würzburg in ihrer Wohnung entdeckt. Man fand sie gefesselt und geknebelt, hingerichtet durch ihre eigene Dienstwaffe. Schüsse aus nächster Nähe. Obwohl die Wohnung verwüstet wurde, glauben wir nicht an einen Einbruch, eher an eine Beziehungstat. Ihr Mörder war aus irgendeinem Grund richtig wütend auf sie, jedenfalls gab das der Tatort her.
Wir fanden keine Spuren eines Einbruchs an den Türen und mussten deshalb davon ausgehen, dass die Kollegin den oder vielleicht auch die Täter freiwillig in die Wohnung gelassen hat. Obwohl eigentlich nach dem bisherigen Ermittlungsstand eher nur von einem Täter auszugehen ist.

Die Verstorbene hatte einen wahnsinnig großen Bekanntenkreis und wechselte auch ihre Intimpartner häufig. Einen festen Freund haben wir nicht ausfindig machen können.

Trotz intensivster Bemühungen ist es uns nicht gelungen, einen Tatverdächtigen zu ermitteln, wir haben keinerlei Motive in ihrem Bekanntenkreis finden können, auch keine Eifersüchteleien, keine Geld- oder Drogengeschichten. Rein gar nichts.
Auch im Dienstbereich keine Auffälligkeiten, keine Drohungen.
So viel zu Fall eins."

Friedrich nahm einen Schluck Wasser und schaute in die gespannten Gesichter seiner Zuhörer.

„Fall zwei ist da schon etwas komplexer."

Niemand sagte ein Wort, keiner der Zuhörer getraute sich laut zu atmen.

„Ungefähr drei Monate nach dem Leichenfund in Würzburg wurde die fünfzigjährige Gattin eines Bankiers in Filderstadt entführt. Obwohl selbstverständlich die Entführer ausdrücklich Polizeipräsens verboten hatten, haben wir gleich nach dem ersten Anruf der Entführer im Haus des Bankiers unsere Zelte aufgeschlagen.
In den ersten zwei Tagen haben wir rein gar nichts von den Entführern gehört. Dann endlich kam die Forderung, fünf Millionen Euro bis zum Folgetag aufzubringen und in einem alten stillgelegten Bahnhofsgebäude zu deponieren. Es gab ein akustisches Lebenszeichen von dem Entführungsopfer, heute jedoch wissen wir, dass dieses manipuliert war und direkt nach der Entführung aufgenommen wurde.

Das Geld wurde zunächst nicht abgeholt, wieder umdisponiert und später sollte dann der Ehemann auf der A 81 Richtung Singen fahren. Er bekam einen Anruf, das Geld an einer bestimmten Stelle aus dem Auto zu werfen.
Da zwischen Anruf und Geld aus dem Fenster werfen nur einige Minuten lagen, ist es den Entführern gelungen, mit der Beute zu entkommen. Wir hatten einfach zu wenig Zeit, um zu reagieren.

Wieder vergingen zwei Tage, ohne eine Nachricht von den Entführern.
Am dritten Tag nach der Lösegeldübergabe kam der Anruf, man habe die Geisel freigelassen, sie befände sich in einem Schuppen in den Feldern nähe Aidlingen.
Als wir dort eintrafen, war dort aber nichts vorzufinden.
Der Schuppen war leer, bis auf ein paar alte verstaubte Traktoren und Gartengeräte. Den Schuppen hatte definitiv seit Jahren kein Mensch mehr betreten. Selbstverständlich fanden wir keine Spur des Entführungsopfers.
Wir haben die Gegend weiträumig abgesucht, ohne Erfolg.
Einige Tage später dann fanden zwei Spaziergänger die Leiche der Bankiersfrau in einem Waldstück bei Freiburg.
Es stellte sich heraus, dass die Bankiersfrau bereits am ersten Tag ihrer Entführung ermordet wurde. Erdrosselt.

Natürlich wurde das Umfeld des Bankiers abgegrast, denn in der Tat gab es da einige dunkle Flecken auf seinem weißen Hemd.

Das Ehepaar hatte keine Kinder. Sie wohnten in einem sehr großzügigen Anwesen, wenn Sie mich fragen, doch ein paar Hausnummern zu groß, auch für ein Bankiersgehalt. Allerdings war das Opfer von Haus aus sehr vermögend.

Der Bankier hatte seit gut zwei Jahren ein Verhältnis mit einer wesentlich jüngeren Frau. Diese bevorzugte das ausgesprochen luxuriöse Leben, aber durch ihre eigenen Einkünfte konnte sie natürlich diesen Lebensstandard keinesfalls aufrechterhalten, also sponserte der Bankier hier kräftig zu.

Es wurde gemunkelt, die Ehe des Bankiers stünde auf der Kippe und die Bankiersfrau zöge durchaus eine Scheidung in Erwägung.
Ein Scheidungsantrag ist aber nicht eingereicht worden, auch hatte der Anwalt des Hauses noch keinerlei Auftrag, da Vorgespräche weder stattgefunden hatten noch ein Termin hierzu vereinbart wurde. Vielleicht kam ihr die Entführung dazwischen.

Und tatsächlich gab es auch Unregelmäßigkeiten bei den Bankgeschäften, die danach rochen, dass der Bankier hier im größeren Stil Gelder veruntreute. Einige geprellte Anleger, auch Freunde, die später keine mehr waren, Schulden, die sich anhäuften,…und …und…und.
Dennoch konnte ihm eine Tatbeteiligung nicht nachgewiesen werden.

Die Geliebte hat sich nach dieser Geschichte getrennt, der Bankier verlor seinen Arbeitsplatz, bekam trotz allem eine Abfindung. Es wurde allerseits Stillschweigen über die Unregelmäßigkeiten vereinbart, geprellte Kunden befriedigte die Bank, um nicht die Bank noch mehr in Misskredit zu bringen.

Alle Ermittlungen verliefen im Nirwana, an eine Tatbeteiligung des Ehemannes glaubte hingegen keiner ernsthaft.

Eher an eine Tatbeteiligung der Geliebten. Damals allerdings nicht zu beweisen. Jedenfalls war uns die Dame zu schnell weg, was uns eigenartig vorkam, denn jetzt wäre der Bankier zumindest beziehungstechnisch frei gewesen, allerdings nicht mehr so finanzkräftig. Es ist uns nicht gelungen, die Geliebte zu finden, und wir müssen in der Tat davon ausgehen, dass sie sich ins Ausland abgesetzt hat.

Von dem Vermögen seiner Frau hat er nichts geerbt. Sie hatte das Testament noch kurz vor ihrem Tod geändert zugunsten eines Bruders. Wir vermuten deshalb ein Stück Wahrheit an den Scheidungsgerüchten. Natürlich haben wir auch den Bruder befragt. Dieser wusste allerdings von einer Testamentsänderung nichts. Außerdem hatte er für den Zeitraum der Tat ein wasserdichtes Alibi, er befand sich mit seiner Familie in New York.

In beiden Fällen führten die Ermittlungen zu keinem ernstzunehmenden Ergebnis, es fehlten jedwede Anhaltspunkte, die einen Tatverdacht gegen irgendwen auch immer hinreichend begründet hätten. In beiden Fällen gab es keine brauchbaren Zeugen.

In Würzburg hatte niemand einen Schuss gehört oder eine fremde Person beobachtet, wie sie das Haus zur Tatzeit betrat.

In Filderstadt weiß man nicht einmal mit Bestimmtheit, ob die Bankiersfrau vor dem Haus, im Haus oder woanders entführt wurde.
Ihr Auto stand in der Garage, die Handtasche und Jacken hingen an der Garderobe. Keinerlei Einbruchspuren. Auch hier lag der Verdacht deshalb nahe, dass das Opfer den Täter ins Haus gelassen hat, weil sie ihn kannte."

Herr Moser brauchte eine kurze Pause.
Bis auf Rudi Bohlen waren die Anwesenden noch immer unfähig, Kommentare abzugeben oder Fragen zu stellen.

Selbstverständlich hatte jeder damals diese Kriminalfälle in den Medien verfolgt, sich sein eigenes Bild gemacht, Gerüchte aufgeschnappt und bewertet. Nicht mehr und nicht weniger beachtet, wie andere Nachrichten auch. Irgendwann verschwanden diese Nachrichten aus den Medien und damit auch aus den Köpfen der Anwesenden.
Aber diese Story im Fernsehen zu hören oder in der Zeitung zu lesen, das war eine Sache. Es aus erster Hand zu erfahren und mitten im Geschehen als einer der Beteiligten zu sein, das war eine ganz andere.

Rudi Bohlen ergänzte: „Natürlich hat bislang kein Mensch im Traum daran gedacht, diese beiden Taten in unmittelbarem Zusammenhang zu bringen oder ein- und denselben Täter hierfür verantwortlich zu machen.
Zu verschieden waren die Tatorte, die Tat an sich, die Art der Tötung, die räumliche Entfernung. Nichts glich sich, keinerlei Parallelen konnten gezogen werden. Es gab überhaupt gar keinen Grund, an eine Verbindung zu denken. Es ermittelten zwei verschiedene Teams in zwei verschiedenen Städten. Es bestand kein Anlass, sich auszutauschen."
Noch immer Schweigen.

Friedrich fuhr fort: „Ja, was Rudi gerade erklärt hat, stimmt hundertprozentig.
Niemand hat hier einen Zusammenhang gesehen. Die Ermittlungen in beiden Fällen haben sich in ganz andere Richtungen ausgedehnt. Verschiedene Städte, verschiedene Zuständigkeiten, das alles kommt, wie Rudi schon sagte, noch dazu!
Was noch viel gravierender ist, ist die Tatsache, dass es mit an Sicherheit grenzender Wahrscheinlichkeit noch mehrere Verbrechen gibt, die auf das Konto dieser Täter gehen, und wo wir bislang nicht daran gedacht hätten, eine Verbindung herzustellen.

Und dass wir inzwischen wissen, dass die Fälle zusammenhängen, haben wir Herrn Berger zu verdanken, der während seiner Arbeit ein vermeintlich leerstehendes Gebäude betreten hat und unfreiwillig Zeuge einer Unterhaltung wurde. Offensichtlich aber haben die Täter die Anwesenheit des Herrn Berger bemerkt und sind auf der Suche nach ihm.

Jetzt sind wir jedenfalls in der Lage, die Ermittlungen aus einer ganz anderen Perspektive zu sehen und können gezielt ermitteln. Wenn wir erst einmal die Verbindung der Fälle untereinander haben, sind wir so gut wie am Ziel."
Das klang zumindest sehr optimistisch.

Jetzt rutschte Johannes hin und her und Inge wuchs in ihrem bequemen Sessel, den man ihr freundlicherweise überlassen hatte. Die anderen Gäste begnügten sich mit einem Stuhl, Friedrich und Rudi saßen sogar nur auf einem Bett.

Johannes nickte und alle erwarteten jetzt wohl, dass er die gehörten Worte wiederholte und seine Version der Geschichte erzählte. Er räusperte sich kurz und sagte dann:

„Ja, ich hörte mehrere Stimmen, mindestens zwei Männerstimmen und eine Frauenstimme.
Einer der Männer hat gesagt: `Du kannst nicht mehr aussteigen. Du weißt, das wäre Dein Todesurteil. Du hast die Bankiersfrau aus Filderstadt auf dem Gewissen und die Polizistin in Würzburg. Glaubst Du wirklich, Du kannst die Flatter machen und mit der Kohle verschwinden?´
Ich weiß es noch wortwörtlich, ich höre geradezu immer diese Stimme."

Inge wollte gerade die Hand auf Johannes Knie legen, um ihn mitleidsvoll zu tätscheln, als sie bemerkte, genau das tat Carola bereits.
Inge war froh, sich im letzten Moment besonnen zu haben.

Flüssig erklärte er dann noch, weshalb jetzt Carola bei ihm war, erzählte von seiner Panik, von Carolas Unfall und von seinem Besuch beim LKA.

„Durch diese Information sind wir nun in der Lage, unsere Ermittlungen konzentrierter und gezielter zu führen, wie ich ja bereits sagte.
Wir haben nochmals alle Bekannten der verstorbenen Polizistin überprüft und ermittelt. Wir haben unsere Recherchen dem jetzigen Wissen angepasst, zum Beispiel, wo denn zum Tatzeitpunkt diese Bekannten ihre Bankkonten hatten und – ob Sie es glauben oder nicht -, einer der Bekannten der toten Polizistin hatte in der Tat ein Bankkonto bei der Bank in Filderstadt.

Weitere Ermittlungen haben ergeben, diese Person wurde in Zwickau geboren und – nun haltet Euch mal fest, die Geliebte des Bankiers ist dessen Schwester. Da hätte im Leben kein Mensch einen Zusammenhang gefunden.
Des Weiteren gibt es ein wohl offenbar recht brauchbares Videomaterial eines beteiligten Bandenmitglieds, allerdings ist diese Person nicht der Mann aus Zwickau.

Wir haben noch keinen Überblick, wie viele Personen überhaupt zu dem Kern der Verbrecherbande gehören und wie viele Zuträger oder Schläfer es gibt.
Aber wir sind durch die Zeugenaussage von Herrn Berger nun kurz vor der Aufklärung dieser sowie vielleicht noch weiterer Straftaten."

Mahnend fügte Rudi an: „Deshalb darf auch niemand wissen, wo Herr Berger ist, ob und was er gehört hat. Wenn diese Kenntnisse in die falschen Ohren dringen, sind alle Ermittlungsergebnisse keinen Pfifferling wert. Erfolg ist nur sicherzustellen, wenn keine Informationen nach außen dringen."

Gerade als Inge sich verteidigen wollte, denn sie fühlte sich von Herrn Bohlen ganz direkt angesprochen, klingelte das Telefon. Friedrich meldete sich und sein Gesicht wurde düster.
Nachdem er aufgelegt hatte, wandte er sich an die Gruppe.

„Meine Herrschaften, bitte packen Sie Ihre Koffer! Wir müssen morgen direkt nach dem Frühstück das Hotel verlassen."

Inge schlug die Hand vor den Mund. Das hätte sie von Resi nicht gedacht!

Am frühen Abend hatte es bei Resi geklingelt. Ein Beamter in Zivil stand vor ihrer Tür. Zuerst wollte sie ihn nicht hereinlassen, aber dann sagte der Beamte, es ginge um ihre Schwester. Der Ausweis schien echt zu sein. Resi ließ ihn eintreten. Der Beamte fragte nach dem mit ihrer Schwester geführten Telefonat.

„Ja, wir haben telefoniert. Sie ist auf Mallorca. Aber sagen Sie, ist die Geschichte wirklich wahr?"
Der Beamte hatte noch gar keine weiteren Fragen gestellt, dennoch plapperte Resi alles aus.

„Wir haben Grund zu der Annahme, dass sich sowohl Ihre Schwester als auch und vor allem aber Ihr Neffe in großer Gefahr befinden. Haben Sie nach dem Telefonat mit jemandem darüber gesprochen?"

Resi schaute den Beamten entsetzt an. „Was denken Sie von mir? Inge hat es mir unter dem Siegel der Verschwiegenheit erzählt. Ich habe meinen Mann angerufen und ihn gebeten, es niemanden weiterzuerzählen. Wissen Sie, der ist nämlich im Krankenhaus und froh, wenn er ein bisschen Abwechslung hat. Wir telefonieren jeden Tag miteinander, wenn ich ihn nicht selbst besuchen kann. Sie, das Herumliegen in den Krankenhäusern kann einen ganz schön…. Oh. Pardon, das interessiert Sie sicher gar nicht."

Nein, das interessierte ihn wirklich nicht.

„Ich habe niemandem etwas verraten, aber denken Sie mal, was mir meine alte Bekannte in Hilkershausen heute gesagt hat? Die hat mir die Geschichte völlig anders erzählt und gemeint, Johannes sei tot. So ein Quatsch habe ich gesagt... mehr nicht..."

Langsam begriff Resi, es wäre jetzt sicher besser für sie, wenn sie den Mund halten würde, trotzdem verstand sie noch immer die Aufregung nicht so ganz.
Der Beamte hatte nur zugehört, er brauchte keine weiteren Fragen mehr zu stellen die Sache war gelaufen. Beim Abschied sagte er nur noch: „Da haben Sie aber einen ganz schönen Schlamassel angerichtet, Frau Wolter."

Zunächst dachte Catcher, der im Stehcafé der Bäckerei in Hilkershausen stand, es sei wieder nur ein neues Gerücht im Umlauf, aber das, was die Leute hier immer wieder erzählten, schien sehr logisch.
Das würde zumindest erklären, weshalb der Typ nicht zu finden sei und seine Mutter – die immer wieder erwähnt wurde – mit ihm jetzt in Mallorca sitze.
Es würde schwierig werden, die Passagierlisten abzuchecken oder die Hotellisten. Einfacher wäre es bestimmt, ein paar Helfer vor Ort abzustellen.

Dumm nur, er hatte immer noch keine vernünftige Beschreibung von dem Typ. Jung, alt, blond, grau, schwarz, rot, mit Bart und Brille, nein ohne Brille, ohne Bart. Zum verrückt werden.

Er rief den *Chef* an, brachte ihn auf den aktuellen Stand. Die Entscheidung fiel, es in Mallorca nochmals zu versuchen. Der *Chef* selbst wolle auch dorthin reisen, um das Team zu unterweisen und zu unterstützen.

Es gäbe dort eine verlässliche, ziemlich heiße Spur.
Gegen Bares hatte sich wohl offensichtlich ein Kofferträger daran erinnert, ein Namensschild mit der Aufschrift „*Berger*" gelesen zu haben. Er meinte auch, sich an die Frau erinnern zu können und lieferte eine, wenn auch dürftige Beschreibung.

58.
Johannes, Carola und auch Inge hatten eine schlaflose Nacht. Inge war stocksauer auf ihre Schwester, die sie einfach ins offene Messer rennen ließ.

Johannes konnte nicht schlafen, weil er sich nach Carola sehnte.

Carola lag wach, weil sie sich so sehr wünschte, von Johannes in den Arm genommen zu werden.

So erschienen dann alle am nächsten Morgen unausgeschlafen und gerädert um 7.30 Uhr zum Frühstück. Außer Carola und Rudi hatte so wirklich niemand Appetit.

Friedrich erschien frisch geduscht, voller Energie und bediente sich großzügig am Buffet, ohne einen Blick auf die Gruppe zu werfen. Rudi trat zu ihm, stocherte in den Rühreiern herum, legte eine Portion auf seinen Teller und kam zu seinem Tisch zurück. Er grinste über beide Ohren.

„Meine Herrschaften, bitte checken Sie bis um 8.30 Uhr aus und nehmen Sie den Bus Nummer neunzehn, der vor dem Eingangsbereich auf uns wartet."
Das Dauergrinsen blieb.

Niemand getraute sich zu fragen, wohin es denn mit dem Bus Nummer neunzehn nun ginge.
Johannes hoffte sehr, man würde sie nicht zurück nach Deutschland fliegen. Carola hoffte dies ebenso.
Inge wollte in jedem Fall wieder nach Hause. Sofort! Dann würde sie Resi aber den Marsch blasen!

Völlig demotiviert betrat die Gruppe den Reisebus Nummer neunzehn, in dem noch keine anderen Gäste Platz genommen hatten.

Zuerst Carola, dann Inge. Es folgte Johannes. Auf Rudi wurde gewartet, Herr Moser war auch noch nicht da.
Endlich erschien gutgelaunt Rudi und der Fahrer schloss die Tür.
Erst als der Bus startete, erkannten die Reisenden, dass aus Friedrich Moser ein Busfahrer geworden war.

Der Bus fuhr eine ihnen bekannte Route - Richtung Palma de Mallorca.

„Also doch", dachte Johannes, sie bringen uns zum Flughafen, dann geht`s heimwärts."

Das betretene Schweigen hielt an.

Dann meldete sich Rudi zu Wort: „Familie Hans und Carola Kortmann und Familie Ingeborg und Rudolf Bohlen mit ihrem Sohn Friedrich werden sich auf eine Kreuzfahrt mit der *AIDA* nach Dubai begeben."

Alle schauten sich nur an. Familie Kortmann? Familie Bohlen?
Hans Kortmann, Ingeborg Bohlen? Sohn Friedrich? Kreuzfahrt? Dubai?

Unbeirrt fuhr er fort, man merkte, es machte ihm viel Spaß, unter den Anwesenden Verwirrung zu stiften.

„Für das Ehepaar Kortmann ist eine Doppelkabine gebucht. Für Familie Bohlen ist eine großzügige Dreibettkabine gebucht, wobei zwei Einzelbetten in dem Hauptraum stehen, ein Einzelbett gibt es in dem Zusatzraum. So kommen weder Friedrich noch Inge in den Genuss, mit mir in einem Doppelbett schlafen zu müssen.
Selbstverständlich überlassen wir Inge das Einzelbett in dem separaten Raum.
Leider gibt es nur ein Bad in dieser Kabine, aber das sehe ich mit ausgesprochener Gelassenheit. Ich muss aus Sicherheitsgründen auf diese

Kabinenaufteilung bestehen, es ist nicht möglich unter diesen Umständen, die Damen zusammen unterzubringen, falls einer der Anwesenden dies bereits im Hinterkopf hatte. Wir dürfen keinerlei Aufmerksamkeit auf uns ziehen."

Johannes erwachte als erster aus diesem Trauma. „Aber... mein Pass... ich heiße doch Berger. Und Mutter... auch."

Wieder grinste Herr Bohlen nur und zog fünf Pässe aus seiner Jackentasche.
Alles manipulierte Pässe, auch die der echten Namensträger.
Demnach waren die Kortmanns schon mehrfach gemeinsam in Afrika, einmal in Amerika. Die Bohlens hatten wohl offensichtlich schon einige Male Ägypten und die Türkei gemeinsam bereist.
Völlig offen ließ Herr Bohlen, woher er diese fünf Pässe quasi über Nacht herbekommen hatte. Es blieb sein Geheimnis, niemand fragte.

Obwohl es Carola sehr mulmig wurde, freute sie sich auf die Fortsetzung der Reise.
Verflixt, wenn sie doch nur ihren Arbeitskolleginnen eine lange Nase machen könnte.
Allerdings hatte sie fleißig fotografiert, diese Fotos würde sie den Kollegen unter die Nase reiben. Unwillkürlich dachte sie an Frau Peters, Frau Probst und Frau Möbius, deren Gesichter wurden in ihrer Fantasie lang und länger und vor allem blass vor Neid.

„Herr Bohlen, ich habe ein Problem", kam es über Carolas Lippen. „Mein Krankenschein gilt nur noch diese Woche. Wenn ich nicht auf der Arbeit erscheine, werden mich sicherlich meine Kolleginnen versuchen, zu kontaktieren. Unter Umständen verliere ich dann meine Arbeitsstelle. Durch die vorzeitige Abreise aus Mallorca kann ich auch meinen Termin im Krankenhaus in Cala Rataja nicht wahrnehmen."

„Darum werden wir uns kümmern. Wir lassen Ihrem Arbeitgeber einen weiteren Krankenschein zukommen, so lange, wie es nötig sein wird. Wir werden Ihren Arbeitgeber anrufen und ihm etwas Plausibles erzählen, machen Sie sich keine Sorgen.
Auf dem Schiff gibt es eine Krankenstation, die Ärzte wissen dort bereits Bescheid. Sie werden sich um Ihren Fuß kümmern", beruhigte Rudi sie.

Johannes blieb still. Er wusste nicht, wie er sich verhalten sollte. Sollte er Carola gestehen, was er empfand, oder sollte er, ganz wie ein Gentleman, notfalls ihr das Bett überlassen? Er würde auf dem Sofa oder schlimmstenfalls auf dem Fußboden nächtigen? Er schüttelte unbewusst den Kopf, was Inge bemerke, aber nichts sagte.

Der Bus erreichte den Hafen von Palma, wurde auf einem Busparkplatz abgestellt und abgeschlossen.
Die Reisegruppe stieg aus, das Gepäck wurde verteilt. Familie Bohlen ging voraus. Im Abstand von ungefähr einhundert Metern folgte das Ehepaar Kortmann.

Da lag sie, die *AIDA*.
Carola musste unwillkürlich an *Agatha Christie* denken. *„Tod auf dem Nil"*. Das gleiche bunte Treiben vor und auf dem Schiff, Matrosen, Stewardessen und aufgeregte Gäste flatterten offensichtlich ziellos umher.

„Ach Johannes, ich bin so aufgeregt. Ich war noch nie auf einem Schiff. Es ist so spannend. Ich werde auch bestimmt nicht seekrank."

Johannes gelang es sogar, zu lächeln. „Wie geht es denn überhaupt Deinem Fuß? Bitte entschuldige, vor lauter Durcheinander habe ich daran gar nicht mehr gedacht. Ich hoffe sehr, der Arzt an Bord kann Dich von Deinem Gips befreien."

„Ich selbst habe meinen Fuß auch total vergessen. Es ist nicht mehr schmerzhaft, nur noch lästig. Ich hoffe auch, ich bekomme an Bord schnellstens meine ersehnte Schiene."

Carola hakte sich bei Johannes unter. Ein älteres Ehepaar, das ihnen begegnete, lächelte freundlich und war sich sicher, ihnen würde ein glücklich verheiratetes Paar entgegenkommen.

Johannes suchte noch immer nach einer Lösung wegen der Kabinenaufteilung und vermutete, Carola mache sich wohl offenbar keine Gedanken, was die Unterbringung in einer gemeinsamen Kabine betraf.

Am Steg saßen zwei Crew-Mitarbeiter auf einfachen Holzstühlen an einem noch einfacheren Holztisch. Sie verlangten die Pässe. Johannes übergab beide.

Er schwitzte Blut und Wasser und befürchtete, dass die gefälschten Pässe sicherlich sofort auffliegen würden. Allerdings war Familie Bohlen problemlos an Bord gegangen. Ohne großes Aufheben wurden die Stempel gesetzt.

„Wir begrüßen Sie an Bord der *AIDA* zu Ihrer Fahrt nach Dubai. Bitte sehr, hier ist der Voucher für Ihre Kabine. Diesen geben Sie bitte an die Dame weiter, die Sie auf dem Schiff empfangen wird. Sie werden erwartet.
Ihren Koffer werden wir selbstverständlich direkt in Ihre Kabine bringen. Ich wünsche Ihnen eine angenehme Reise."

Ein Kofferträger kam, markierte mit einer Banderole die Koffer und lud sie auf den Gepäckwagen.
Carola und Johannes folgten dem Steg und bestiegen über eine Treppe das Traumschiff.
Orientalisch gekleidete Damen reichten den ankommenden Gästen ein Erfrischungsgetränk.

Da alle Gäste noch im Foyer des Schiffes standen, alle mit einem Getränk in der Hand, der Reise entgegenfiebernd und gesellig plaudernd, fiel Johannes völlige Verunsicherung niemandem auf.

Offenbar war er der Einzige, der völlig desorientiert hier herumstand. Selbst Mutter lachte und – oh meine Güte – sie trug Lippenstift. Sie unterhielt sich sehr angeregt mit einer viel zu grell geschminkten älteren Dame.

Neben Johannes stand ein junges Ehepaar, das ganz offensichtlich stritt und dem es egal war, dass alle Welt das Gezanke mitbekam.

Eine Dame in einem dunkelblauen Kostüm begrüßte die Gäste und erklärte den Ablauf des heutigen Tages.

Die Gäste würden zunächst in ihre Kabinen gebracht, dort hätten sie Gelegenheit sich frisch zu machen und die Koffer auszupacken.

Gerne sei man eingeladen, das Schiff zu inspizieren, überall würden Crew-Mitglieder hilfreich zur Seite stehen.

Ab achtzehn Uhr sei dann heute Abend der Speisesaal geöffnet, es werde Abendgarderobe erwünscht.

Carola Gesicht verfinsterte sich. Auch bei Inge verflog das Lächeln. Herr Bohlen flüsterte Inge etwas ins Ohr, worauf sie sofort wieder einen freundlicheren Gesichtsausdruck bekam.

Die Gäste wurden nach und nach aufgerufen. Familie Bohlen und Familie Kortmann folgten einer Assistentin in die Kabinen. Oberdeck, Außenkabine mit Balkon. Vom Feinsten.

Die Koffer standen in der Tat schon im Zimmer. Genauso unbeweglich wie die Koffer standen jetzt auch Carola und Johannes dort.

Johannes suchte nach einer Couch. Fehlanzeige, es gab ein kleines Canapée, viel zu klein, um darauf zu schlafen. Zwei Sessel standen an einem ovalen Tischchen mit frischem Obst, einer Flasche Sekt und einer Flasche Wasser.
Und jetzt?
Langsam drehte sich Carola zu Johannes, der noch immer wie eine Salzsäule dastand. Jetzt oder nie.

Carola schlug ihre Arme um Johannes und drückte sich an ihn. Jetzt taute Johannes auf und erwiderte die Umarmung. Kurze Zeit später folgte der erste, längst überfällige Kuss.

Inge hatte inzwischen ihr Reich bezogen, das Bad beschlagnahmt und sich umgezogen. Sie würde als erstes jetzt zusammen mit Carola in die unteren Etagen gehen, um dort ausgiebig nach einer angemessenen Garderobe zu schauen.

Johannes würden sie eine Krawatte mitbringen, vielleicht auch ein neues Hemd.

59.
Catcher wurde immer ärgerlicher. In der Stuttgarter Unterkunft lagen die Nerven blank.

„Ich bin sicher, das ist eine Falle. Wir sollten die Suche nach dem Typ einstellen.
Er hat damals in dem Haus alles gehört, dessen können wir jetzt sicher sein, denn sonst wären die Bullen nicht eingefallen wie die Fliegen. Die haben ihn bestimmt einkassiert. Jeder Versuch, ihn zu finden ist nur ein Risiko für uns. Wir sollten abtauchen und es lassen, so wie es ist."

Die Frau kreischte. „Spinnst Du? Hast Du überhaupt eine Idee, was der Typ unter Umständen lostreten kann. Können wir uns auf jeden verlassen, auf jeden, der eine Rolle bei uns spielt?
Der Typ in der Schwedenallee zum Beispiel, der verrät seine Großmutter für 'nen Fuffi. Oder die Schlampe vor dem Supermarkt mit dem dusseligen Köter? Euer sogenannter Glücksgriff? Wenn die zehn Euro für ein paar Pillen bekommen kann, singt die schöner als eine Nachtigall!
Außerdem entscheidest das ganz sicher nicht Du, sondern einzig und allein der *Chef*!"

„Wir können definitiv nicht alle umbringen, aber wenn wir untertauchen, dann haben wir die besseren Karten.
Ich habe die Nase voll. Und das sage ich auch dem *Chef*, so wie ich es jetzt Dir sage. Macht was Ihr wollt, ich verdufte." Catcher redete sich in Rage.

„Du weißt aber bestimmt noch, was mit Leuten passiert, die aussteigen wollen?"

„Ich will ja nicht aussteigen, sondern nur eine Weile in Deckung gehen!"

Dann wurde er wieder ruhiger und sachlicher, schade, der Planer konnte ihm derzeit den Rücken nicht stärken, der war mal wieder irgendwo unterwegs.

„Mich hat niemand gesehen, Dich auch nicht. Wir verändern unser Aussehen und gehen für ein paar Monate nach Bolivien oder sonst wo hin. Getrennt. Jeder geht woanders hin. Keine Kontaktaufnahmen.

Wir werden den Typ schon noch finden, nur momentan nicht. Da muss erst Ruhe einkehren. In ein paar Monaten treffen wir uns wieder in Zwickau, wenn die Zeit reif ist.

Wenn es nämlich stimmt und er ist wirklich unter Polizeischutz, dann rennen wir mit Anlauf in eine Falle, oder glaubt jemand ernsthaft, wir können ihn aus den Klauen der Bullen befreien? Die warten doch nur darauf. Neee, den Fehler dürfen wir nicht machen!

Irgendwann ist wieder Gras darüber gewachsen, Ruhe eingekehrt und Normalität.
Der Typ macht wieder seinen Job, weil er sich in Sicherheit währt und dann – zack – schnappt die Falle zu. Der Zeuge der Anklage ist verstorben."

Die zwei anderen Männer nickten und stimmten Catcher zu. Nicht aus Überzeugung, sondern weil sie immer nickten, wenn Catcher einen Vorschlag machte.

Grammy, so nannten sie die Frau, beruhigte sich ebenfalls etwas, aber ließ sich ganz und gar nicht überzeugen.
Sie hatte eigene Pläne. Sie würde die Sache notfalls allein durchziehen. Auf die drei Vollpfosten war schon lange kein Verlass mehr.
Vielleicht wäre es gut so, wenn die drei Pfeifen für eine Weile von der Bildfläche verschwänden, dann könne sie endlich dem *Chef* beweisen, was in ihr steckte.

Sie würde die Unterkunft hier in Stuttgart abfackeln, dann nach Zwickau fahren und dort entscheiden, was sie machen würde. Catcher würde sie davon nichts sagen. Vielleicht wäre der auch bereits fort.
Es wurde Zeit, den *Chef* in Kenntnis zu setzen, Catcher bekam zu viel Oberwasser. Das war nicht gut! Ganz und gar nicht gut!

Sie würde den *Chef* überzeugen, nach dem Ableser weiterzusuchen, notfalls würde sie es ganz allein machen. Allein war sie sowieso viel besser. Sie würde ihn finden, dann spätestens wäre Grammy die unumstößliche Königin. Catcher wäre dann ein für alle Mal ausgemustert.

Wenn sich der *Chef* jetzt bereits höchstpersönlich auf die Suche machte, dann war auch der überzeugt, dass dies der einzig richtige Weg sei.

Catcher hatte immer eine große Schnauze. Grammy traute ihm schon eine ganze Weile nicht mehr. Er war schuld an allem. Hätte er in dem Haus Karo nicht so provoziert, wäre das alles nicht passiert.

Karo hätte niemals in der Öffentlichkeit seinen Ausstieg preisgeben dürfen. Und Catcher hätte niemals in der Öffentlichkeit darauf eingehen dürfen. In ihrer Unterkunft in Zwickau oder Stuttgart vielleicht, aber niemals in der Öffentlichkeit.
Und die Bude in Hilkershausen war Öffentlichkeit.

Das besagte Haus, das der *Chef* angemietet hatte, erwies sich im Nachhinein als völlig ungeeignet, da die Nachbarschaft so extrem neugierig und aufmerksam war. Wohngebiete, vor allem in diesen kleinen Ortschaften, eigneten sich meistens nicht für derartige Projekte.

Man wurde zu viel bemerkt, zu viel beobachtet. Jedes Teil was herein oder herausgetragen würde, würde spätestens am nächsten Morgen beim Bäcker, Friseur oder am Stammtisch genauer betrachtet.

Am 16. März hatte Catcher mit bloßen Händen Karo das Genick gebrochen.
Karo, der aussteigen wollte. Eigentlich ein kleines Licht, dem man die Waffe in die Hand drücken und die Hand führen musste, damit der den Abzug betätigte.
Anfangs war er eine vielversprechende Erscheinung, groß, bullig, angsteinflößend, aber eine Erscheinung mit zu viel Gewissen. Gewissen in diesem Geschäft ist tödlich.

Gemeinsam hatten sie ihn dann in einem Waldstück verscharrt, weit weg von jeglicher Zivilisation, in einem Waldstück, das Grammy selbst im Leben nicht mehr finden würde.

Grammys nächste Haarfarbe würde rötlich werden, das hatte sie bisher noch nie. Rötlich, wie das Feuer.

Catcher würde sich seine Haare wachsen lassen und einen Bart vielleicht. Eine Brille noch, oder ohne Bart mit Brille.
Er würde es ausprobieren.

Die anderen würden tun, was er sagt. Er würde vorschreiben, wohin sie gehen, wie sie aussehen würden und sie würden nur nicken.
Der Brand in der Unterkunft würde alles für sie ändern!
Wenn Catcher das geahnt hätte, wäre Grammys Genick noch am gleichen Tag gebrochen worden.

Grammy würde erst nach dem Brand Kontakt zum *Chef* aufnehmen.
Sie wollte ihm imponieren, als jemand dastehen, der handelte, nicht nur herumlaberte.
Sie hörte schon das Lob für ihren erfolgreichen Alleingang!
In ihrer Euphorie machte sie Fehler, einer davon war fatal.

Catcher und seine zwei Mitläufer waren kurze Zeit später tatsächlich nach Zwickau abgereist, nachdem sie sich unkenntlich verwandelt hatten. Bereit, um in Kürze abzutauchen.

Grammys Haare waren inzwischen rot, ihre Augenfarbe war nun blau.
Sie sah jünger aus.
Sie wartete noch drei Tage, dann zündete sie bei Einbruch der Dunkelheit im Dachboden ein Feuer an. Sie hatte im ganzen Haus Brandbeschleuniger verteilt. Die Flammen breiteten sich rasend schnell aus und Grammy musste fliehen.

Aus der Ferne sah sie die Flammen in die Höhe steigen.
Sie fraßen sich durch das marode Gebälk des uralten Bauernhauses.
Zufrieden nahm sie wahr, wie die Feuerwehr anrückte, als das gesamte Haus bereits in Flammen stand.
Offenbar gab es Probleme mit der Wasserzufuhr.
Grammy war stolz auf sich!

Das Haus stand zwar allein, aber nicht einsam, in einem bewaldeten Stadtrand von Stuttgart, fernab des Großstadtverkehrs, fast schon in eine ländliche Idylle eingebunden.

Der nächste Nachbar war gute vierhundert Meter entfernt. Dieser hatte auch das Feuer bemerkt, als er seinen Mülleimer an den Straßenrand stellte, den die Müllabfuhr bereits in den frühen Morgenstunden leeren würde.
Kurz vorher erst hatte er die rothaarige Frau gesehen, als sie etwas ins Haus trug.

Schon lange hatte der Nachbar den Verdacht, dass in dem alten Gehöft etwas nicht mit rechten Dingen zuging, aber die Bewohner waren ruhig und machten keine Probleme.
Trotzdem war immer eine gewisse Unruhe da. Er begann, entgegen seiner sonstigen Gewohnheit, sein Haus, seine Garage und seine Fahrzeuge abzusperren, auch wenn er nur kurz in den Garten ging.

Jetzt brannte das alte Haus. Seine unruhigen Fantasien, die er immer hatte, waren plötzlich Realität.

Mehrere Feuerwehrautos waren eingetroffen, Krankenwagen und Polizei.
Nachbarn und Anwohner wurden befragt, ob man alles Mögliche wisse, ob man die Bewohner des Hauses kenne, ob in den Flammen eventuell noch Bewohner sein könnten.
Bedauerlicherweise konnte niemand etwas Konkretes sagen. Nur, wie sehr jedem unwohl war, seitdem diese Menschen dort eingezogen seien. Eine Frau und drei oder vier Männer.
Heute sei eine weitere Frau da gewesen, mit knallroten Haaren. Ob es sich dabei um die gleiche Frau handelte, die bisher dort ein- und ausging, konnte der Nachbar nicht mit Bestimmtheit sagen.

Bestimmt wohnten dort keine anständigen Leute, denn die würden ansonsten morgens zur Arbeit gehen und abends wieder kommen. Die Bewohner in dem alten Bauernhaus aber, seien zu jeder Tages- und Nachtzeit gekommen und gegangen, manchmal hätten sie tagelang das Haus nicht verlassen, oder waren tagelang nicht da.

Anständig angezogen seien sie auch nicht gewesen. Ziemlich schlampig sogar.
Löcher in den Ohren, Nägel im Gesicht, überall bunte Bilder auf den Armen. Auch die Frau war bemalt.

Den Garten haben sie auch verwildern lassen, und niemals wurde Wäsche auf der Leine gesehen.

Bei der Personenbeschreibung gab es wirre Beschreibungen, aber immer wieder wurden die Tattoos erwähnt und einigermaßen brauchbar beschrieben.

Eingekauft hätten die Bewohner des brennenden Hauses auch nicht im Ort, das hätte erst kürzlich der Bäcker gesagt.

Post sei auch nie gekommen, der Postbote sei immer am Haus vorbeigefahren.

Das Auto sei grau, nein grün, oder rot. Das Kennzeichen sei in jedem Fall fremd gewesen, ein Z sei darin vorgekommen.

Da niemand direkten Kontakt zu den Bewohnern des nun brennenden Hauses gehabt hatte, konnte auch zu deren Dialekt nichts gesagt werden.

„Die waren nicht von hier, das ist sicher." Woran aber das festgemacht wurde, blieb im aufsteigenden Rauch verborgen.

Die Brandbekämpfung dauerte bis in den frühen Morgen, es war schon hell, als die Feuerwehr wieder abrückte. Dann kamen die Spurensicherung, die Brandermittler und Michael Ludwig.
Das Haus war ausgebrannt, was nicht Opfer der Flammen wurde, wurde durch das Löschwasser zerstört.

Die Kellerräume waren aus robustem Backstein und wurden weitestgehend verschont. Zur Freude der ermittelnden Beamten.

60.
Mit einem lauten Hupen legte die *AIDA* ab.
Die meisten Passagiere standen an Deck und genossen das Ablegen bei untergehender Sonne.

Carola schmiegte sich dicht an Johannes. Sie sah adrett aus in ihrem schicken schwarzen neuen Kleid, eine Eroberung aus der Boutique unter Deck.

Sie hatte das Angebot von Herrn Bohlen nicht angenommen, ihm die Rechnung auszuhändigen, sie konnte ihre Kleider schon noch selbst bezahlen.
Wann hatte sie sich das schon gegönnt? Ein schickes Abendkleid. Sie hatte noch nie eines besessen. Bislang brauchte sie ja auch keines.

Wenigstens konnten wieder Fotos gemacht werden.
Ihren neidischen Kolleginnen würde sie die schon bei passender Gelegenheit präsentieren, vielleicht würde sie ihre Kolleginnen zum Kaffee zu sich nach Hause einladen.
Soweit ihr bekannt war, hatte von ihren Kolleginnen noch niemand eine Schiffsreise gemacht. Ihr Vorgesetzter, Herr Weber, vielleicht, aber auch das glaubte sie nicht.

Friedrich hatte sich sofort bereit erklärt, einige Fotos von dem glücklich aussehenden Paar zu machen.

Inge posierte nach anfänglichem Zögern auch auf einigen Fotos. Mal allein, mal mit Carola und Johannes und einmal sogar mit Herrn Bohlen, später auch mit Friedrich.

Tatsächlich gelang es den Reisenden, in den Urlaubsmodus umzuschalten. So verdrängten sie erfolgreich den eigentlichen Grund ihres Hierseins.

Die Glocke des Speisesaals ertönte und die große Masse an Reisenden setzte sich unwillkürlich in Bewegung.
„Es ist ein Tisch reserviert", sagte Friedrich, „kein Grund zur Eile."

„Welch ein Zufall, wir sitzen alle an einem Tisch! Das Servicepersonal legt nämlich die Sitzordnung in den Sälen fest", erklärte Rudi.
Er zwinkerte und genoss noch einen Augenblick die untergehende Sonne über Palma.

Die Familien Kortmann und Bohlen nahmen an einem großen runden Tisch im hinteren Teil des Speisesaales Platz, bestellten Wein und Wasser und stürmten das reichhaltige Buffet.
Carola konnte sich gar nicht satt sehen an all den Köstlichkeiten und fotografierte erst einmal die angebotenen Speisen.
Johannes war Carola selbstverständlich weiterhin behilflich, ihren Teller an den Tisch zu tragen.

Die Gäste nahmen sich Zeit zum Essen, nahmen sogar noch gemeinsam einen Drink in einer der Bars und verabschiedeten sich dann von Friedrich gegen 22.30 Uhr.

Niemand verabredete sich jetzt zum Frühstück, alles würde seinen Gang nehmen.

Friedrich meldete sich an diesem Abend noch bei Michael Ludwig, kurz bevor der Brand in dem Stuttgarter Vorort ausbrach.
Dann schlenderte Friedrich zu der kleinen Pianobar und war wie vom Donner gerührt.

Einsam an einem Tisch saß eine umwerfende Blondine, lange Beine, rotes enges Kleid.

Er erfasste die Situation, suchte nach ihrer Begleitung. Als er beobachtete, wie ein Herr, der ebenfalls als Jäger und Sammler unterwegs

war, abblitzte, war ihm klar, diese schöne Blonde ist allein und wünscht keine plumpe Anmache.
Friedrich setzte sich an den Nebentisch, ohne die Dame offensichtlich zu beachten, bestellte einen Drink und lauschte dem Pianospieler.

Unauffällig beobachtete er sie aus den Augenwinkeln.
Nach einer halben Stunde und zwei Drinks stand sie auf und ging.
Den zweiten Drink hatte sie nicht ganz geleert.

Schade, er hätte sie ansprechen können. Noch ein paar Augenblicke, dann hätte sie ihr Glas geleert. Er wäre zu ihr gegangen, hätte sie gefragt, ob er sie einladen dürfe. Ob das eine gute Idee gewesen wäre, bezweifelte er aber dann selbst und so war es gut, dass die Dame ihren Platz verlassen hatte.

Er zahlte seinen Drink und verließ ebenfalls die Bar.
Spät genug, fand er. Friedrich wollte gerade in Richtung der Kabinen gehen, als er die schöne Blonde die Treppe hinuntergleiten sah. Offenbar hatte sie frische Luft auf dem Oberdeck geschnappt. Sie wirkte verärgert, eher wütend, hielt ein Handy in der Hand, das sie gerade in diesem Moment etwas zu fest zuklappte. Ganz kurz streiften sich ihre Blicke, aber Friedrich tat, als beachte er sie nicht und ging zügig weiter zu seiner Kabine.

Heute würde es wenig Sinn machen, die Dame anzubaggern, er würde es auf morgen verschieben.

Leise betrat er seine Kabine. Rudi war noch wach und las in einem Buch, schaute nur kurz auf und sagte kurz angebunden: „Wenn es Dich stört, kann ich das Licht gerne ausmachen."

Friedrich störte es nicht, er zog sich aus, ging kurz ins Bad und schlüpfte dann in das recht bequeme Bett.

„Sie ist hier!" Friedrich sagte nur diese drei Worte, aber Rudi wusste sofort, wen er meinte. Ohne von seinem Buch aufzublicken, nickte er nur.
Nach wenigen Minuten war Friedrich eingeschlafen.

Inge lag im Nebenraum, völlig erschöpft. Sie wollte eigentlich noch ein bisschen lesen, aber die Buchstaben verschwammen vor ihren Augen. So löschte sie das Licht und schlief sofort ein.

Carola und Johannes hatten sich ebenfalls ins Bett gelegt. Erst war Carola im Bad gewesen, sie kam dann mit einem Schlafanzug bekleidet beschämt heraus und kletterte ins Bett.
Danach ging Johannes ins Bad, auch er kletterte schnell ins Bett. Was nun? Eine Weile lagen sie nebeneinander, ohne dass etwas geschah. Dann nahm Johannes seinen ganzen Mut zusammen und machte Carola glücklich.

Am nächsten Morgen fanden die Passagiere unter der Kabinentür eine Einladung zu einer Willkommensrunde. Dort wolle die Crew die Gäste vom Verlauf der Reise unterrichten, wichtige Tipps für die Landgänge geben. Noch vor dem Frühstück stand zunächst eine Rettungsübung an. Die Gäste sollten sich bei Ertönen eines Alarms an den nächsten Notausgang begeben und dann das Außendeck betreten.

Carola bekam Panik.
Halb acht, wenn jetzt das Signal ertönt, wäre sie noch im Schlafanzug. Wie peinlich. Schnell ging sie ins Bad und duschte, dann weckte sie Johannes und informierte ihn von dem bevorstehenden Event. Gerade als Johannes fertig angekleidet war, ertönte der Alarm und beide gingen zügig Hand in Hand zum nächsten Notausgang.

Dort mussten sie eine Schwimmweste anlegen, bevor sie nach draußen traten.

Die Passagiere wurden angewiesen, die Befehle der Crewmitglieder im Notfall unbedingt zu befolgen. Sie wurden gelobt, weil sie vollzählig und zügig erschienen waren.

Friedrich stand direkt neben dem blonden Engel, offenbar war die Schöne wirklich allein auf Reisen. Er drängte ein wenig näher an sie heran, aber die dick aufgeblasene Schwimmweste verhinderte näheren Körperkontakt.

Dann war der Spuk vorbei. Die Gäste konnten das Frühstück einnehmen.

Noch immer gut gelaunt vollendeten die Reisenden das reichhaltig aufgetragene Frühstück und versammelten sich dann im großen Saal des Schiffes.

Jetzt erst wurde Carola bewusst, vor lauter Euphorie hatte sie sich noch keinen einzigen Moment mit der Reiseroute beschäftigt, sie schämten sich etwas dafür. Genauso ging es Inge und Johannes.
Umso interessierter hörten sie dem Kapitän zu, der es sich nicht nehmen ließ, sich vorzustellen und den Reiseverlauf höchstpersönlich zu verkünden.

„Meine Damen und Herren, ich freue mich sehr, Sie als meine Gäste auf der Mittelmeerkreuzfahrt von Mallorca nach Dubai begrüßen zu dürfen. Ich bin Kapitän Edmund Jost. Ich werde Sie sicher nach Dubai über das Wasser tragen!

Wir werden nun drei ganze Tage auf See sein.
Bitte genießen Sie unsere Einrichtungen, unser Sonnendeck mit Poollandschaft, gerne auch unsere Saunalandschaft oder unsere Fitnessstudios oder unsere Bücherei.

Unsere Restaurants sind drei Mal täglich für Sie geöffnet, die Öffnungszeiten finden Sie am Eingang angeschlagen.

Unsere zahlreichen Bars sind rund um die Uhr geöffnet. Im Außenbereich finden Sie auf den verschiedenen Decks weitere Self-Service-Restaurants, Bars und Animationen.
Unser Personal spricht neben deutsch, englisch, italienisch, spanisch und französisch auch einige arabische Dialekte. Die Crew steht Ihnen rund um die Uhr zur Verfügung.

Am vierten und fünften Tag werden wir den Suez-Kanal in Ägypten passieren, es wird hier Gelegenheit zum Landgang in Assuan geben.

Abends machen wir uns dann auf nach Aqaba/Jordanien. Dort ankern wir über Nacht und reisen dann erst am Nachmittag des siebten Tages weiter, gefolgt von drei weiteren Seetagen.

Während der Seetage haben wir für Sie selbstverständlich ein erweitertes Animationsprogramm vorbereitet.

Wir erreichen dann am Tag Elf Salalah in Oman, dort gibt es erneut für Sie Gelegenheit zum Landgang.
Nach einem weiteren Seetag erreichen wir Muscat, einen Tag später Khasab.
Nach einer weiteren Nacht werden wir gegen sechzehn Uhr unseren Zielhafen in Dubai erreichen, wo auch unsere Reise endet.

Für die Landgänge stehen Ihnen verschiedene Programme am jeweiligen Landungsort zur Verfügung.
Bitte sprechen Sie hier unsere Crew an den Infoschaltern an. Gäste, die auf einen Landgang verzichten und an Bord bleiben möchten, sind selbstverständlich während der gesamten Reisezeit ausgezeichnet betreut.

Ich möchte es nicht versäumen, um auf unseren ärztlichen Dienst und unsere Krankenstation hinzuweisen.

Dort sind wir mit allen notwendigen Medikamenten ausgestattet, sollten Sie an Bord erkranken. Ich hoffe jedoch, Sie brauchen diese Dienste nicht in Anspruch zu nehmen.

Meine Damen und Herren, ich wünsche Ihnen einen angenehmen, unvergesslichen Aufenthalt an Bord und an Land. Lassen Sie sich gerne von der Crew zu den Landgängen beraten. Scheuen Sie sich nicht, uns anzusprechen, wenn einmal etwas nicht in Ordnung sein sollte."

Die Passagiere klatschten, der Kapitän ging und die Gäste stürmten sodann die Informationsstände.

„Wir haben ja noch ein bisschen Zeit, bis das Schiff wieder anlegt, da können wir uns in Ruhe aussuchen, was genau wir in Assuan machen. Vorausgesetzt, wir sind nach wie vor in Sicherheit."

Bereits heute Morgen um sieben Uhr hatte Friedrich mit Michael Ludwig gesprochen. Friedrich bekam alle Befugnisse, uneingeschränkt. Herr Ludwig setzte Friedrich auch über den Brand in Stuttgart in Kenntnis.

Friedrich erblickte die hübsche Blonde wieder. Er bemühte sich herauszufinden, für welchen Ausflug sie sich angemeldet hat. Es gelang ihm. So buchte er diesen Ausflug vorsichtshalber auch.
Die anderen vier Mitreisenden seiner Gruppe würde er davon überzeugen, an Bord zu bleiben.

Dann stand sie vor ihm und funkelte ihn an: „Verfolgen Sie mich?"

Völlig perplex schüttelte Friedrich den Kopf. „Gnädige Frau, wie kommen Sie denn darauf?"
Ein müdes verlegenes Lächeln huschte ihm über das Gesicht.

Sie zischte ihn an: „Geben Sie sich keine Mühe. Ich rate Ihnen, versuchen Sie es erst gar nicht."
Damit drehte sie sich abrupt um, riss den Kopf nach hinten und stolzierte davon.

Was um Gottes Willen war denn das? Noch bevor er überhaupt einen Versuch gemacht hatte, hatte er sich einen Korb eingehandelt. Jetzt erst recht. Er würde einen Weg finden.

Carola und Inge wollten unbedingt auf das Sonnendeck, Johannes wollte lieber im Schatten etwas lesen, dem schloss sich Rudi Bohlen an.
Friedrich schlenderte herum, man sah ihn mal im Innenbereich, mal am Pool, später sogar im Fitnessstudio.

Was er aus Stuttgart hörte, beunruhigte ihn. Offenbar war die Bande in Panik geraten und wollte Beweismaterial verschwinden lassen. Und so ging der Schuss nach hinten los.

Denn die Brandstifter hatten vergessen, den Brand auch in den Keller auszudehnen. Dieser überstand den Brand beinahe unbeschadet und entpuppte sich als Werkstatt verschiedener Verbrechen. Falschgelddruckerei, Drogenküche, Druckvorlagen für Ausweise aller Nationen, Papiere, Daten, Aufzeichnungen.
Es gab Hinweise auf Identitäten, auch der Mann auf dem Video in der Schwedenallee konnte ermittelt werden. Festnahmen waren jetzt nur eine Frage der Zeit.

Die schöne Blonde rauschte vorbei, in einem knappen Badeanzug, eingehüllt in einem offenen seidenen kurzen Bademantel. Dieses Mal versuchte Friedrich nicht so zu tun, als ob er sie nicht bemerken würde, sondern schaute sie direkt an. Das verwirrte sie offensichtlich.

Dieser Typ kam für sie nicht einmal als Urlaubsflirt in Frage, ein einfacher, oberflächlich und billig gekleideter Mann, der sicher sein letztes Geld zusammengekratzt hatte, um sich diese Reise leisten zu können.

Nein, sie war auf der Suche nach einer anderen Kategorie Mann. Reich, gebildet, wesentlich älter. Der Typ aber, der sie so blöd anglotzte, fiele ganz sicher durch dieses Raster.
Außerdem war ihr nicht nach einem Flirt.
Die Sorte Mann, auf die sie abfuhr, war offenbar nicht auf diesem Schiff, und wenn, dann ständig überwacht und beäugt von einer Ehefrau.
Sie brauchte außerdem den Kopf für ganz andere Dinge. Eine Bekanntschaft wäre momentan eher ein Hindernis.

61.
Herr Weber war außer sich. Schon wieder ein Krankenschein von der Kortmann. Verflixt noch Mal! Er wurde zunehmend wütender.

Von seinem Personal verlangte er stets vollen Einsatz.
Manche Mitarbeiter brachten diesen tatsächlich, dazu zählte er bislang auch Frau Kortmann.
Aber jetzt befürchtete er, sie habe Angst vor der Ablehnung eines Urlaubsantrags gehabt, deshalb die Absage mit einem Krankenschein umgangen.

Bisher hat sie sich noch nie getraut, einen Krankenschein einzureichen, und jetzt kam schon der zweite gelbe Schein.
Kürzlich hatte sie um Urlaub gebeten, ganz kurzfristig. Damals hatte er schon den Eindruck, dass da etwas nicht ganz mit rechten Dingen zuging. So, als habe sie etwas zu verbergen, ja, genau so war sie ihm vorgekommen.

Er rief Carolas direkte Kollegin, Frau Probst, zu sich und bat sie, herauszufinden, was denn nun wirklich mit Frau Kortmann los sei.
Sie solle doch heute Abend bei der Kortmann klingeln. Und wehe, sie sei bei dem Krankenbesuch nicht daheim.

Frau Probst, völlig mit der Aufgabe überfordert, erzählte dies sofort Frau Möbius, die sich gleich bereit erklärte, mitzukommen. Natürlich nur aus Neugier, um auszunasen, wie ihre Kollegin Carola Kortmann eingerichtet war. Natürlich würden sie die verplemperte Zeit als Überstunden aufschreiben.

Frau Möbius schlug vor, es wie einen ganz normalen Krankenbesuch unter Kolleginnen zu tarnen. Für diesen Zweck schickten sie den Lehrling los, um einen kleinen Blumenstrauß, der aber auf keinen Fall mehr als zehn Euro kosten dürfte, zu besorgen.

Insgeheim hofften beide, Carola nicht anzutreffen, denn dann könnten sie wieder eine Kollegin so richtig beim Chef anschwärzen. Dann sei dieser abgelenkt und würde sie selbst in Ruhe lassen.

Heute kam der Feierabend nur schleppend näher, Punkt siebzehn Uhr rannten Frau Probst und Frau Möbius los, sprangen in den nächsten Bus und standen dann in Bad Cannstatt vor dem Haus in der Goethestraße achtundsiebzig.
Vier Klingeln, drei Namen. Oben *Kortmann*. Sie zögerten, dann aber drückten sie die Klingeln. Nichts.
Noch einmal. Wieder nichts. Was nun?

Ratlos standen sie jetzt vor der Haustür.

Konnte das denn tatsächlich so sein, dass die Kortmann verreist war, somit den Krankenschein nur vorgeschoben hatte?
Aber wo sollte die Kortmann auch schon allein hinreisen?
Aber – manche Frauen taten es dann doch.
Aber Carola Kortmann? Das passte nicht zu ihr. So recht wollten dies die beiden Kolleginnen nicht glauben.
Vielleicht war Carola auch nur beim Arzt?

Frau Möbius fasste allen Mut zusammen. Sie klingelte an der unteren Klingel. Den Namen darauf konnte sie nicht entziffern. Wieder nichts. Nochmal bei Kortmann klingeln. Keine Reaktion.

Die Kolleginnen schauten sich an. Zucken die Schultern. Zaghaft drückte Frau Probst auf die Klingel bei Stadler.
Zu ihrem beiderseitigen Erstaunen ertönte ein Summton, die Tür ließ sich öffnen, bevor jemand fragte, wer denn vor der Tür stehe.

Die beiden Kolleginnen traten ein. Von oben ertönte eine ziemlich unangenehme, grobe Stimme: „Wer issn da?"

Was sollten die beiden nun antworten? Wieder diese Stimme: „Hallo! Verdammt noch mal. Wer issn da?"
Die Stimme setzte sich in Bewegung und kam die Treppe herunter.

Noch furchtbarer als die Stimme war der Anblick von Frau Stadler, die ziemlich betrunken die Treppe herunterwankte, die Haare zerzaust, die Bluse schief zugeknöpft und die Jeans stand vor Dreck.
Unwillkürlich wichen Frau Probst und Frau Möbius zurück.

Ach Du liebe Zeit, in welchem Loch wohnte denn Frau Kortmann?
Von außen machte das Anwesen einen ganz ordentlichen Eindruck, auch der Hausflur sah nicht gerade unsauber aus, aber es roch sehr streng. Das nahmen die Kolleginnen jetzt deutlich wahr.
Die Gestalt auf der Treppe glotze bedrohlich.

„Bitte entschuldigen Sie die Störung, Frau...äh...", selbst die sonst so forsche Frau Möbius geriet ins Stocken. „Wir wollten eigentlich zu Frau Kortmann."

„Ja, und warum klingelst dann nich bei der, sondern bei mir?"

„Äh...sie hat nicht geöffnet."

„Ja watt! Und?"

„Wir dachten... vielleicht wissen Sie...?"

„Wer seid Ihr zwei Hübschen überhaupt?", noch immer war Frau Stadler verärgert, schließlich hatten die beiden Fremden sie von ihrem Lieblingsplatz der verdreckten Couch, dem überquellenden Aschenbecher und dem Cognac weggelockt, gerade als es in der Soap so spannend wurde.

Wenn sie betrunken war, kam ganz deutlich ihre westfälische Herkunft in ihrer Aussprache hervor.

„Oh, Entschuldigung", jetzt meldete sich Frau Probst zu Wort. „wir sind Kolleginnen von Carola. Wir wollten ihr einen Besuch abstatten."

„Besuch? Watt is denn letzte Zeit da los? Sonst kricht se nie Besuch und jetzt gebn sich de Leute de Klinke inne Hand."

Die Kolleginnen schauten sich sprachlos an.

„Na kommt mal mit rauf."

Völlig überrumpelt von dieser Einladung und unsicher, ob das wirklich eine gute Idee wäre, folgten die beiden Kolleginnen zögerlich ihrer Gastgeberin.

Sie befürchteten, da nicht so schnell wieder herauszukommen, aber in der Hoffnung, Licht ins Dunkel zu bringen, um morgen dem Chef und der gesamten Belegschaft Neuigkeiten verkünden zu können, nahmen sie diese Einladung in Kauf.

Die Wohnung sah schlimmer aus, als sie es sich während des Aufstiegs ausgemalt hatten. Im ganzen Treppenhaus roch es fürchterlich. Je näher sie der Wohnung von Frau Stadler kamen, je penetranter wurde es.

Frau Stadler musste erst einmal Wäschehäufen zur Seite räumen, damit die Gäste sich setzen konnten. Angewidert nahmen Frau Probst und Frau Möbius widerwillig Platz. Unbehagen und Unwohlsein kam in ihnen auf.
Sie getrauten sich nicht, den angebotenen Platz auszuschlagen, denn dann würde Frau Stadler sicher nicht so gesprächig werden.

Der Fernseher lief in einer unangenehmen Lautstärke, aber Frau Stadler dachte gar nicht daran, ihn aus- oder wenigstens leiser zu stellen.
Den angebotenen Cognac lehnten die Gäste aber ab, was allerdings ihre Gastgeberin nicht daran hinderte, sich selbst einen kräftigen

Schuss nachzuschenken. Eine Zigarette brannte noch im Aschenbecher, trotzdem zündete sich Frau Stadler die nächste bereits an.

Um die Sache hinter sich zu bringen, beschloss Frau Möbius das Gespräch voranzutreiben.

„Wissen Sie denn, wo Carola ist?" Frau Möbius nannte Carola nie beim Vornamen, hier aber schien es angemessen und signalisierte der betrunkenen Frau Stadler, wie sehr sie miteinander befreundet seien.

„Ich? Nä. Die sacht mir nix", und schon starrte die Verrückte wieder in den Fernseher und schien darin zu versinken.

„Nen Gippsfuß hat se. Und mit nem Mann isse weg", ergänzte Frau Stadler, ohne den gebannten Blick von ihrem Fernseher zu nehmen.

Fragend sahen die beiden Kolleginnen erst sich und dann Frau Stadler an, die aber beharrlich schwieg.

„Ah…ja. Das hörten wir", log Frau Möbius, „was ist denn passiert?"

Lange nichts. Ab und zu verzog die Stadler das Gesicht, gebannt auf den Fernseher starrend, dann erinnerte sie sich wohl wieder, Gäste zu haben.

„Wahrscheinlich hingefallen. Die sacht ja nix."

Furchtbare weitere Minuten vergingen.

„Wissen Sie, ob Carola im Krankenhaus ist?"

„Nä. Die hat sich ausm Haus geschlichen mitm Mann, und nen Koffa hatte se auch dabei."

Ungläubiges Staunen.

„War vorher noch bei se wegen unsam Vamieter, da haben wa noch Käffchen getrunken und se hat gesacht, datt se Besuch kricht. Dann kam auch der Mann und später hata se mit."

„Wann war denn das?"

Wieder langes Schweigen. „Am Tach nach dem ich den Brief vom Vamieter gekricht hab.
Na, se wissen schon, wegen der Abrechnung und so. Damit bin ich dann hoch und hab mit se ausgemacht, datt wir uns datt nich gefallen lassen.
Aber dann isse ja weg. Also schon lange."

Das reichte jetzt. Der Geruch wurde unerträglich für die feinen Nasen der Sekretärinnen. Nichts wie weg! Flüchtig verabschiedeten sie sich mit der Versicherung, allein herauszufinden.

„Kukken se mal, ob untam Schuhputza noch n Schlüssel is, kann ja sein, se hat ne Nachricht aufm Tisch gelecht."

Verdattert und fluchtartig verließen Frau Probst und Frau Möbius die Wohnung.

Frische Luft, ein paar Mal tief durchatmen. Dann bemerkte Frau Möbius, dass sie die Blumen oben liegen gelassen hatte. Egal. Soll Frau Stadler damit glücklich werden.

„Was soll man davon halten?" Frau Probst war außer sich.

Unschlüssig standen sie im Treppenhaus.

„Tja, offensichtlich stimmt das mit dem Gipsfuß, aber offensichtlich kann sie laufen und verreisen. Dann hätte sie auch zur Arbeit kommen können."

„Das könnte aber genauso gut ein Verwandter sein, der sich um sie kümmert und sie zu sich genommen hat. Soweit ich weiß, hat sie noch einen Bruder."
Frau Probst suchte nach einem Weg, um Frau Kortmann nicht vor Herrn Weber so schlecht dastehen zu lassen. Irgendwie fand sie es gemein.

Aber Frau Möbius ließ das nicht gelten. Keine Gnade für Kollegen, die blau machten und damit die Arbeit deshalb von anderen Kollegen aufgefangen werden musste.

Und wenn sie wirklich im Urlaub war, dann wollte Frau Möbius Carola das auf gar keinen Fall gönnen.
Sie hatte einmal gelesen, ein Arbeitnehmer dürfe sehr wohl während der Dauer eines Krankenscheins verreisen, wenn dies der Genesung förderlich sei. Förderlich oder nicht, sie würde ihrem Chef schon einheizen.

„Aber sie muss wohl nochmals beim Arzt gewesen sein, sonst hätte sie doch keinen Krankenschein nachreichen können."

„Komm, wir schauen unter der Fußmatte nach, ob tatsächlich da ein Schlüssel liegt."

„Das können wir doch nicht machen! Das geht aber jetzt doch entschieden zu weit", protestierte Frau Probst.

Aber Frau Möbius war bereits unterwegs ins Dachgeschoß, hob den Schuhputzer an und fand in der Tat einen einzelnen Schlüssel. Sie drehte ihn ein paar Mal in der Hand hin und her, nickte dann Frau Probst zu und schloss auf.

„Sie könnte doch auch hilflos in der Wohnung liegen, auf das Geschwätz der betrunkenen Mitbewohnerin können wir uns wohl kaum

verlassen. Frau Kortmann lebt ganz allein. Es ist unsere Pflicht als Kolleginnen...", fand sie.
Frau Möbius zwinkerte zu Frau Probst hinüber. Das wäre ihre Rechtfertigung, falls sie erwischt würden.

Sie traten ein und schlossen hinter sich die Tür. Recht neidvoll sahen sie sich in der geschmackvoll eingerichteten und sauber aufgeräumten Wohnung um, ohne etwas zu berühren. Auf dem Tisch lag selbstverständlich kein Zettel. So ein Blödsinn auch. Wem hätte sie den auch hinterlassen sollen.

Die Kolleginnen hatten genug gesehen. Sie traten ohne ein weiteres Wort wieder hinaus und verstauten den Schlüssel wieder unter der Eingangsmatte.

Natürlich heizte Frau Möbius am nächsten Tag die Stimmung in der Firma derart an, dass Herr Weber befahl, die Kündigung für Carola Kortmann vorzubereiten, die er ihr dann persönlich vor die Füße knallen wollte.

Einen Tag später bekam Herr Weber Besuch.
Der gut gekleidete Herr, der sich als Michael Ludwig vorstellte, blieb eine gute Stunde und trank zwei Tassen Kaffee, den Frau Möbius servierte.

Leider war es ihr nicht möglich, auch nur ein einziges Wort zu verstehen. Die Herren schwiegen sofort, wenn sie erschien und setzten die Unterhaltung erst fort, als sie den Raum wieder verließ.
Dort ging etwas vor, was mit der Kortmann zu tun hatte. Diesen einzigen Wortfetzen hatte sie aufgeschnappt.

Als der feine Herr gegangen war, verließ auch Herr Weber das Büro mit dem Bemerken, er brauche jetzt frische Luft. Etwas ganz Neues!

Später fand Frau Möbius die zerrissene Kündigung im Papierkorb. Was hatte das alles zu bedeuten?

Mit dieser Neuigkeit ging sie zu Frau Probst.
Augenblicklich kamen die wildesten Gerüchte auf, bis hin zu Carola-Aschenputtel und einem reichen Prinzen, der mit einem weißen Jaguar vorgefahren sei und Carola auf Händen aus dem Haus getragen habe.

Und der Besucher bei Herrn Weber?
Wer war das?
Ein Geheimagent? Eher ein abgesandter des Prinzen, der jetzt die Firma von Herrn Weber kauft.

62.
„Ist dieses hirnlose Opfer denn von allen guten Geistern verlassen? Ich bring sie um. Ich schwöre, ich bring sie um. Eigenhändig!"

Catcher schrie in den Telefonhörer, ohne Rücksicht darauf, dass er den *Chef* am Telefon hatte, der ihn von der eigenmächtigen und völlig unangemessenen Maßnahme von Grammy unterrichtete.

„Diese blöde Kuh. Da war doch nichts ausgeräumt. Zu blöd ein Feuer zu machen. Diese dumme...", Catcher wollte sich nicht beruhigen.

Der *Chef* versicherte ihm, Grammy könne nichts mehr anstellen. Es hätten sich inzwischen ein paar Männer um dieses Problem final gekümmert. Aber nun würde es eng. Sehr eng. Vermutlich wäre Interpol bereits eingeschaltet.
Eine Flucht ins Ausland sei jetzt zwar gefährlicher geworden, aber immer noch besser als zu warten und sich schnappen zu lassen. Der angerichtete Schaden war nicht mehr zu reparieren, es galt jetzt vorrangig nur noch, Schadensbegrenzung zu betreiben.

Der Chef saß noch in einem anderen Projekt fest und brauche noch einige Tage, bis er auch nach Zwickau kommen könne, sie verabredeten sich für ein letztes Treffen, um noch die laufenden Projekte zu besprechen, voranzutreiben oder aber erst einmal aufzugeben. Montagabend zweiundzwanzig Uhr in Zwickau, Zentrallager. Keine weiteren Kontakte zu Helfershelfern. Nur der harte Kern. Catcher und die zwei Nicker sowie der zweitwichtigste Mann im Team, der Planer. Grammy war verhindert.
Der *Chef* würde sich via Videokonferenz zuschalten.
Bis dahin sollte Catcher die Organisation zur Auflösung des Lagers in Zwickau übernehmen.

Grammy hatte voller Stolz sofort, nachdem sie das Haus in Brand gesetzt hatte, Kontakt mit dem *Chef* aufgenommen und von ihrer Heldentat berichtet.

Der *Chef* gab sich unbeeindruckt und fragte sogar noch, wer sie dazu beauftragt habe.
Viel schlimmer war jedoch die Zurechtweisung des *Chefs,* Grammy hätte doch ganz klar die Order, nicht anzurufen, wenn kein absoluter Notfall vorläge. In totalen Ausnahmesituationen dürfe das maximal Catcher.

Schnell hatte sie Argumente zur Hand, beschwerte sich, wie unfähig ihre Partner seien und wie schwerfällig Catcher seine Entscheidungen träfe.

Grammy hatte keine Ahnung, dass die Kellerräume beinahe unversehrt die Flammenhölle überstanden hatten, der *Chef* und Catcher sehr wohl.

Grammy war naiv und immer noch vollkommen davon überzeugt, ihre Tat wäre eine Sensation, die das Team vorantreiben würde.
Die emotionslose Reaktion des *Chefs* erklärte sie sich zur eigenen Beruhigung damit, dieser wolle wohl seine Bewunderung nicht so offenkundig zeigen. Sie würde aber sicher ihren Lohn für ihr Tun noch bekommen.
Sie konnte alle Situationen um sich herum hervorragend abschätzen und bewerten, das aber, was sie persönlich betraf, schätzte sie stets völlig falsch ein, selbstüberschätzend, beinahe größenwahnsinnig.

Wo genau sich der *Chef* derzeit aufhielt, konnte zu keiner Zeit irgendjemand sagen, sie wussten alle, der *Chef* unterstützte das Team in Mallorca, aber detaillierte Informationen hatte niemand.

Während des Telefonates vernahm Grammy seltsame Geräusche im Hintergrund, als würde ein kräftiger Wind oder Sturm toben, oder Wasser rauschen, jedenfalls nahm der *Chef* das Telefonat im Freien entgegen.

Einige Tage später fanden zwei Angler einen leblos im Neckar treibenden Frauenkörper, eine Frau mit auffällig rot gefärbten Haaren. Sie hatte keine äußerlichen Verletzungen. Die Rothaarige war offenbar ertrunken.
Die Polizei behandelte den Leichenfund als Unfall, deshalb erreichte diese Meldung keinen Mitarbeiter in der Mordkommission, jedenfalls jetzt noch nicht.

Der Schaden war angerichtet, nicht mehr zu mildern, nicht mehr zu beheben, eine Schadensbegrenzung unmöglich. Wenigstens aber war der Schädling beseitigt.

Die Polizei hatte kistenweise Beweismaterial aus dem verbrannten Gebäude geschleppt. Die Sichtung und die Auswertung der Unterlagen würden Monate in Anspruch nehmen.
Verhaftungen aber könnten nun in kürzester Zeit erfolgen, mussten innerhalb kürzester Zeit erfolgen, es war davon auszugehen, dass die Bande Lunte roch.

Die Polizei musste auch von einer Überwachung des abgebrannten Hauses durch Bandenmitglieder ausgehen.
Wahrscheinlich würde auch eine Gelegenheit ausgekundschaftet, dort einzudringen und die hoffentlich noch nicht gefundenen Unterlagen zu beseitigen.

Obwohl der Polizeisprecher öffentlich verkündet hatte, in dem Haus seien keine brauchbaren Spuren oder Unterlagen gefunden worden, wusste die Gegenseite es besser.
Und so mussten der *Chef* samt Crew tatenlos mit ansehen, wie die Beamten Kisten aus dem Haus schafften, die sogleich mit gepanzerten Fahrzeugen abtransportiert wurden.

Völlig unklar war der Polizei, weshalb das Gebäude überhaupt angezündet wurde. Erst durch den Brand wurde die Polizei auf das Haus

aufmerksam und die Beweise wurden den Beamten damit buchstäblich in die Hände gespielt. Hatte jemand kalte Füße bekommen?
War dem Brandstifter gar nicht bekannt, welches belastende Beweismaterial im Keller deponiert war?
Oder wollte jemand eine Spur legen, sollte die Polizei fündig werden?

Diese Fragen beschäftigten die Profiler.
Herr Ludwig beschäftigte sich hingegen mit der Vorbereitung der Verhaftungen.

Die erste Verhaftung würde heute bei Anbruch der Dunkelheit erfolgen. Der Mann, der den Briefkasten geleert hatte, war ermittelt.
Man würde auch Dragon festnehmen, gleichzeitig auch den Händler des kleinen Supermarktes, spätestens Morgen einige Personen in Zwickau.
Er hoffte, die Verhaftungen heute könnten ohne viel Aufsehen erfolgen, keinesfalls sollte die Aktion bis Zwickau durchdringen.

Sie hatten überlegt, an allen Orten gleichzeitig zuzuschlagen, aber das Risiko war zu groß, nicht alle Beteiligten dingfest machen zu können.
Das Timing war jetzt perfekt abgestimmt.

Von den Bewohnern der Schwedenallee völlig unbemerkt, wurde der Händler des Supermarktes aus der Wohnung geholt und mit einer Zivilstreife abgeführt.
Dragon wurde abgefangen, als er um 5.30 Uhr ins Haus wollte, völlig zugedröhnt hatte er nicht einmal begriffen, was da gerade vor sich ging.

Der Mann, der den Briefkasten geleert hatte, war schon einige Tage nicht mehr gesehen worden, auch nicht zur Arbeit erschienen. Aber das sei nicht außergewöhnlich. Er bliebe öfter hin und wieder ein paar Tage fort, in dieser Zeit saufe er sich gern den Kragen ab. Zwar sei dann die Arbeit futsch, aber trotzdem hätte er doch immer wieder

Glück. In einer der vielen heruntergekommenen Kneipen in der Umgebung werde er schon sein.

Eine Polizeistreife fand sein Fahrzeug verlassen vor, am Neckarufer, ganz in der Nähe, wo die rothaarige Frau aus dem Wasser gezogen wurde.
Im Fahrzeug wurden später von der KTU Grammys DNA-Spuren gefunden. So wurde aus dem Unfallopfer ein Mordopfer und aus dem Mordopfer eine Kriminelle.
Manchmal spielt auch hier der Hauptkommissar Zufall seine Rolle gut.

Ganz in der Nähe der Fundstelle war eine Szenenkneipe. Beamte in Zivil checkten die Gäste und fanden den Fahrer volltrunken allein in der Ecke vor sich hindämmern. Die klopfen ihm auf die Schulter, behaupten seine besten Freunde zu sein. Zu betrunken, um zu widersprechen, ging er mit ihnen hinaus, geradewegs ins Gefängnis.

Niemand vermisst die drei in Gewahrsam Genommenen.

Dass der Supermarkt nicht öffnet, würde erst Montag bemerkt werden. Bis dahin müssten alle Aktionen abgeschlossen sein.

Die Erfolgsmeldung erreichte Friedrich am dritten Seetag. Morgen würde das Schiff sich durch den Suez-Kanal schlängeln. Während der Mann im Mond über den Suez-Kanal und dem belebten Schiff von oben auf seine Passagiere lächelte, würde das Quartier in Zwickau zerschlagen sein.

Er hatte Hauptkommissar Ludwig informiert, dass *sie* sich an Bord befände.
Friedrich hatte *sie* im letzten Jahr nur auf den Fotos gesehen, aber sofort wiedererkannt!

Eine starke Eigenschaft von Friedrich, er sah eine Person und erinnerte sich noch nach Jahren an das Gesicht und den dazugehörigen Namen.
Michael Ludwig bat nochmals, jetzt ganz besonders die Augen offenzuhalten, vor allem bat er Friedrich, behutsam und sehr vorsichtig vorzugehen.
Friedrich erhielt erneut alle erforderlichen Liquidationen.

Auf dem Schiffsdeck herrschte bei den sommerlichen Temperaturen reges Treiben. Die meisten Gäste hatten mittlerweile ihre festen Stammplätze, deshalb musste Friedrich nicht lange nach dem blonden Luder suchen.
Sie hatte sich gerade einen Drink an der Poolbar geholt und bewegte sich graziös, knapp bekleidet wieder auf ihren Liegestuhl zu.
Jeder Mann, der nicht durch Blindheit geschlagen war, schaute lechzend hinter ihr her. Frauen schauten ebenso, aber nur deshalb, weil sie argwöhnisch den Blick ihres Partners verfolgten.

Friedrich wartete, bis sie Platz genommen hatte und wieder bequem saß. Sie beobachtete offensichtlich die Passagiere.

Die Gelegenheit war fantastisch. Er sah auf sein Handy. Empfang – obwohl er ihn nicht brauchte, wollte er keinen Fehler machen.
Sicherlich würde sie sofort die Netzverbindung kontrollieren, ob ein Telefonat jetzt und hier überhaupt möglich war.
Dann setzte er sich eine Sonnenbrille auf, um die Blondine unauffälliger beobachten zu können.

Er versicherte sich zunächst, dass sie in seinem Blickfeld war und sah, wie er eine Nummer wählte. Er bewegte sich schlendernd wie zufällig in ihre Richtung. Als er sicher in ihrer Hörweite war, simulierte er, immer noch lässig schlendernd, den Anruf. Eine Hand hatte er in die Tasche seiner Shorts gesteckt, mit der anderen hielt er das Telefon.

Er drehte sich halb weg zur Seite, um sie nicht direkt anzuschauen. Er tat, als bemerke er sie überhaupt nicht. Zu gerne hätte er die Reaktion gesehen.

Etwas lauter als gewöhnlich, aber nicht auffallend, sprach Friedrich mit dem fiktiven Anrufer: „Ah. Hallo Frau Waible. Guten Tag. Hier ist Johannes Berger. Wie geht es Ihnen? Ich wollte mich nur kurz melden, es ist alles in Ordnung, mir geht es gut."
Ein paar Sekunden schweigen, da der unsichtbare Gesprächspartner etwas erwiderte.

Er schlenderte lässig und völlig teilnahmslos am Liegestuhl vorbei, offensichtlich völlig seine Umwelt vergessend, völlig vertieft in sein Gespräch.

Aus den Augenwinkeln sah er, wie sich die Blondine senkrecht aufsetzte und ihre Sonnenbrille von der Nase nach vorne schob, um ihn zu mustern, dann ihr Handy checkte.

„Ja, danke sehr. Hmm. Aha. Jaja. In ein oder zwei Wochen…" Friedrich telefonierte weiter. „Ja, danke Ihnen auch. Ich melde mich wieder, auf Wiederhören, Frau Waible."

Er steckte sein Telefon in die Hosentasche, ging ohne Eile auf die Poolbar zu, setze sich auf einen Hocker und bestellte sich Gin Tonic.

Rudi, der das Szenario beobachtet hatte, machte sich nun unsichtbar. Er führte die beiden Damen und Johannes unauffällig auf die andere Seite des Schiffes.

Keine fünf Minuten später suchte die langbeinige Blondine Friedrichs Nähe. Sie wählte den freien Hocker neben Friedrich und bestellte sich ebenfalls Gin Tonic.
Sie setze sich in Pose und begann mit Friedrich ganz offenkundig zu flirten und hauchte ein „Hallo" zu Friedrich herüber.

Friedrich drehte seinen Kopf nur leicht zu ihr, nickte und widmete sich sofort wieder seinem Gin.

Er würdigte sie keines Blickes, im Gegenteil, er ignorierte sie sogar. Egal, wie sehr sie ihn auch anlächelte, wie sehr sie sich auch auf ihrem Hocker räkelte.

Er trank aus und schlenderte mit Händen in den Hosentaschen davon.

Sie griff zu ihrem Handy. Dreimaliges Klingeln, dann eine vertraute Stimme: „Ich habe ihn gefunden. Er ist hier. Ich regle das. Gebe es weiter. Bis Montag"
Dann legte sie auf. Niemand würde bemerken, wie Johannes Berger heute Nacht über Bord ginge. Morgen früh wäre er einfach nicht mehr da.

Sie ärgerte sich über den Sturkopf Berger, beschloss sich etwas anderes anzuziehen, um dann einen neuen Versuch zu starten. Sie würde ihn überreden, mit ihr zu essen, ausgelassen heute Abend zu tanzen, viel Alkohol würde fließen und dann würde sie ihn an eine bestimmte Stelle des Schiffes locken. Sie würde seine dicke Hose ausnutzen, um ihn schwimmen zu schicken. Ein boshaftes Grinsen flog auf ihr Gesicht.

63.

„Jetzt gilt`s. Viel Glück".

Das SEK hatte das Gebäude unauffällig umstellt. Es war inzwischen recht dunkel, der Vollmond störte etwas.

Vier Personen, alles Männer, waren in dem Gebäude. Das Team des Sondereinsatzkommandos hatte mit Wärmekameras die ungefähre Position der Personen ausgemacht.
Den ganzen Sonntag über hatten Beamte unauffällig das ehemalige Fabrikgebäude beobachtet.
Inzwischen hatte jeder von ihnen den Gebäudeplan studiert, eine große Halle, nur ein Eingang, zwei Etagen.
Wenn das SEK das Gebäude stürmte, waren die Beamten ziemlich schutzlos. Deshalb war ein schneller Überraschungsangriff notwendig.

Die vier Personen, die sich jetzt in dem Gebäude aufhielten, waren am frühen Nachmittag erschienen. Sie schleppten unaufhörlich Kisten in einen weißen Van.
Jetzt war der Van verschlossen. Ein Pizzaservice hatte gerade Essen geliefert, offenbar saßen die vier Verdächtigen im Inneren und aßen.

Eine hochsensible Wärmekamera machte die vier Personen in der hinteren rechten Ecke aus, alle zusammen saßen sie offenbar an einem Tisch. Sie fühlten sich sicher, denn niemand hatte die Tür richtig verschlossen, eine Wache war nicht abgestellt.

Das SEK rechnete damit, unter Beschuss genommen zu werden.

Dann ging alles ganz schnell. Die Tür wurde aufgestoßen, die Männer des Sondereinsatzkommandos stürmten in die rechte Ecke.
Catcher reagierte zuerst und zog eine Waffe. Noch bevor er abdrücken konnte, wurde er durch einen gezielten Schuss in die rechte Schulter kampfunfähig gemacht und überwältigt.

Die zwei Nicker schmissen sich sofort auf den Boden und ließen sich ohne weiteren Widerstand festnehmen.
Der vierte Mann, den alle den Planer nannten, raste am SEK vorbei, es gelang ihm sogar, die offene Tür zu erreichen, kam aber nicht weit. Zwei Mann vom SEK überwältigten ihn, noch bevor er seine Waffe ziehen konnte.

Schnell wurden die Identitäten festgestellt.
Der Planer hatte seinerzeit ein Konto bei der Bank des Bankiers eröffnet, dessen Frau entführt und getötet wurde.

Seine Schwester würde demnächst in Ägypten verhaftet und ausgeliefert werden. Der *Chef*!
Der *Chef* und Kopf der Bande war eine Frau. Wegen ihrer Brutalität sowie ihrer Unverfrorenheit, die man ansonsten nur bei Männern vermuten würde, wurde sie nur der *Chef* genannt. Sie war diejenige, die die Strategien und die Verbrechen ausheckte.

Als die Polizistin in Würzburg den Verdacht hatte, dass ihr derzeitiger Freund ein krummes Ding dreht, hatte sie den Planer zur Rede gestellt. Sie warf ihm konkrete Delikte vor, von denen sie vermutete, er habe damit etwas zu tun. Die Verbrechen waren immer dann passiert, wenn er gerade wieder auf einer seiner angeblichen Geschäftsreisen war.

Er hatte ihr vorgegaukelt, bei der Bundesbahn zu arbeiten, weshalb er des Öfteren verreisen müsse.

Ein paar Anrufe und ihre guten Kontakte hatten geholfen, diese Lüge schnell aufzudecken. Damit konfrontierte ihn die Polizistin. Sie drohte damit, ihre Kollegen einzuschalten. Deshalb und bevor sie das machen konnte, starb sie. Der Planer war zusammen mit Karo zu ihrer Wohnung gefahren. Sie hatte arglos die Tür geöffnet und die Gäste hereingebeten. Damit hatte sie dem Tod die Tür geöffnet.

Der *Chef* hatte ihren Bruder eindringlich davor gewarnt, sich mit einer Polizistin einzulassen. Er aber versprach sich einige Insiderinformationen, die auch in der Tat zunächst geliefert wurden. Zumindest war er immer auf dem Laufenden, wo sich gerade wie viele Polizeibeamte aufhielten. Er kannte einige Dienstpläne, was in dem einen oder anderen Fall durchaus sehr nützlich war. Als die Sache zu eskalieren drohte, gab der *Chef* den Befehl, sich dieses Problems zu entledigen, um nicht weitere Aktionen zu gefährden.

Der *Chef* selbst hatte sich an den Bankier herangemacht und gaukelte ihm heißblütige Liebe vor. Fast zwei Jahre lang dauerte es, bis der Plan ausgeführt werden konnte. In dieser Zeit brachte sie ihn oft an den Rand seines privaten Ruins, kassierte von ihm größere Summen. Der alte Narr zahlte fleißig, ja, brachte sich sogar ihretwegen in Misskredit bei seiner Bank.

Der Einsatz im alten Fabrikgebäude verlief ausgesprochen glatt unter Ausschluss jeglicher Öffentlichkeit. Die verhafteten Personen wurden in Isolationshaft genommen. Solange, bis auch der *Chef* verhaftet sei.

Die Inhaftierten durften zunächst auf keinen Fall mit anderen Häftlingen in Kontakt kommen, denn Klatsch, Tratsch und Gerüchte verbreiteten sich sowohl innerhalb als auch außerhalb der Gefängnismauern rasend schnell. Sie könnten im letzten Moment die noch anstehenden Aktionen behindern oder gar verhindern.

Michael Ludwig war zufrieden. Er rief Rudi und Friedrich höchstpersönlich an. Bald wäre die Sache ausgestanden und Johannes Berger könne endlich wieder sein normales Leben weiterführen.
Jedoch bezweifelten alle, dass Johannes sein bisheriges Leben überhaupt zurückhaben wollte.

64.
Lange blonde offene Haare, knallrot geschminkte Lippen, lange Beine, ein knappes schwarzes enganliegendes Etuikleid und hochhackige rote Schuhe, dazu eine rote Lacktasche, in der sicher niemand eine *Smith & Wesson* vermutete.

Carola, die gerade in der großen Lounge in den Reiseinformationen über Assuan blätterte, sah diesen Vamp direkt auf Friedrich zugehen, der nach anfänglichem Zögern tatsächlich neben ihr in einer Sitzgruppe Platz nahm.

Carola stieß Jannes mit dem Ellbogen an. „Guck Dir Friedrich an! Er scheint sich nun auch endlich einmal zu amüsieren."

Johannes starrte hinüber. „Das ist aber keine anständige Dame, so ordinär angezogen, wie sie es ist!" Er verzog das Gesicht.

„Nun sei doch nicht so prüde, lass ihm doch seinen Spaß, er ist wohl auch sehr einsam, so wie ich es jedenfalls mitbekommen habe. Zugegeben, für die Schuhe braucht sie einen Waffenschein, wie kann sie überhaupt damit laufen?"

Unwillkürlich schaute Carola auf ihren Schuh an ihrem gesunden Fuß, bequem zwar, aber mit Eleganz hatte das so ganz und gar nichts zu tun.

Carola beschloss, sobald sie diesen elendigen Gipsfuß loshätte, in das nächste Schuhgeschäft zu stürmen, das sie entdecken würde!

Johannes der bemerkte, wie Carola ihre Füße anstarrte, bekam Mitleid mit ihr. „Vielleicht kann sich der Arzt Deinen Fuß anschauen. Mit viel Glück kannst Du den Gips abnehmen. Ich fürchte, in Ägypten ist es sehr warm und bestimmt sehr unangenehm für Dich mit dem Ding. Ich werde Dich noch heute anmelden."

Damit war das Thema Blondine und Schuhe durch. Carola widmete sich wieder der Reisebeschreibung.
„Assuan ist die südlichste Stadt Ägyptens und heißt übersetzt Handel. Weißt Du, dass Assuan die heißeste Stadt in Ägypten ist und eine der heißesten der Erde?"

Als Johannes verdattert guckte, berichtigte Carola: „Ich meine natürlich das Klima. Durchschnittlich sind dort immer rund fünfunddreißig Grad – ach Du meine Güte – in den Sommermonaten klettert das Thermometer auf über zweiundvierzig Grad im Schatten.

Es gibt selten Regen in Assuan, sehr selten sogar. Es kann durchaus sein, es regnet Jahrzehnte nicht!
Jetzt hör Dir das an! Die durchschnittliche Niederschlagsmenge im Jahr - Johannes im Jahr", sie hob den Zeigefinger bedeutend in die Höhe, „beträgt – trara - einen einzigen Millimeter und fällt hauptsächlich im Mai.
Also einen Schirm werden wir nicht brauchen, jedenfalls nicht, weil es regnet."

Amüsiert schaute sie zu Johannes, dieser lachte ihr entgegen: „Da haben wir aber Glück, dass wir nicht im Mai hier sind, Regen haben wir in Deutschland genug."
Auch Johannes war allerbester Laune.

„Oh, dort ist auch das tolle Hotel, dort, wo Agatha *Christi* den Roman *Tod auf dem Nil* geschrieben hat. Ich liebe *Agatha Christi*! *Old Cataract Hotel*.

Oh Johannes, das würde ich so gerne anschauen. Meine Kolleginnen würden platzen.
Und ach, sind das schöne Bilder, schau doch, das *Mausoleum des Aga Khan,* die Elephantineninseln…", Carola schwärmte.

Wenn ihr vor vier Wochen jemand gesagt hätte, sie würde auf einem Schiff nach Ägypten reisen, im Hotel, in dem *Agatha Christi* ihren berühmten Roman geschrieben hat, zu Abend essen und das Ganze im Kerzenschein auch noch zusammen mit einem Mann, sie hätte diese Person für verrückt erklärt und den Notarzt gerufen.

Und wenn Carola selbst genau dieses ihren Kolleginnen erzählt hätte, hätten diese sie lauthals ausgelacht.

Und jetzt saß sie auf diesem Schiff. Mit einem Mann. Über beide Ohren verliebt. Manchmal dachte sie noch, die Fantasie ginge mit ihr durch und sie erwache gleich aus einem Traum.
Trotz der unangenehmen Geschichte, trotz der nicht wegzuleugnenden Angst und trotz der Einschränkung durch die weiteren drei Mitreisenden, fühlt sich Carola glücklich wie nie zuvor in ihrem Leben. Zu gut fühlte es sich an.
All die vergangenen einsamen Jahre waren vergessen. Ihre Sehnsucht nach Johannes, die sie drei Jahre mit sich rumgetragen hatte, war zu einer wahrhaftigen Liebe geworden.

„Wenn Du Dir das so gerne anschauen möchtest, dann werden wir das auch tun. Komm, wir buchen diesen Ausflug. Ich werde Mutter überreden, an Bord zu bleiben. Es ist viel zu warm für sie."
Er kniff ihr ein Auge zu.

Vielleicht könnte er dort ungestört und hoffentlich unbeschwert wenigstens für ein paar Stunden nur mit Carola allein sein.

Hand in Hand schlenderten sie davon.

Friedrich schaute ihnen unauffällig hinterher. Rudi hatte sich bereit erklärt, auf Johannes aufzupassen, solange er sich intensiv um die blonde Ex-Geliebte des Bankiers kümmern würde.
Neben dem *Chef* waren keine weiteren Gangster an Bord, inzwischen konnten sie das zumindest sicher ausschließen.

Rudi und Inge folgten also Carola und Johannes zum Buchungsschalter. Zu viert würden sie dann schließlich den Landausflug machen.
Inge war sofort Feuer und Flamme gewesen, Agatha Christi, ihre Lieblingsschriftstellerin!

Inzwischen führte die Blondine mit Friedrich einen belanglosen Smalltalk. Sie log ihm das Blaue vom Himmel herunter und Friedrich, alias Johannes Berger erzählte ihr bescheiden von seinem Ableserleben.

Sie wechselten zur Bar, ihre Tasche legte sie achtlos auf den Tresen.
Sie bestellten zwei Gin Tonic ohne Eis.
Dann ging alles sehr schnell, so schnell, dass der *Chef* außerstande war, zu reagieren.
Blitzschnell hatte Friedrich Handschellen aus dem Jackett gezogen und ihr um einen Arm und gleichzeitig an den Handlauf der Theke befestigt. Bevor sie nach der Tasche greifen konnte, hatte er diese an sich genommen.

„Gnädige Frau, das Spiel ist aus. Die Show ist vorbei. Ich verhafte Sie wegen Anstiftung zum Mord, mehrfachen Mordes und vieler anderer Dinge, die Ihnen noch näher und detailliert vorgetragen werden.

Ich werde Sie jetzt über Ihre Rechte belehren und die hier anwesenden Gäste, sind meine Zeugen, dass ich dieses auch getan habe."
Friedrich sprach absichtlich mit lauter kräftiger Stimme, um die Aufmerksamkeit der Reisenden auf sich zu ziehen.

Dann begann Friedrich mit offenbar wachsendem Vergnügen, unter den Augen erstarrter Passagiere, dem *Chef* die Rechte aufzusagen.

Es war mit einem Schlag totenstill in dem Salon und alle Augen waren auf Friedrich gerichtet.
Es dauerte eine ganze Weile, bis alle Passagiere bemerkten, was da gerade vor sich ging und sie gerade Zeugen einer Verhaftung wurden.

Später würden sie erfahren, welch dicker Fisch gerade da an den Haken gelegt wurde.

Alles Zischen und Schimpfen der aufgedonnerten Blondine half nichts, sondern führte nur dazu, immer mehr Gäste aufmerksam auf das Geschehen zu machen.

„Ihr Bruder lässt Sie grüßen, auch ihn haben wir zusammen mit dem ganzen Clan festgenommen", Friedrich genoss den Augenblick des Triumphes. „Wie ich schon sagte, *Game over!*"

Die Blondine wurde von ihm und dem inzwischen eingeweihten Kapitän abgeführt und in die schiffseigene Zelle gesperrt.
Die Handschellen behielt sie an, diese wurden an den Haken in der Zelle befestigt.
Eine Wache wurde abgestellt.

In der Tat war die Blondine allein an Bord gegangen, drei weitere ihrer „Kollegen" verhaftete die spanische Polizei zeitgleich auf Mallorca.

Friedrich nahm sein Telefon zur Hand, rief erst Herrn Ludwig, dann die Polizei in Ägypten an.
In wenigen Tagen würde der *Chef* sich in einem deutschen Gefängnis wiederfinden und dort auch für immer bleiben, genau wie ihr Bruder, genau wie Catcher und die zwei nickenden Mitläufer.
Der Prozess würde frühestens in einem Jahr eröffnet und sicherlich mindestens ein weiteres Jahr andauern. Vielleicht sogar zwei Jahre.
Solche Prozesse waren unberechenbar langwierig.
Ebenso umfangreich waren die Ermittlungen, die immer wieder neue Taten ans Licht brachten.

Zu gegebener Zeit müsse wohl oder übel auch Johannes in diesen Prozessen aussagen. Der Kopf der Bande saß hinter Gittern, die Gefahr für Johannes und seine Familie war endgültig vorbei.

Zufrieden schlenderte Friedrich wieder an die Bar. Jetzt genehmigte er sich den besten Whisky, der auf dem ganzen Schiff erhältlich war.

Friedrich würde zusammen mit seiner Gefangenen das Schiff in Assuan verlassen.

Rudi, Inge, Carola und Johannes dürften gerne die Reise beenden, noch ein paar Tage Dubai anschauen, dem Ziel dieser Reise, um dann von dort zurück nach Stuttgart zu fliegen, natürlich mit ihren echten Pässen, zurück ins alte Leben. Nein! Falsch!
Hinein in ein neues Leben würde die Sache wohl eher treffender beschreiben.

Es war Carola und Johannes anzusehen, irgendetwas war gerade ganz und gar schiefgelaufen. Dieses sah Friedrich sofort an dem niedergeschlagenen Gesichtsausdruck.
Inge und Rudi hingegen waren sonderbar aufgelöst, als sie zurück in den Salon kamen.

Carola bemerkte es als erste, die langbeinige Blonde war verschwunden, Friedrich saß allein an der Theke, die sich allerdings gefüllt hatte.

Von dem Vorfall hatten die Vier nichts mitbekommen. Sie wunderten sich nur über die angeregten und aufgeregten Gespräche der Mitreisenden untereinander. Jedenfalls war der Lärmpegel angestiegen.

Als Friedrich seine Gruppe wieder hereinkommen sah, strahlte er sie an und hob den Daumen nach oben.

Rudi begriff sofort. „Das feiern wir aber jetzt."

Als er die verdutzten Gesichter von Johannes, Carola und Inge sah, musste er unwillkürlich lachen.

„Was feiern wir? Die Buchung des Landausflugs?" Johannes war außer sich.

„Meine Herrschaften, die Gefahr ist gebannt, alle Täter wurden verhaftet. Wir können jetzt unbeschwert unseren Urlaub fortsetzen! Friedrich wird uns nachher die ganze Geschichte erzählen."

Jetzt begriffen sie auch den Grund für die Aufgeregtheit der anderen Gäste, die Zeugen der Festnahme waren.

Johannes strahlte. „Das sind ja gute Nachrichten."
Aber sofort verdunkelte sich seine Miene wieder und er sah seine Mutter an. Sie begriff nichts!

Rudi schaute von Johannes zu Inge und wieder zu Johannes. Dann zu Carola, auch ihr Gesicht strahlte gerade wenig Freude aus.
Etwas hatte ihre zuvor noch gute Laune getrübt, schon bevor sie von dem Ereignis hier im Salon erfuhren – auch die Festnahme hatten sie nur mit gedämpfter Freude zur Kenntnis genommen.

Wie ein Blitz aus heiterem Himmel schoss es Rudi in den Kopf. Erst jetzt hatte er begriffen, was los war!
Jetzt war ihm klar, weshalb Johannes vorher am Infoschalter immer gesagt hatte, „Mutter, ist Dir das auch wirklich zuzumuten? Ist Dir das nicht zu heiß? Willst Du Dir diese Strapaze wirklich antun?"
Und er Dummkopf hatte ihr gut zugeredet und Johannes Bedenken ausgeräumt.

Rudi schlug sich mit der flachen Hand vor die Stirn: „Oh, da haben wir wohl einen Fehler gemacht! Ich glaube Inge, wir gehen nochmals hinunter zu der Reiseleitung und suchen uns einen anderen Ausflug aus. Mir erscheint das doch ein wenig zu anstrengend bei der Hitze.
Ich glaube, wir entscheiden uns für eine luftige Kutschfahrt in die Stadt, zum Markt und zur Erzengel-Michael-Kathedrale. Wir suchen

uns ein schattiges Restaurant und besprechen, wie es mit uns weitergeht."
Augenzwinkernd zog er Inge fort, die rein gar nichts mehr verstand, um den geplanten Ausflug umzubuchen.
Carola war perplex. Rudi war doch ein sehr einfühlsamer Gentleman. Sie war ihm unendlich dankbar.

Johannes war ihm ebenfalls sehr verbunden. Aber was in drei Teufels Namen solle das nun schon wieder bedeuten ... *dann besprechen wir, wie es mit uns weitergeht?* Johannes starrte ihnen nach.

„Johannes? Ähm."

„Ja, Carola?"

„Sollten wir uns nicht auch unterhalten, wie es mit uns weitergeht?"

„Das ist nicht nötig Carola, ich denke, da gibt es nichts zu reden."
Johannes sagte dies mit einer Selbstverständlichkeit, dass Carola erschauderte.

Sollte sie jetzt lachen oder weinen? Wie meinte er das? War die Geschichte jetzt und hier beendet? Oder war er sich bereits sicher, wie es weitergeht?
Hatte sie jetzt ausgedient, jetzt, wo die Täter dingfest gemacht wurden, war ihre Anwesenheit nicht mehr von Nöten?
Seine Miene verhieß nichts Gutes.

Johannes fasste all seinen Mut zusammen und Carola dachte schon, er würde ihr jetzt erklären, dass es schön war, aber eben zu Ende.

Plötzlich ging er vor Carola auf die Knie. Johannes zog aus der Tasche ein Etui, in dem ein wunderschöner Ring funkelte, der sicherlich ein Vermögen gekostet hatte. Er hielt Carola das Etui entgegen und bat sie mit lauten kräftigen Worten, ohne die geringste Spur der Verlegenheit, seine Frau zu werden.

Eine gefühlte Ewigkeit erstarrte Carola, nicht fähig zu antworten. Dann rannen ihr die Tränen und ein freudiges „Ja, oh Johannes", war hörbar.

Der Saal tobte. Inge und Rudi, die gerade am Ende des Saals angekommen waren, erkannten die Situation sofort. Auch Inge brach in Tränen aus, sie wollte gleich zu Johannes hinlaufen. Rudi hielt sie zurück.

„Der Moment gehört den beiden. Du kannst später noch gratulieren, jetzt lass sie erst einmal."

Dann griff er in die Tasche und händigte Inge das Handy aus. Jetzt kannst Du Deine Schwester anrufen und ihr die Neuigkeiten erzählen. Bitte vergesse nicht, sie von mir unbekannterweise herzlich zu grüßen. Und Ansichtskarten kannst Du jetzt auch so viele verschicken, wie Du magst."

Er verriet ihr nicht, wie er ihre Ansichtskarten beim Postamt zurückgeholt hatte, er wollte sie nicht noch mehr verrückt machen. Er hatte die Karten heute Morgen bei der Rezeption auf dem Schiff in den Briefkasten geworfen und so diese Karten auf den Weg gebracht. Sie würden den Empfänger jetzt über einen Umweg erreichen. Die Empfänger würden die Verzögerung gar nicht bemerken.

Es wurden noch mehr Anrufe getätigt.

Frau Waible, Herr Bohn, nicht zuletzt Herr Weber wurden unterrichtet, dass sich Johannes und Carola nun wieder in Sicherheit befänden, sie aber noch zwei Wochen Erholung benötigten.
Jeder gewährte es ihnen gerne.
Herr Weber sagte sogar, Carola bekäme bezahlten Sonderurlaub.

Niemand verständigte Frau Stadler, die von der ganzen Sache gar nichts mitbekommen hatte und die auch nie etwas darüber erfahren würde.

Nachdem alle Zeitungen von den Ereignissen berichteten, trommelte Herr Weber die Belegschaft zusammen und erzählte die Geschichte, in die Carola verstrickt war.

Frau Probst und Frau Möbius platzen nicht nur vor Neugier, sondern auch vor Neid. Schließlich hatten sie in der Zeitung auch darüber gelesen, dass eine Frau den Hauptzeugen durch die ganze Welt begleitete. Jetzt erfuhren sie, wer die Frau war. Unglaublich!

Nie wieder würde Herr Weber Carola Kortmann einen Urlaubswunsch ausschlagen, das nahm er sich ganz fest vor. Er bat die Belegschaft, Carola künftig mit mehr Achtung und Respekt entgegenzutreten.

Die Kolleginnen würden sich sicherlich in den ersten Wochen nicht satthören können, wenn Carola mit weiteren Einzelheiten herausrückte, irgendwann aber würde sich das Arbeitsleben wieder normalisieren.
Aber jede ahnte, Carola würde viel selbstbewusster sein und nicht mehr der unsichere Trampel sein, der noch vor vier Wochen in diesem Unternehmen gearbeitet hatte.

Die neue Carola wird ihnen allen gefallen.

In Hilkershausen profilierte sich weiterhin Hermine, immerhin habe sie der Polizei wichtige Informationen geliefert. Eigentlich würde ihr die ausgesetzte Belohnung zustehen.
Angestachelt von Ehemann, Verwandten und sogenannten Freunden machte sie ihre vermeintlichen Ansprüche geltend. Natürlich wurden alle ihre Ansprüche abgelehnt.

In der Tagespresse wurde ausführlich berichtet, wie der Ableser Johannes B. aus F. in Ausübung seines Berufes zur Aufklärung der verschiedenen Verbrechen beigetragen habe und er nun mit einer nicht unerheblichen Belohnung rechnen könne.

In der Tat hat Friedrich als Abschiedsgeschenk für Johannes eine Gesamtbelohnung von immerhin 70.000 Euro in Aussicht gestellt, die er später auch erhalten würde.

Als das Schiff in Assuan in den Hafen einlief, befanden sich die meisten Passagiere am Oberdeck, um die Prozedur des Einlaufens und Anlegens zu erleben.

Bereits aus der Ferne waren die Blaulichter des Polizeiaufgebots sichtbar. Damit erfuhr nun auch der letzte Passagier, was einige Stunden zuvor im Salon passiert war.

Alle Passagiere hatten zunächst die Order, das Schiff noch nicht zu verlassen, da zuerst die Gefangene von Bord ginge und von der ägyptischen Polizei in Gewahrsam genommen würde.
Natürlich wollte sich kaum ein Passagier dieses Spektakel entgehen lassen.

Erst am Folgetag würde der *Chef* dann zusammen mit Friedrich Moser und weiteren deutschen Beamten, die zu diesem Zweck extra eingeflogen wurden, zurück nach Deutschland fliegen.

Für Friedrich war die Reise hier vorbei, es blieb ihm nun nur noch, Abschied von Carola und Johannes und Inge und Rudi zu nehmen.
Johannes und Carola bedankten sich ganz herzlich bei Herrn Moser, Carola fiel der Abschied sichtlich schwer. Sie umarmten einander und wünschten sich alles Gute mit dem Versprechen, sich gelegentlich zu melden, wenn sie wieder in Deutschland zurück seien.

Johannes beobachtete, wie Friedrich die Gefangene in Begleitung einiger bewaffneter ägyptischer Polizisten von Bord verbrachte und in einen gepanzerten Polizeiwagen verfrachtete.

Sie sah lächerlich aus in ihrer Abendgarderobe, ihren roten Pumps und ihren neuen Armbändern, zu denen Friedrich den Schlüssel in der Tasche hatte.
Trotzdem stöckelte sie hoch erhobenen Hauptes neben Friedrich her, ohne sich umzudrehen.
Ihr Leben würde sie nun hinter Gittern verbringen, daran zweifelte niemand.

Eine halbe Stunde später durften dann die übrigen Gäste von Bord, um an ihren Landausflügen teilzunehmen.

Zur gleichen Zeit bestiegen einige deutsche Beamte in Schutzkleidung und in Begleitung von drei italienischen Polizisten die *AIDA* und inspizierten die Kabine der Blondine, stellten alles darin Befindliche sicher und sicherten alle Spuren.
Mit den Schiffseignern der unter italienischer Flagge fahrenden *AIDA* war auf kleinem Dienstweg, ohne Gerangel um Hoheitsrechte, Kompetenzen und Zuständigkeiten, diese Maßnahme abgesprochen und genehmigt.

Johannes und Carola bestiegen einen kleinen Bus, der sie zum Anleger zu den Elephantineninsel bringen würde. Von dort aus fuhren sie mit einem Segelboot über den Nil.
Carola drückte sich ganz nah an Johannes, beide genossen die Schönheit dieses Augenblicks.

Es näherte sich ein kleines Paddelboot mit drei kleinen Jungen. Na ja, Paddelbot war zu viel gesagt, Nussschale wäre der passendere Ausdruck gewesen, es gab keine richtigen Paddel, nur eine alte Holzlatte, mit denen es den Kindern erstaunlich geschickt gelang, voranzukommen.

Die Kinder fragten: „Deuts, Anglis, Frasösis?"
Als die Gruppe verstand, was sie wollten, sagten alle, wie aus einem Mund: „Deutsch!"
Dann begannen die Kinder zu singen: ...Bruder Jacob.... Bruder Jacob, släfs du nock...."

Natürlich erhielten die Kinder Bakschisch. Einige Gäste, unter denen auch Carola war, kauften den Kindern Gewürzketten ab.

Von dem Segelboot aus hatten die Passagiere einen herrlichen Blick auf das *Old Cataract Hotel*.

Das Boot legte zunächst auf der Insel an. Der Reiseführer erklärte die geografische Lage und Größe der Insel.

„Diese Insel hat eine Länge von tausendzweihundert Metern in Südwest-Nordost-Richtung und eine Breite bis zu vierhundert Metern in West-Ost-Richtung.
Sie liegt zwischen der kleineren *Kitchener Insel* und dem östlichen Nilufer.
Elephantine ist ein Teil, der am Ostufer des Nils gelegenen Stadt Assuan.
Die Insel bietet eine Vielzahl von wunderschönen Gewächsen und auch das Mausoleum des berühmten Aga Khans finden Sie hier.
Dieses erreichen Sie über einen befestigten Weg. Allerdings sollten Sie, wenn Sie dorthin aufbrechen möchten, unbedingt wegen der Hitze eine Kopfbedeckung tragen.

Auf der Insel gibt es ein kleines Restaurant, das Ihnen vielfältige warme- und kalte Speisen anbietet oder auch nur Erfrischungsgetränke.

Wenn Sie Fragen haben, wenden Sie sich an mich, ich werde im Lokal auf Sie warten. Wir treffen uns dann in zwei Stunden hier wieder."

In der Tat bot die Insel den Gästen die Möglichkeit zu einem Spaziergang durch die atemberaubende Flora und Fauna.
Carola und Johannes machten sich auf den Weg zum Aga Khan Mausoleum. Sie konnten sich gar nicht satt sehen an all den Schönheiten, die die Insel zu bieten hatte. Selbst ein wenig Ehrfurcht war ihnen anzumerken, als sie das Mausoleum näher besichtigten.
„Ich mache unbedingt noch ein paar Fotos, vielleicht finden wir jemanden, der bereit ist, uns gemeinsam zu fotografieren."

Johannes brauchte darauf nicht lange zu warten. Noch mehr Touristen waren auf der Suche nach einem freundlichen Fotografen, und so tauschte man gerne die Kameras und warf sich in Pose.

„Wunderschön. Ich bin komplett überwältigt von all dem", Carola war mächtig beeindruckt.

„Es ist fürchterlich heiß hier in der Sonne, lass uns zurückgehen und noch eine Erfrischung nehmen", schlug Johannes vor. Sie schlenderten zurück und nahmen Platz in dem schattigen Café.

Am frühen Abend wurden Carola und Johannes am *Old Cataract Hotel* abgesetzt, wo sie auf der Terrasse Platz nahmen und nun von der gegenüberliegenden Seite aus auf die Elephantineninsel und den Nil schauen konnten. Auch hier wurde fleißig fotografiert.

Sie speisten vorzüglich. Johannes bereute diesen wunderschönen Abend auch dann nicht, als er die Rechnung für das Essen erhielt.
Noch vor einem Monat wäre er auf der Stelle tot umgefallen, wenn er den Rechnungsbetrag gesehen hätte, heute aber war er der glücklichste Mann der Welt, nicht zuletzt, weil Carola an seiner Seite war.

Gegen zehn Uhr abends gingen sie wieder an Bord. Inge und Rudi waren auch erst kurz zuvor wieder eingetroffen. Gegenseitig tauschten sie ihre Erlebnisse aus.

Den Abend ließen sie in der Bar ausklingen. Als sie am nächsten Morgen zum Frühstück kamen, hatte das Schiff bereits wieder den Hafen verlassen.

An diesem Morgen wurde endlich der lästige Gipsfuß in eine bequemere Schiene eingetauscht.

„Endlich bin ich wieder mobil", freute sich Carola, die aber noch recht wacklig auf dem kranken Fuß war.

„Wir sind heute Abend in Aqaba/Jordanien. Dann gehen wir nur etwas im Hafen spazieren.
Es wird noch ungewohnt sein, Deine neue Freiheit. Ich möchte auf keinen Fall, dass Du den Fuß sofort wieder so stark belastest."
Johannes Fürsorglichkeit rührte Carola.

Die weitere Reise konnten alle entspannt genießen.
In Oman machten Inge und Carola zusammen mit Rudi und Johannes einen kleineren Ausflug auf den Markt, ließen sich von den Düften verführen und erwarben hier und da kleine Andenken.

„Wenn wir in Dubai sind, liebe Carola, möchte ich, dass Du Dir eine schöne Kette oder Ohrringe kaufst, für die ich selbstverständlich gerne aufkomme. Ich möchte Dir eine Freude machen, aber ich fürchte, Frauen haben einen eigenen Geschmack. Schließlich sollst Du zur Hochzeit nicht nur ein schickes Kleid, sondern auch außergewöhnlichen Schmuck tragen, der Dich an diese Reise erinnern soll." Johannes flüsterte Carola ins Ohr und als Carola verdattert schaute und dann auch noch zu weinen begann, fürchtete Johannes schon, etwas falsch gemacht zu haben.

Carola versicherte ihm, es handele sich um Freudentränen würde und umarmte Johannes spontan.

Aber auch zwischen Rudi und Inge schien sich etwas anzubahnen, wobei die beiden sich jedoch sehr zurückhaltend verhielten.

Nach diesen erholsamen Tagen erreichte das Schiff Dubai. Die atemberaubende Skyline verschlug ihnen die Sprache.

Mit großer Wehmut gingen die Reisenden von Bord, bestiegen ein Taxi und fuhren in einem Affentempo durch Dubai.
Bei dem Tempo, mit dem der Taxifahrer durch Dubai jagte, fürchtete selbst Johannes, hier mit heiler Haut nicht mehr auszusteigen. Er wartete jeden Moment auf eine Kollision, hörte schon das blecherne Geräusch, wenn Metall auf Metall trifft, sah sich in den Trümmern und von der Ferne meinte er ein Martinshorn zu hören. Oder bildete er sich das jetzt ein?

Nach der rasanten Fahrt waren sie mehr als froh, endlich am Hotel angekommen zu sein. Nicht nur Johannes hatte Blut und Wasser geschwitzt.
Sofort wurden die Glastüren aufgerissen und ihnen zum Eintritt offengehalten. Das Gepäck holten Pagen aus dem Taxi.

Die Hotelhalle des Rose Rayhaan by Rotana versprach einen angenehmen Aufenthalt.
Ihre Zimmer lagen im siebzigsten Stock.

Zunächst fürchtete jeder von ihnen, die Höhe nicht zu vertragen, aber als sie die Zimmer betraten, war die Angst verflogen, gefolgt von einem Anflug von Euphorie.
Die Gäste waren überwältigt von der großzügigen Ausstattung der Räumlichkeiten. Das Zimmer enthielt neben der üblichen Hotelmöbel ebenfalls eine kleine Küchenzeile und eine großzügige Sessellandschaft. Auf dem Tisch waren Obst, Sekt, Wasser und Kuchenteilchen arrangiert… und dann… dieser Wahnsinnsblick über das bunt schimmernde und illuminierte Dubai.

Johannes hatte mit Carola besprochen, noch vier Tage in Dubai zu bleiben. Rudi und Inge schlossen sich an, nachdem Johannes und Carola beteuert hatten, absolut darauf nichts dagegen zu haben.
Unbedingt wollten sie den Burj Khalifa, die Palmeninsel, Burj al Arab, Dubai Creek und die weiteren Sehenswürdigkeiten besuchen. Hoffentlich reichte dafür die verbleibende Zeit.

Die monumentalen Gebäude beeindruckten sie allesamt. Die Frauen fühlten sich in den überdimensional angelegten Shopping-Malls pudelwohl.

Burj Khalifa erklommen die Herren, die Damen ließen sich in dem angebauten Mall in einer der Cafés nieder. Sie beäugten ein libanesisches Restaurant und beschlossen, dort zu Abend zu essen, was sie keineswegs bereuen sollten.

Zu jeder vollen Stunde findet vor der Burj Khalifa ein musikalisch unterstrichenes Wasserspektakel statt, das sich Inge und Carola auf jeden Fall noch einmal bei Dunkelheit anschauen wollten. Auch Johannes und Rudi fanden daran Gefallen.

In den Goldsouks erstanden sie eine wunderschöne Goldkette für Carola, auch Inge erhielt von Rudi ein hübsches Armband.

Obwohl Inge es kaum erwarten konnte, Resi von all ihren turbulenten Reiseerlebnissen zu erzählen, bedauerte sie es doch sehr, wenn sie nun wieder die Heimreise antreten musste.
Noch nie im Leben war sie so lange und vor allem so weit von Daheim fort gewesen. Sicherlich waren jetzt all ihre Pflanzen total vertrocknet. Oder hatte sie Resi gebeten, diese zu gießen?

Inge hatte inzwischen zwei Mal mit Resi telefoniert und sie über alle Einzelheiten informiert. Natürlich machte Inge ihrer Schwester anfänglich große Vorwürfe, allerdings konnte sie ihr nicht lange böse sein. Paul war mittlerweile wieder aus dem Krankenhaus gekommen und hielt Resi ziemlich auf Trapp.

Carola und Johannes hatten beschlossen, in Kürze ihre Wohnungen zusammenzulegen und noch in diesem Jahr zu heiraten.

Ganz in Ruhe würden sie sich ein Domizil suchen. Johannes hatte auch gar kein schlechtes Gewissen, seine Mutter zurückzulassen.
Inge war wie ausgewechselt, ja aufgetaut. Sie würde bestimmt weitere Reisen unternehmen und bestimmt auch weiterhin in Begleitung von Rudi die eine oder andere Freizeitgestaltung vornehmen.

65.
„Hallo Frau Waible, hier ist Johannes Berger. Ich wollte mich zurückmelden und mich ganz herzlich bei Ihnen bedanken."

„Herr Berger, das ist ja wunderbar! Wie geht es Ihnen? Ich habe schon alles haarklein von Herrn Ludwig gehört."

„Nun, es war extrem aufregend, um es vorsichtig auszudrücken. Aber jetzt bin ich wieder zu neuen Schandtaten bereit. Ich könnte ab sofort wieder arbeiten."

Sie plänkelten noch eine Weile und besprachen die Ableseportion.

Am nächsten Tag stand Johannes pünktlich um sechs Uhr auf, fand sein fertig zubereitetes Frühstück und die Tageszeitung vor und verließ gegen sieben Uhr das Haus.
Gegen sieben Uhr abends würde er zurückkehren und Mutter würde schon mit dem Abendessen warten.
Nur noch ein paar Mal. Dann würde diese Aufgaben Carola übernehmen.

Das Wochenende würden Johannes und Carola mit Inge, Resi und Paul bei Rudi verbringen.
Vielleicht käme auch Herr Moser vorbei, falls er nicht zu einem Sondereinsatz gerufen würde.

ENDE

Epilog

Ich möchte mich an dieser Stelle herzlich bei all denen bedanken, die mich in diesem Buchprojekt unterstützt haben, die nicht müde wurden, mit mir über einzelne Passagen und Themen zu diskutieren und sich auch nicht scheuten, mich zu kritisieren.

Ein Dank geht auch an meinen Ehemann Rainer, der mich viele Stunden entbehren musste, wenn ich in meiner Schreibarbeit völlig versunken war.

***

Ich habe die Geschichte und alle darin vorkommenden Personen und Orte völlig frei erfunden, alle Geschehnisse sind einzig meiner Fantasie entsprungen.

Nach meinen Recherchen gibt es den Ort Hilkershausen nicht. Namensgleichheiten, alle Ähnlichkeiten mit Unternehmen, Personen oder deren Funktionen wären deshalb rein zufällig und auf keinen Fall beabsichtigt.

Die beschriebenen Verbrechen haben in dieser Form und an den beschriebenen Orten nicht stattgefunden, folglich ermittelt auch Herr Ludwig nicht.

Menschen wie Johannes Berger hingegen, gibt es wirklich.
Als Ableser sind sie Tag für Tag bei jedem Wetter für Sie unterwegs und machen einen tollen Job.
Vielleicht steht Johannes auch bald vor Ihrer Tür.